KB138562

권태를 모르는
위대한 노동자

권태를 모르는 위대한 노동자

박서보의
삶과 예술

박승숙 지음

作
가
의
말

저는 못된 딸입니다. 못난 딸도, 모자란 딸도, 하물며 못생긴 딸도 아닌데, 되다 만 딸이지요. 부모 말을 고분고분 들어본 적 없고, 부모를 존경해본 적도 없습니다. 제가 평생 매달린 일은 아버지와 똑같다는 어머니의 말이 오해임을 증명하는 일이었습니다. 그래서 지금껏 아버지를 거울삼아 반대로만 살려고 애썼네요. 아버지의 딸인 것이 싫었고, 창피했습니다. 그래서 아버지와 관련된 일마다 무심했고, 어디에도 얼굴을 비추지 않았으며, 아예 친정을 멀리하기까지 했습니다.

　하지만 세상만사 다 때가 있다고 하지요. 미수米壽의 아버지가 도움이 필요해지자 제가 친정을 뻔질나게 방문하기 시작합니다. 심리 치료사로

20년 가까이 일하면서 진상 내담자도 웃으며 대한 제가 아무리 상대하기 힘든 캐릭터라고 피붙이를 나몰라 한다는 것이 말이 됩니까? 그제야 갱년기의 못된 딸이 철이 듭니다.

그런데 남보다도 몰랐던 아버지의 삶과 예술을 처음으로 깊이 들여다보니, 그동안 의아하고 이해할 수 없었던 많은 것이 이해됩니다. 그냥 웃고 지나쳤던 부모의 결혼 에피소드가 전후 상황에서 절박한 결합이었음을 발견했을 때 얼마나 놀랐는지 모릅니다. 제가 끔찍하게 여겼던 아버지의 캐릭터도 알고 보니 아버지 개인만의 것이 아니더군요. 아버지가 살아낸 시대가 그분에게 남겨놓은 흔적이고, 그 시대 모든 어른이 조금씩 분유分有하고 있던 특성입니다. 아버지에 대해 공부한 시간은 제게 용서와 화해의 시간이자, 앞으로 제가 해야 할 일을 깨닫는 의미 있는 시간이었습니다.

그런데 한국 문화사, 좁게는 한국 현대미술사에서 중요한 인물이라는 아버지에 대해 제대로 이해하고 있는 사람이 별로 없었습니다. 딸인 제게 오해를 받았던 것만큼 아버지는 남들에게도 잘못 이해되고 있었습니다. 아버지에게 따라붙는 전형적인 해시태그가 많은데, 그것들이 아버지 개인의 고민이나 갈등, 포부와 좌절, 집념의 행적을 덮고 있는 듯 보입니다. 아버지가 살아온 시대도 그리 멀지 않은 가까운 과거임에도 빠른 시대 변천으로 인해 까마득히 잊히고 있는 듯합니다.

한 번쯤은 한 인간이 자신의 시대와 어떻게 상호작용하며 어떤 인연들을 만나 자기를 만들어갔는지 정성껏 들려줄 필요가 있겠다는 생각이 듭니다. 왜냐하면 그 시대가 그러했듯, 아버지의 전 생애는 노동사이며, 지금은 그 가치가 현대미술에서 사라져가고 있기 때문입니다. 아버지와 그 동료들에 대해 시대사적으로 올바로 이해해야 그들에게 무엇을 책임지라고 비난하고 무엇을 감사히 여길 것인지 제대로 구분할 수 있을 것이라는 생각도 듭니다.

하지만 어떻게? 개인적인 감정을 보태지 않고, 주관적인 시선이 끼어드는 것을 최대한 자제하며, 입체적으로 아버지를 보여주려면 어떤 방법이 좋을까요? 저는 독자들이 딸과 아버지의 관계를 생각하며 읽는 부담을 최대한 덜고 싶었습니다. 그래서 심리 치료사로서 제가 제일 잘하는 캐릭터 파악과 심리 분석을 바탕으로 박서보라는 한 인물의 전 생애를 전지적 작가 시점으로 쓰기로 했습니다. 등장하는 모든 인물과 사건을 하늘에서 내려다보듯 일정한 거리를 두고 지켜보며 기술하되, 주인공 한 명 한 명에게는 제가 그 사람이 된 양 일체감을 느끼며 썼습니다. 제 직업에서 훈련된 것이 없었으면 불가능한 기술이지 않았을까 싶습니다.

딸이 썼다는 사실은 아버지에 대한 모든 자료와 이야기에 무한 접근이 가능했고, 주변 인물들의 보충 설명과 사실 확인도 특례처럼 가능했다는 장점으로만 남기고 싶었습니다. 하지만 저자가 딸임을 모르지 않을 텐데 딸의 목소리가 너무 없으면 그 또한 진실되지 않게 느껴질 것 같아서 프롤로그와 에필로그에는 아버지의 현재를 바라보는 제 시선을 넣었습니다. 소설로 치면 액자 구성입니다. 못돼먹은 딸이 어쩌다 아버지를 알고자 마음먹었는지, 그리고 그렇게 알고 난 뒤에는 어떤 마음으로 마지막 몇 해를 살고 계시는 아버지를 바라보는지 담아냈습니다.

지금은 아버지를 부정하지 않으며, 아버지의 딸임을 창피하게 여기지 않습니다. 아버지와 어머니 모두를 사랑하고 존경하며, 그 시대를 살아낸 모든 부모님께 감사의 마음을 갖고 있습니다. 그리고 그들이 지켜내고 일군 것을 바탕으로 바로 거기서부터 모자란 것을 채우고 만들어가야 한다고 느끼고 있습니다.

이 원고를 검토하고 작품 사진과 개인 자료를 책에 실을 수 있게 허락하고 도와주신 아버지의 친구분들과 유족, 관련 기관에 감사의 말을 전합니다. 특히 김창열 선생님과 이우환 선생님에게 거듭 감사의 인사를 드립니다. 아버지의 사진 자료를 작업실 컴퓨터에서 열심히 찾아준 채소라 씨와 일본 관련 정보와 사진 문제를 해결해준 최샘이나 씨도 고맙습니다.

아버지의 일기와 개인 자료를 대신 찾고 검색하느라 머리털이 뭉텅 빠지신 어머니 윤명숙, 친정에서 돌아오지 않는 아내를 재촉하지 않고 격려를 아끼지 않은 남편 표진웅, 집필에만 전념하게 알아서 잘 살아주는 딸 바예나, 한결같이 시아버지 옆에서 많은 일을 도와주는 둘째 올케 김영림과 서보미술문화재단을 운영하는 큰오빠 박승조에게도 감사의 말을 전합니다.

2019년 6월
연희동과 서교동을 오가며
박승숙

제1부 나를 찾아가다

제3부 나만의 것을 만들다

제4부 색을 발견하다

광기의 시대를 건너는 법

—

내 아버지는 전후戰後의 빈곤과 피폐함 속에 기성세대를 비판하며 반反국
전 운동을 펼친 한국 현대미술의 기수다. 6·25전쟁 중에 대학을 다닌
세대이자, 젊어서는 어지러운 세상에 대한 분노와 공포를 캔버스에 마구
폭발시켜 파괴적인 그림을 그렸다. 세계대전을 겪은 서구 젊은이들의
정서와 표현 방식과 맥이 같다 하여 '앵포르멜Informel'이라고 불렀다.

　추상화만 주야장천 그려서 오랫동안 그림을 팔지 못해 가난했던 아버
지는 결혼 후 자식을 셋이나 낳고 단칸방을 전전하면서도 끝까지 현대미

〈페인팅 No.1-57〉, 캔버스에 유화, 95×82cm, 1957.

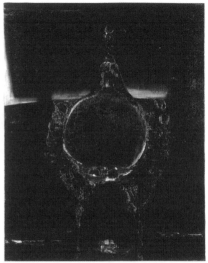

←〈유전질 No.1–68〉, 캔버스에 유화, 79×79cm, 1968.

↑〈원형질 No.3–62〉, 캔버스에 유화, 162×130cm, 1962.

↓〈유전질/허상 No.15–70〉, 캔버스에 유화, 73×61cm, 1970.

술만 추구했다. 잘 팔리는 그림으로 전향하자는 유혹이 없지 않았지만, 자존심이 센 아버지는 철두철미 반골로 일관했다. 일반적인 의식을 한 발 앞서 전위적 미술을 한다는 것이 얼마나 고달픈 일인지 잘 알면서도 시대를 거스를 수 없다는 신념으로 우직하게 한길만 걸었다.

그러나 30대까지는 서구 미술의 영향을 받으며 다양한 스타일의 작품을 동시 다발적으로 그려 우왕좌왕하는 모습도 보였다. 우연히 캔버스 위에서 '비움'의 방법론을 터득한 뒤로는 그것을 자신의 시그니처 signature 작업으로 올곧게 진행시켰다. 흰색 물감을 바른 캔버스 위에 연

〈묘법 No.43-78-79-81〉, 캔버스에 유화와 연필, 193.5×259.5cm, 1981.

필로 반복해 선을 긋고, 다시 그 위에 흰색 물감을 발라 선을 지운 뒤, 다시 시작하는 마음으로 한가득 선을 그으면 지우고 그은 뒤 또 지웠다. 그 과정을 수차례 반복하면, 겹겹이 쌓이는 물감 층에서 과거의 잔상이 희미하게 올라와 묘한 입체적 느낌이 났다. 아버지는 새롭게 그리는 방법을 터득했다는 의미로 작품명을 '묘법描法'이라 붙였고, 불혹의 시간을 오롯이 묘법을 하며 보냈다.

이후 아버지의 화두는 '수신修身'이 되었다. 행위와 정신과 물질이 일체화하는 과정이 작품보다 중요해졌다. 무언가를 그리려고 하는 것이 아니었기 때문에 반복되는 선긋기는 '목적 없는 행위'였다. 하지만 이미지를 만들어내려고 하는 목적성을 버렸다는 의미일 뿐, 선을 긋고 지우고 다시 긋는 그 행위에는 뚜렷한 목적이 있었다. 자기를 부정하며 포기해나가는 것이었다.

전쟁통에 부친을 여의고 모든 게 엉망이던 시대를 살아내면서 아버지는 자신의 에너지를 통제하는 법을 차분히 배우지 못했다. 워낙 다혈질에 기운이 뻗쳐서 좌충우돌했고, 많은 사람을 곤란하게 한 것은 물론 자신도 그 결과로 늘 당황하고 아파했다. 묘법이 아버지의 인격 수양으로 이어졌다고 말할 수 없지만, 그 과정조차 없었으면 그 시대에 그는 자기 에너지에 스스로 치여 광기를 보였을지도 모른다. 충분히 그럴 만한 삶이었고, 시대가 그랬으며, 그런 사람이었다.

그러던 아버지가 1980년대 문득 한지를 만난다. 물에 불린 한지를 밀어보니, 연필로 긋는 행위와 그것이 하나가 되면서 물성物性이 더욱 도드라졌다. 한지의 매력에 푹 빠진 아버지는 미는 연필과 밀리는 바닥을 모

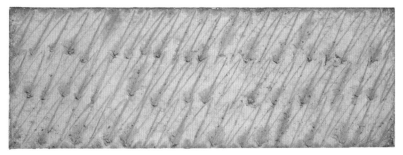

↟〈묘법 No.153−83〉, 한지, 오공본드, 담
　배 혼합액, 호분, 연필, 33.5×95.5cm,
　1983.

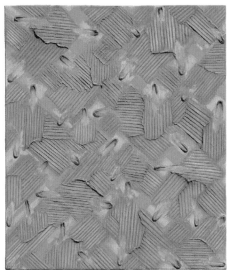

➡〈묘법 No.910312〉, 캔버스에 한지, 폴
　리, 아크릴, 연필, 53.3×45.6cm, 1991.

⬇〈묘법 No.991213〉, 캔버스에 한지, 폴
　리, 아크릴, 연필, 112×145.5cm, 1999.

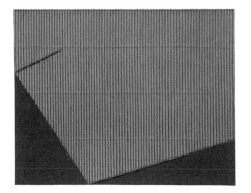

두 자신처럼 느끼며 둘 사이에 팽팽한 긴장감을 만들기 시작했다. 이후 한지를 배접襯接하는 방식이 바뀌고 안료에도 변화가 생기면서 묘법이 변해갔다. 손의 움직임도 사방팔방 지그재그로 바뀌었다.

그러다가 갑자기 작품이 엄격해지기 시작했다. 70세를 전후해서 아버지의 묘법에 컬러가 강해지기 시작했다. 처음에는 흑백으로만 이분되었는데, 2000년대 들자 붉은색으로 시작해 점점 더 색상이 다채롭고 화려해졌다. 그 대신 화면의 구성은 전보다 계획적으로 변하고 패턴화되었다. 이전 작품에서 캔버스나 한지 위를 가로지르던 연필 선과 손동작이 한 줄로 죽죽 내려 긋는 통제 속에 손맛을 잃게 되었다. 작품이 전체적으로 냉정하고 딱딱해졌지만, 응축된 에너지의 절제미는 도리어 효과적으로 드러났다. 항상 자신의 작품에 대해 명료하게 설명하던 아버지는 그러나 이 마지막 변화에 대해서는 별 말을 하지 않았다.

단색화 열풍

—

그런데 어느 날 아침, 자고 일어나니 아버지가 갑자기 잘 팔리는 화가로 둔갑해 있었다. 유명세에 비해 작품은 영 안 팔리는 작가로 알려져 있었는데 호황기에도 고작 3,000만 원 정도였던 아버지의 그림이 홍콩 크리스티 경매에서 10억 원을 넘겼다는 소식이 들렸다. 신문마다 스포츠 기록 갱신처럼 박서보와 '단색화' 작가라고 묶인 동료 화가들의 경매가를 앞다투어 소개하기 시작했다. 2014~2015년에 벌어진 일이다.

작품이 세상 밖으로 나가면 제 나름의 여정을 밟으며 흥망성쇠를 하는 법이다. 하지만 작가의 노력과 상관없이 미술시장에서 급작스럽게 벌어진 이러한 기이한 현상은 한동안 사람들을 혼란하게 만들었다. 미디어는 연일 '단색화 열풍'을 떠들어댔고, 누구는 한국 미술이 세계적 브랜드를 낳았다고 칭송했다. 한편에서는 그 '거품'을 걷어내려고 관련 작가들을 매섭게 비평하고 재조명하는 사람들도 생겼다.

세계적인 인물이 되어야 한다는 자기 세뇌에 평생 시달렸던 아버지는 이 갑작스런 주목과 관심에 '드디어 올 것이 왔구나' 하고 생각했다. 프랑스의 페로탕Perrotin 갤러리가 전속으로 계약을 하자고 하고, 영국의 화이트큐브White Cube 갤러리에서도 찾아왔다. 세계시장으로 뻗어나가던 국제 갤러리와도 돈독한 관계를 맺었다. 신이 난 아버지는 2015년 85세의 나이에도 타이완, 홍콩, 베니스(베네치아), 뉴욕, 일본 등 6번이나 해외에 나갔다 왔다.

갑자기 너도나도 작품을 달라고 하자 놀란 어머니는 창고에 처박혀 있던 아버지의 캔버스를 죄 꺼내 쓸고 닦기 시작했다. 작업실과 아파트 창고에 뭐가 얼마나 있는지도 모르고 살았다. 그런데 양쪽을 오가며 한 점씩 꺼내 먼지를 털고 물걸레질을 하며 비닐 포장을 뜯고 보니, 그제야 많은 작품에 곰팡이가 피고 얼룩이 졌다는 것을 알았다. 얼마나 오랜 세월 작품이 안 팔리는 중에 그려만 댔는지, 그 양도 어마어마했다.

상황이 이렇다 보니 열풍의 중심에 선 아버지에게 여러 질문이 쏟아지기 시작했다. 한때 어머니에게 치매까지 의심 받던 아버지는 자신이 언제 그랬냐는 듯 맑고 또랑또랑한 정신으로 단색화가 무엇이냐는 질문에 명쾌하게 답변하기 시작했다.

아버지는 자신의 초기 묘법에 대한 설명, 즉 '행위의 무목적성', '행위의 반복성', '정신과 행위의 합일성', '행위의 물성'을 자신의 작품 전체에 적용해 설명하기 시작했다. 한 범주에 같이 묶인 작가들의 다양한 성향을 무시하고 자신의 작업 특성으로 정의를 내리려고 했다. '단색화'란 용어에 대한 불편함도 거침없이 밝혀 자신의 작업을 자꾸 '색'의 문제인 것처럼 오도한다고 독침을 날렸다.

아버지의 자기중심적인 정의定義와 단정적이고 강한 말투는 여기저기서 논쟁과 불평을 끌어냈다. 사람들은 아버지의 자가당착을 꼬집으며 아버지의 후기 묘법 작품을 논쟁의 도마 위에 올렸다. 조수들을 써서 제작하면서 '정신과 행위의 합일성'을 운운하는 것은 앞뒤가 맞지 않고, 후기 묘법은 '디자인'에 가까우며, 그것이야말로 '색'을 중심에 둔 작품이라는 지적이 이어졌다.

행위의 반복성과 무목적성

—

그런 줄 까맣게 모르고 있던 나는 고혈당 관리 실패로 몸져누운 아버지를 대신해 외국 기자가 보내온 서면 질문지의 답변을 정리하다가 문득 의아한 생각이 들었다.

"아버지가 말한 '행위의 반복성과 무목적성' 같은 설명은 후기 작업들에는 적합하게 들리지 않네요?"

아버지는 내가 잘 몰라서 그런다며 이미 인터뷰 답변으로 받아 적게 한 소리를 다시 한번 반복했다.

"네, 네. 그런데 아버지가 지금 자기 수양을 하고 있지는 않잖아요?"

그 말에 갑자기 아버지는 뚱딴지같은 소리를 하기 시작했다.

"이 물 저 물을 길어 내 그릇에 담으면 그게 다 내 물이다."

갑자기 선문답으로 빠지는 아버지를 보며 문득 걱정이 되어 조심스럽게 물었다.

"아버지, 혹시, 조수들 손을 빌린 게 마음에 걸리세요?"

"해외의 유명 작가들도 다 다른 사람의 도움을 받는다. 전통적으로 그래왔다. 나만 그런 게 아니다."

"그렇죠. 그런데 아버지는 다르잖아요. 아버지는 이미지를 그리는 사람도 아니고, 개념적으로 작업하는 사람도 아니잖아요. 수없이 긋는 반복 행위를 강조하며 그것을 자기 수신이라고 강조했는데, 행위는 이제 다른 사람이 하니까 다른 설명을 해야 마땅하죠."

"수신도 대리행위가 가능하다."

"네?"

싸우자는 것이 아닌데 아버지가 자기 방어를 한다는 생각이 들었다.

불쑥 아버지가 소파에서 일어나려고 했다. 다리에 힘이 없으니 한번에 일어나지 못해 팔걸이를 잡고 두 번 세 번 엉덩방아를 찧고 일어났다. 80세가 되기 직전 뇌경색으로 응급실에 실려간 이후 왼쪽 팔은 마비가 와서 가슴 옆에 엉거주춤 붙어 있다.

"걱정 마세요. 잘 설명할 방법이 있을 거예요."

화장실을 다녀오겠다고 어기적 걸음을 떼며 아버지가 느릿느릿 방을 빠져나가는 뒷모습을 보았다. 평생 오른쪽을 많이 써서 아버지의 어깨는 기울어 있고, 마비가 온 왼쪽 다리는 땅에 질질 끌려간다.

생을 마감할 날을 얼마 남겨놓지 않은 늙은 화가에게 자기를 논리적으로 다시 설명하고 변호하라니, 이런 무리한 요구가 어디 있는가? 아버지는 그냥 꾸준히 작품을 하면서 변했을 뿐이고, 늙어서는 다른 사람의 도움을 받아 중단 없이 작품을 생산했을 뿐인데, 허위로 치장된 듯 사람들 입에 오르내리고 있다. 나는 화장실에서 돌아오는 아버지를 붙잡고 일부러 경쾌하게 말했다.

"아버지, 말을 아끼거나 돌릴수록 아귀가 안 맞아요. 아버지가 할 일은, 그냥 있는 그대로 아버지의 변화를 말하는 거예요. 그러면 아무 문제가 없어요."

평소 같으면 네가 무엇을 안다고 떠드냐고 퉁바리를 놓았을 텐데, 아버지는 고분고분 의자에 앉아 나를 쳐다보았다.

"그래도, 아버지, 수신 행위를 강조하는 것만큼은 이제 버려야 해요. 20년 넘게 자기를 비우려고 애썼던 아버지는 그때 이미 없었어요. 심근경색으로 쓰러져 응급실에 실려갔던 것, 기억하시죠?"

아버지가 아득한 표정으로 고개를 주억댔다.

"그때 아버지 나이 벌써 60대 후반이었어요. 몸이 꺾이면서 노년이 시작된 거예요. 점점 대작이 버겁다고 여기고 있었을 거예요. 35년 동안 열심히 일한 학교에서도 물러났고, 노인이 되고 있었고, 그때 우리 집에 무슨 일이 있었나요? 어머니가 아버지를 떠났잖아요."

순간 아버지가 경직되었다. 앞만 보고 달려온 아버지는 지우고 또 지우는 자신의 묘법처럼 아픈 기억을 모두 덮고 묻으며 살았다. 하지만 인생은 물화物化된 작품이 아니라서 언제고 다시 과거를 되살려 보내기 마련이다.

"그때 비울 게 뭐가 있었겠어요? 하나둘 다 떠나고, 아버지는 중심을 잃고 휘청거렸어요."

"그때 작업하다가 실제로 작업대에서 떨어졌다."

"네?"

처음 듣는 이야기였다. 아버지는 늘 캔버스를 바닥에 눕혀놓고 바퀴 달린 사다리 작업대를 밀고 다니며 작업했다. 20년 넘게 한결같이 올라간 작업대에서 정말로 곤두박질칠 만큼 몸이 약해졌던 걸까?

"하루는 무게 때문에 출렁이는 작업대에서 평소 같지 않게 균형을 잃었지. 마르지 않은 캔버스 물감 위로 얼굴을 처박았다."

당시 상황을 설명하느라고 아버지는 손바닥을 자기 뺨에 대고 누르면서 얼굴 표정을 일그러뜨렸다.

"놀라셨겠어요."

"그때부터 작업대에 올라가는 게 전 같지 않았다."

아버지의 자존심에 그 꼴은 무엇을 말하는 걸까? 잠시 침묵이 흘렀다. 기분이 이상했다.

"그러니 생각해보세요. 그 후로 아버지가 얼마나 많은 고민을 했겠어요? 누구한테 말이나 할 수 있었겠어요? 작업은 제자리걸음을 했을 거고, 아버지는 또 다른 변화를 도모해야 한다고 느끼고 있었겠죠. 그래서

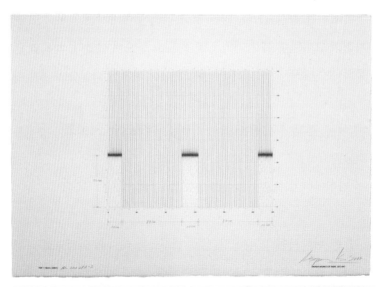

▲〈에스키스 No.000212〉, 아르슈지에 연필과 수정액, 35.4×50cm, 2000.
▼〈묘법 No.000212〉, 캔버스에 한지, 폴리, 아크릴, 연필, 182×228cm, 2000.

어머니와 다시 합친 뒤 새 아파트에서 아버지가 도안을 그리기 시작했던 거군요? 그런 모습은 처음이어서 신기했지요. 거실에 놓인 긴 좌식 테이블에 앉아서 아버지가 몇 시간씩 꿈쩍 않고 도화지에 그림을 그렸어요. 연필로 자를 대고 정밀하게 줄을 긋고 문방구에서 파는 수정액 화이트를 물감처럼 짜 쓰면서 손가락으로 쓰윽……."

세상을 다시 담다

—

아버지는 갑자기 많은 것이 회상되는지 줄줄 기억을 풀어내기 시작했다.

"그 한강뷰가 좋아서 그 집을 샀지. 사시사철 한강이 너무 아름다웠어. 거기서는 밤섬도 보였지 않니? 어느 날인가는 서강대교를 보는데 가로등에 비친 모습이 너무 아름다운 거야. 다리를 받치는 축대들 사이로 네모가 그려졌는데, 참 재미난 게 어떨 때는 세 개로 어떨 때는 네 개로 보이는 거야. 그 요상한 짓이 인상적이어서 자연스럽게 에스키스esquisse에 옮겼지."

기운이 없어 덜덜 떨리는 손으로 아버지가 메모지에 그림을 그려 보여주었다. 아버지는 점점 신이 나는지 자신의 이야기에 빠져들었다.

"어떤 날은 63빌딩의 불빛이 눈에 들어오는 거야. 늦은 밤인데도 회사에 남아 일을 하는지 사무실 불빛이 이렇게 이렇게 켜져서……."

아버지는 그것을 반영한 자신의 에스키스를 또 그려 보여주었다.

"제주도 집 있잖니? 거기 갔을 때도 바닷가를 지나면서 네 엄마랑 잠

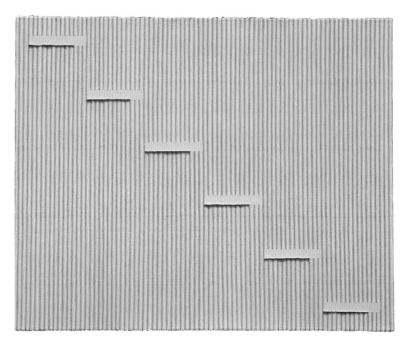

〈묘법 No.070407〉, 캔버스에 한지, 폴리, 아크릴, 연필, 130×162cm, 2007.

간 내렸는데, 하늘에 수평선이 걸렸는데, 그 하늘색이랑 바다색이 너무 아름다운 거야. 가만히 손으로 앵글을 만들어보니 그냥 그림 같은 거야. 그래서……."

아버지는 내게 자신의 묘법 디자인을 다 그려 보여줄 판이었다. 나는 평생 추상을 그렸던 아버지가 세상의 이미지를 다시 담아내며 자신의 스타일로 녹여내고 있었다는 것을 전혀 몰랐다.

"2000년 가을인가, 네 엄마랑 후쿠시마현福島縣 반다이산磐梯山에 간 적이 있는데, 거기 단풍이 정말 절경이었지. 그 빨간색을 본 순간……."

〈묘법 No.080523〉, 캔버스에 한지, GAC200, 아크릴, 연필, 117×91cm, 2008.

그해부터 아버지의 묘법에 빨간색이 들어갔다.

"그러니까요, 아버지, 기하학적인 형태가 다시 들어온 것을 아버지의 여태까지의 작업에 반대되는 것으로 보실 필요가 없어요. 아버지가 다시 색에 이끌려 화면 가득 색을 채우게 된 것도 문제로 여길 필요가 전혀 없어요. 『반야심경』에 보면 '색불이공 공불이색 색즉시공 공즉시색色不異空 空不異色 色即是空 空即是色'이란 말이 나와요. 비워냄과 채워짐이 서로 다른 게 아닐 수 있어요. 비웠다는 말은 이미 꽉 차 있었다는 의미고, 채웠다는 말은 텅 비어 있었다는 것이 아니에요? 그러면 뭐를 뭐라고 부를 거예요? 부르기 나름이잖아요."

아버지를 보니 이해 못하는 표정이었다. 이것은 아니구나 싶어 얼른 말을 바꾸었다.

"노구老軀로 더는 작업을 하기 힘들어서 다른 사람의 힘을 빌렸다고 그냥 인정하세요. 아버지가 노년을 스스로 부정하고 자꾸 안 늙었다고 우기니까 이상하게 뭘 숨기는 것처럼 보이는 거예요. 진실 그대로 말하면 돼요. 그러면 사람들도 그냥 그 자체로 이해하고, 지금 아버지 모습 그대로를 받아들일 거예요."

"요새 내가 거울을 보면 늙어서 힘이 빠진 내 모습이 너무 예쁘다."

"아무렴요. 늙어간다는 게 꼭 나쁜 건 아니에요. 아버지가 이런 모습이 되리라고 누가 상상이나 했겠어요?"

"내가 봐도 내가 사랑스럽다."

피식 웃음이 났지만, 열심히 수긍해주었다.

"나도 예전의 내가 참 싫었다."

그 대목이었다. 내가 아버지를 한 사람으로 제대로 본 적이 단 한 번도 없었다는 것을 깨달은 것이.

우락부락하던 몸집에 살이 빠지자 얼굴 모양이 귀여워진 아버지는 오랜 금연으로 피부는 하얗고 반질반질한데 틀니까지 눈부시게 끼고 있어 인상이 완전 달라졌다. 귀가 잘 안 들려 우리가 빠르게 떠들면 '뭐라고?' 했다가 귀찮아서 아무도 대답 안 하면 그냥 입을 헤벌리고 바보처럼 웃었다. 해맑았을 어린 시절의 아버지가 저런 모습이었을까? 그런데 그 모습이 아버지 자신도 좋다는 것이다.

"미안해요, 아버지."

목이 메어 나는 다음 말이 나오지 않았다. 그동안 아버지에게 받은 상처가 하도 커서 평생 미안하다는 말을 듣고 싶다고 생각했는데, 거꾸로 내 입에서 그런 말이 튀어나왔다. 그런데 아버지에게 용서를 빌자 도리어 내 어린 시절의 상처에 새살이 돋는 느낌이 들었다. 그리고 문득 궁금해졌다.

'이 남자는 도대체 어떤 인생을 살아온 것일까?'

한쪽에서 우리의 대화를 듣고 있던 어머니의 시선을 느낀 나는 돌아보았다.

'이 부부의 61년을 내가 아는가?'

제1부

나를
찾아
가다

큰 인물이 될 거요

1931년 찬바람이 불던 어느 가을, 경북 예천군 하리면(현재 은풍면)의 한 가옥에서 남기매는 제사상을 준비하다가 문득 산기產氣를 느꼈다. 제사를 서둘러 마치고 당황하는 기색 없이 일찍 자리를 펴고 누운 기매는 산고產故를 시작했다. 박제훈은 사랑채에 앉아 태몽을 되새김했다. 산신령이 등불을 밝혀준 곳을 보니 소의 발자국이 찍혀 있고 패인 땅에 튼실한 알밤이 있어 기매가 얼른 제 호주머니에 넣었다고 했던가. 제훈은 오래전 점쟁이가 했던 말을 떠올렸다.

1940년, 안성의 사진관에서 찍은 박제훈과 남기매의 가족사진. 왼쪽 뒤 깡마른 소년이 재홍이다.

"둘째 부인에게서 난 셋째 아들이 세계적으로 크게 될 것이오. 하지만 당신은 그것을 보고 죽지는 못할 거요."

제훈은 충북 음성 출신으로 가난한 농부의 다섯째 아들이었다. 두루 두루 사정에 능통하고 똑똑해 12세에 동학농민운동에 가담했고, 그러고 돌아다니는 아들 때문에 그 어머니는 눈물깨나 흘렸다. 뒤늦게 독학으로 공무원 시험에 합격해 예천으로 발령 받아온 그는 고약을 만들어 팔던 자그마한 한의원집 딸 기매를 처로 얻었다.

기매의 부친은 자신이 한의원인데도 어린 딸들이 자꾸 앓다가 죽자 남은 딸마저 잃을까봐 걱정이 되어 점쟁이를 찾아갔고, 나이 많은 남자에게 일찍 시집을 보내면 오래 살 거라는 예언에 41세의 홀아비 제훈을 사위로 삼은 것이다.

17세의 기매가 시집을 와 보니 제훈에게는 이미 자신과 몇 살 차이 나지 않는 전처소생의 딸과 아들이 있었다. 다행히 시어머니가 시골에서 둘을 맡아주어 어색한 부모자식 관계는 피할 수 있었지만, 참으로 불편하기 짝이 없는 새색시 처지였다. 하지만 건강한 기매는 계획 임신이라도 한 양 세 살 터울로 따박따박 아이들을 낳았다. 둘째가 폐렴으로 일찍 세상을 뜬 그해 11월 15일, 셋째가 태어났다. 훗날 서보라는 예명으로 알려진 재홍이다.

제훈은 해방 전에 일찍 가족을 데리고 예천을 떠나 경기도 안성으로 이사했다. 안성 번화가에 집을 얻어 사랑채에서 지금의 법무사 격인 '대서소' 일을 시작했는데, 벌이가 좋았다. 그는 겨울이면 나무와 쌀과 보리를 소에 한가득 실어와 집에 꼭꼭 쟁여 월동을 준비하는, 능력 있고 책임감 강한 남자였다.

편애는 차례대로

—

재홍은 그런 아버지가 형제 중 자기만 특별히 예뻐해 귀하게 대했다고 생각하며 컸다. 동생 홍의 기억 속에도 똑같은 에피소드가 있다는 것을 모른 채 말이다. 두 형제에게 편애의 기억을 확고히 각인시킨 제훈은 성미가 불같고 호통을 잘 치는 엄격한 남자였지만, 아이들을 유독 예뻐한 자상한 아버지이기도 했다.

　세 살 터울로 아이를 낳았기 때문에 제훈은 기매가 다시 임신을 하면 세 살배기 아이의 젖을 뗄 사랑방에서 데리고 자면서 교육을 시작했다. 정해진 시간에 아이를 깨워 세수를 말끔하게 시키고 로션을 발라준 뒤 수염 난 자기 뺨을 볼에 비비며 기분 좋게 아침을 시작했다.

　밥상이 준비될 때까지 사랑방 탁자에 앉혀 아이에게 천자문을 가르쳤는데, 학업에 조금이라도 싹수를 보이면 앞으로 크게 될 것이라며 폭풍 칭찬을 아끼지 않았다. 그 덕분에 재홍은 "세계적으로 크게 될 것"이라던 점쟁이의 말을 자기 예언적으로 되새기며 살았고, 동생 홍은 "조선에 없는 홍"이라는 아버지의 기대를 한껏 받고 자랐다.

　천자문 공부가 끝날 때면 사랑채로 밥상이 들어왔다. 제훈은 아이의 밥술에 일일이 반찬을 얹어주며 같이 밥을 먹었다. 혼자 술을 마실 때도 아이를 옆에 앉아 있게 하고 일찍부터 술 마시는 법을 전수했다.

　"네가 술을 이겨야지, 술이 너를 이기게 하면 절대 안 된다. 알겠느냐?"

　제훈은 독실한 불교 신자여서 매 계절마다 절에 공양을 드리러 갔고, 그때마다 데리고 자는 아이가 그의 동행자였다. 제훈은 종교가 다른 아내의 손을 빌리지 않고 손수 정성들여 공양미를 준비했다. 쌀을 물에 담가 일일이 조리질한 뒤, 멍석 위에 가지런히 펴서 말리면서 뉘를 골라내면, 그것을 다시 키에 털어 까불렀다. 아이는 그 옆에 얌전히 서서 아버지의 동작 하나하나를 빠짐없이 보았다.

　공양미가 준비되면 제훈은 아이의 손을 잡고 절에 올랐다. 안성에 있는 '칠장사'나 '청룡사' 혹은 '석남사'를 한 번씩 돌면서 방문했다. 제훈은 2박 3일 동안 절밥을 먹으면서 아이와 함께 불공을 드리고 내려왔다. 절의 엄숙한 분위기나 의식이 아동 친화적인 것은 아니었지만, 아버지와 함께하는 그 시간은 경험자들에게 다 좋은 기억으로 남아 있다.

하지만 3~4세면 아버지를 독차지할 수 있는 그 자리는 다음 녀석의 차지다. 아이들끼리 먹는 밥상으로 내려앉은 재홍은 아버지 옆을 꿰차고 앉아 새 모이 받아먹듯 입을 벌리는 어린 홍이 얄미웠다. 홍은 재홍이 자기를 엄청 시샘해서 어른들이 안 볼 때마다 머리를 쥐어박고 도망간 것을 기억한다. 천자문 공부나 아버지와의 절 나들이나 어쩔 수 없이 유효기간이 있었다.

걱정스런 녀석

—

제훈은 재홍이 법대에 가기를 바랐다. 첫째보다 아이가 총명해서 경기중학교부터 입학시킬 요량으로 재홍을 불러 앉혀 이제부터 방과 후에 꼼짝 말고 얌전히 방에서 공부를 하라고 단단히 일렀다. 재홍은 알겠다고 넙죽 대답했지만, 새로 사귄 친구와 연 만들기에 한창 빠져 있던 터라 아버지가 볼 때는 공부하는 척하다가 아버지가 나가면 몰래 빠져나가 하루 종일 연을 만들며 놀았다.

고운 금속 가루나 잘게 부순 유리 가루를 풀과 섞어 연줄에 바른 뒤 코팅된 그것을 불에 살짝 굴려 녹여 붙이면 가까이 오는 연들의 줄을 끊을 수 있는 무적의 연이 되었다. 멋지게 그림까지 그려넣은 연이 언덕 높이 날아오르면 재홍은 그 모습이 자기라도 되는 양 가슴이 벅찼다.

재홍이 그러고 돌아다니는 줄은 꿈에도 모른 제훈은 아들이 입학시험에 보기 좋게 낙방하자 믿을 수 없었다. 점쟁이 말이 틀린 게 아닐까? 자고로 크게 될 사람은 배포가 커야 하는데, 재홍은 툭하면 큰 눈에 눈물이나 그렁그렁 올리고 겁도 많지 않은가. 마음이 여려 불쌍한 것을 보면 어쩔 줄 몰라 하고, 삼계탕 끓이게 닭 목 좀 따라고 시키면 다른 아이들은 잘하는데 그 자리에서 얼어붙어 꼼짝도 못했다. 제훈은 재홍의 담력을 키워주려고 일부러 갖가지 일을 시키며 '사내대장부는 절대로 그러면 안 된다'고 호통을 쳤지만, 아무 소용이 없었다. 이런 녀석이 공부까지 게을리하니 나중에 뭐가 되려나?

결국 재홍은 서울의 삼류학교에 들어갔다. 제훈은 재홍을 포기하고, 대신 착실하게 공부를 잘하는 홍에게 마음을 옮겼다. 서울에 간 형이 방학 때마다 집에 돌아오면 어린 홍은 모처럼 보는 형이 좋아서 졸졸 따라다녔다. 그러면 재홍은 윽박질러 동생을 떼어버리고 친구들을 만나러 나갔다. 당시 홍의 기억 속 둘째 형은 "맨날 유행가나 따라 부르고 멋이나 부리면서 친구들과 몰려다니는 영락없는 건달"이었다. 한번은 어머니의 코트를 훔쳐 안팎을 뒤집어서 다시 수선해 입었다가 아버지에게 들켜 흠씬 두들겨 맞기도 했다.

물론 재홍이 잘하는 것도 있었다. 당시 안성에서 나름 살 만한 가정은 이당以堂 김은호金殷鎬의 그림을 집에 하나씩 걸어놓고 있었다. 재홍이 집집마다 다니면서 그 그림들을 따라 그리면 보는 사람마다 혀를 내둘렀다. 그것은 제훈에게서 온 것이다. 아이들 모두 미술에 재능이 있어 첫째

원홍부터 막내 시홍까지 그림과 글씨에 뛰어난 소질을 보였다. 하지만 제훈은 아들 중 누구도 '환쟁이'가 되기를 원치 않았다. 그래서 재홍이 중학교에서 포스터를 그려 전국 1등 상을 타와도 모른 체하고 칭찬하지 않았다.

재홍보다 그림을 잘 그리고 좋아했던 원홍도 차마 그림을 그리겠다고 나서지 않았다. 그런데 재홍은 끝까지 아버지에게 대들며 고집을 부렸다. 제훈은 하라는 공부는 안 하고 맨날 뺀질대기만 하니 재홍에게 대학에 보내지 않겠다고 으름장을 놓았다. 그러자 재홍은 야밤에 금고를 털어 서울로 도망을 가버렸다.

한참 뒤 그를 보았다는 사람들의 말에 제훈은 아들 친구들 집을 샅샅이 뒤져 마침내 재홍의 멱살을 끌고 집으로 왔다. 재홍은 감히 아버지 앞에 종이 한 장을 내놓았다. 홍익대학교 미술학부 동양화과에 합격했다는 증서였다. 제훈은 아들의 고집에 깊은 한숨을 내쉬었다. 자식 이기는 부모 없기에 결국 첫 등록금을 내주기로 했다.

첫 등록금을 받아 의기양양 서울에 올라간 재홍은 회현동에 사는 친척 아주머니 댁에 머물며 대학 생활을 시작했다. 당시 홍대 미술과는 용산구 효창동의 원효사에 있었다. 대한민국임시정부의 요인 백범 김구가 국가 재건을 위해 인재를 양성하고자 건국실천원양성소를 설립했던 곳이다. 그가 암살되는 바람에 2년 만에 해체되고 홍익재단이 그 본부를 매입했다.

1949년 법학부, 문학부, 초급 대학부의 4년제 사립대학으로 인가를 받은 홍대는 조각가 윤효중이 문교부에 힘을 써서 문학부 내에 미술과를 설치하게 되었다. 당시 이화여자대학교와 숙명여자대학교를 제외하면 남자가 갈 수 있는 미술과는 서울대학교와 홍대 두 곳뿐이었다. 재홍은 1950년 홍대 문학부 미술과 2기 3명 중 1명으로 입학했다. 당시 이름을 날리던 청전 이상범과 고암 이응노 밑에서 그림을 배우는 것이 재홍은 그저 신기할 뿐이었다.

게으름을 깨닫다

전쟁의 충격

—

그러나 설렘도 잠시, 1950년 6월 25일 일요일 그만 전쟁이 터지고 만다. 재홍은 그날도 친구들과 어울리며 돌아다녔고, 대부분 시민들이 삶의 터전에 그대로 남아 하던 일을 계속했다. 국방부 정훈국의 보도과가 신문과 방송을 검열하며 국군이 평양으로 진격하고 있다는 허위 방송을 계속 내보낸 탓이다. 실제로는 전선이 급격히 무너져 일방적으로 밀리고 있었건만, 이승만을 포함한 일부 사람들은 이미 한강을 건너 피신한 상태였고, 그것을 모르는 시민들은 '설마 서울이' 하면서 방송만 믿고 있었다.

북쪽에서 내려오는 피난민 대열에 서울 시민 일부가 가세하기 시작한 것은 6월 26일 오후나 되어서다. 그제야 사람들은 술렁이며 사태를 파악하려고 여기저기 묻고 뛰어다녔다. 6월 27일 밤 10시부터 "안심하라"는 요지를 담은 이승만 대통령의 육성 녹음이 계속 방송되었다. 서울 시민들은 애써 정부를 믿으며 일단 집에 남아 있기로 했고, 재홍의 친척 아주머니도 그랬다.

6월 28일 수요일 아침, 미쓰코시백화점(현재 신세계백화점) 뒤 회현동 산기슭에서 늦잠을 자던 재홍은 창밖이 너무 시끄러워 눈을 떴다. 창문을 여니 국군 패잔병이 총을 지팡이 대신 짚고 절뚝거리면서 지나가는 것이 보였다. 보따리를 진 피난민들의 행렬도 보였다. 재홍이 놀라 어떻게 된 일인지 묻자 누군가 의정부가 점령당했다며 이러고 있을 때가 아니라고 소리쳤다. 사태를 뒤늦게 파악한 친척 부부는 재홍에게 당장 서울역으로 가서 가족들이 있는 안성으로 내려가라고 말했다. 전쟁통에 재홍이 어떻게라도 되면 자신들이 기매 누이를 똑바로 볼 수 없다며 서두르라고 재촉했다.

재홍은 얼떨결에 집에 있던 『조선미술사』 책 한 권과 합판으로 만든 화판을 챙겨 들고 현관문으로 뛰어나갔다. 갑자기 탱크 소리가 우르릉 들리며 땅이 흔들렸다. 시커먼 탱크의 뚜껑 밖으로 몸을 내민 인민군이 하늘에 대고 드르륵 따발총을 쏘았다. 그와 눈이 마주친 재홍은 저도 모르게 손을 흔들었다. 그도 반사적으로 손을 흔들었다. 거리에는 빨간 완장을 팔에 찬 시민들이 나와서 인민군을 환영하며 만세를 불렀다.

당시 북한은 남한보다 살기 좋은 곳으로 공장 등 온갖 시설을 갖추고 있었다. 압록강 부근에 일본이 만들어놓은 발전소에서 끊임없이 전기를 생산했기 때문에 마음먹고 버튼만 누르면 한순간에 남한을 깜깜한 생지옥으로 만들 수도 있었다. 그와 비교되게 남한은 가난했고, 무질서했으며, 사상가들의 대립으로 늘 시끄러웠다. 미군정 때 이미 내전 수준의 봉기와 반란이 끊임없이 발생했는데, 그때마다 정부는 무력으로 진압했고, 그 과정을 조작하거나 사실을 은폐하느라 바빴다.

　나라 돌아가는 상황을 읽을 눈이 아직 없던 재홍은 이런 상황에서 그 어떤 것도 제대로 판단할 수가 없었다. 누가 적이고 누가 동지인지도 모른 채, 그저 아주머니가 재촉하니 서울역이 코앞이라고 뛰어나갔을 뿐이다. 안성 집으로 돌아가야 한다는 목표 하나로 서울역에 당도했지만, 입구가 굵은 쇠사슬로 묶여 있었다. 당황한 재홍은 다시 용산역으로 뛰었다. 옆에서 부릉거리는 소리가 나 돌아보니 패잔병의 지프차가 고장 나 있었다.

　"학생, 인민군이 어디까지 왔소?"

　"다들 이미 지나갔어요."

　"괜찮았소?"

　"시민들이 박수치며 환영하던데요? 저도 손을 흔들어주었어요."

　"그럼, 나랑 같이 갑시다."

　군인이 지프차를 버리고 따라나서자 재홍도 일행이 있으면 덜 무서울 것 같아 아무 말 없이 그와 함께 걸었다. 인민군이 서울에 내려와 제일 먼저 한 일은 형무소에 갇혀 있던 사람들을 풀어준 것이었다. 머리를 민 사상범들이 길 한쪽에서 작업복 비슷한 단복으로 갈아입으며 무서운 얼굴로 욕을 해댔다.

"쌍놈의 새끼들, 싸그리 죽여버리겠어!"

누가 누구를 죽이겠다는 건지 모르는 중에 재홍은 벌써부터 길에 널려 있는 시체를 보고 잔뜩 겁을 먹었다. 다리가 후들거렸다.

재홍과 군인은 용산에서 노량진 쪽으로 빠르게 이동했다. 한강을 건널 요량이었다. 당시 한강을 건널 수 있는 다리는 한강철교와 한강대교밖에 없었는데, 6월 28일 일찍 국군이 도망가면서 한강대교를 폭파시켜버렸다. 둑을 따라 남쪽을 향해 포들이 죽 세워져 있는 것이 눈에 들어왔다. 착검한 총을 든 인민군 보초가 두 사람에게 다리가 끊겼다고 소리쳤다. 그중 한 사람이 재홍에게 다가오더니 무서운 얼굴로 물었다.

"동무래 무시기하는 사람이오?"

"미술과 학생인데요?"

그 말에 눈을 빛내며 인민군이 재홍을 붙잡고 서서 북한의 문화와 예술이 어떻다며 한참을 떠들어댔다. 극도의 긴장과 불안을 느끼고 있던 재홍의 귀에는 뭐라는 건지 하나도 들어오지 않았다. 가는 곳이 어디냐고 물어 안성 고향집에 가려고 한다니, 일주일 뒤에 거기서 다시 보자는 알쏭달쏭한 말을 남기고 강변에서 배를 타라며 보내주었다.

재홍은 간신히 강을 건넜고, 며칠을 걷고 걸어 안성 비봉산으로 들어섰다. 이 산만 넘으면 식구들이 있는 집이다. 그런데 인민군이 산꼭대기에서 하늘을 향해 따발총을 쏘는 소리가 들렸다. 피난 갈 틈도 없이 안성 전체가 인민군에게 점령되어버린 것이다. 재홍은 인민군이 다시 보자고 한 말이 이 말이었음을 떠올렸다. 남침 계획이 정확한 일정으로 잡혀 있어 순차적으로 실행된 것 같았다.

재홍이 간신히 절뚝이며 집에 도착하니, 순경이었던 큰형은 이동하는 경찰을 따라 어딘가로 후퇴했고, 다른 가족들은 다행히 무사했다. 하지만 집은 인민군이 차지해 여러 용도로 활용되고 있었다. 인민위원회 위원장이 뒤늦게 도착한 재홍을 보고 의용군에 자원하라고 명령했다. 친구들은 이미 군인으로 모집되어 갔고, 남은 사람들도 인민군으로 끌려간 뒤였다. 재홍은 엉덩이에 땀이 차 부스럼이 난 것을 자꾸 긁어 손독이 오르는 바람에 달걀만 한 종기로 커져서 앉지도 서지도 못하는 상태였다. 위원장은 그 모습에 혀를 끌끌 차며 일단 집에 남아 있으라고 했다.

종기가 가라앉자마자 재홍은 미술과 학생이라는 이유로 곧장 지도 그리는 부역을 맡게 되었다. 당시 인민군은 연극하고 노래하는 사람들을 불러 공산당을 찬양하고 선전하는 내용의 공연을 만들게 했다. 초등학교를 다닐 때 연극을 하도 잘해서 박수를 많이 받던 재홍의 3년 선배 곽규석도 선무공작대에 끌려간 터였다. 재홍은 그들을 따라다니며 무대장치를 그려주는 일을 했다.

얼마 후 더글러스 맥아더 장군의 인천상륙작전이 성공해 서울이 수복되었다. 유엔군이 수원을 통과해 인민군을 치고 내려가는 동안, 합동작전으로 낙동강에 투입된 미군은 중부전선을 따라 인민군을 밀고 올라왔다. 인민군과 인민위원회의 위원들은 북으로 달아나며 필요한 사람들을 납치해갔다. 물건과 식량도 마구잡이로 약탈했다. 선무공작대를 지휘하던 인민군 담당자 역시 서둘러 배우들과 재홍을 안성의 여관에 몰아넣더니 하얀 광목을 사방 1미터씩 찢어주면서 지시를 내렸다.

"날래 요로케 쪽쪽 찢으라."

나누어준 광목을 7~8센티미터 폭으로 얇게 찢으라고 해서 시키는 대로 했다.

"고 앞뒤로 여기 비누를 싹싹 문질러 잘 바르라."

군소리 없이 나누어준 빨랫비누 조각을 천에 문질러 발랐다.

"이제 고걸 발에 꽁꽁 싸 동여매고."

다들 영문을 몰라 아무렇게나 양말 신은 발에 천을 감쌌다. 그 모습을 내려다보던 인민군이 드디어 비장한 목소리로 계획을 말했다.

"이제 우리는 '이 보 전진을 위해 일 보 후퇴'를 할 거이다. 요로케 해놓았으니 발에 물집은 안 잡힐 거이요. 날래 불 끄고 눈 붙이라. 래일 새벽 동 트기 전에 깨울 거이니."

그제야 재홍은 무대 장치를 같이 만들다가 소리 없이 사라진 고향 선배가 몰래 도망간 것을 이해했다. 어지러운 상황에서 한 수 앞을 읽기에 재홍은 여전히 어렸다.

자는 둥 마는 둥 인민군의 재촉에 재홍과 일행은 찬바람 부는 새벽길에 나서 북쪽으로 걸음을 옮겼다. 안성의 죽산고개에 들어서니 벌써 수만 명의 사람이 모여 있었다. 인민군 패잔병은 키가 160센티미터도 안 되는 작고 어린 아이들이었다. 몸에 비해 총이 길어 질질 끌며 걷는 모습이 불쌍했다.

한참을 걸어가는데 언덕에서 갑자기 포 소리가 들렸다. 재홍은 인민군이 이동 중에도 훈련을 하는구나 생각했다. 그런데 갑자기 사방으로 인민군이 마구 뛰는 것이 보였다. 지프차를 타고 흑인 군인들이 사방에 기관포를 쏘면서 내려오는 것이 재홍의 눈에 들어왔다. 순간 본능적으로 같이 가던 세 사람을 밀치며 재홍이 외쳤다.

"옆으로 굴러!"

일행은 데굴데굴 굴러 농업용 물을 대려고 땅 속에 묻은 토관 속으로 급히 몸을 숨겼다. 머리 위로 슝슝 총알이 날아다녔다. 재홍이 고개를 내밀어 주변을 살피니 멀리서 유엔군이 왔다갔다하는 소리가 들렸다. 재홍과 일행은 붙잡히면 죽을 것 같아 다시 산으로 뛰어올라갔다. 도망 온 인민군 수십 명이 숲에 꽉 들어차 있었다. 셋이 뛰어오는 것을 본 인민군이 물었다.

"여기 사람이메?"

"그렇습니다."

"길 안내하라."

재홍은 따라가면 큰일 날 것만 같아 순간 기지를 발휘했다.

"안성 위원장 동무가 중요한 서류를 갖고 있는데 아무래도 수상합니다. 그것을 미군에 넘기려는 것 같습니다. 빨리 찾아와야 합니다."

"무시기? 얼른 찾아오라! 날래!"

정신이 반쯤 나간 인민군이 얼결에 재홍과 일행을 풀어주었다. 재빠르게 서로 눈짓을 한 세 사람은 위원장 동무의 이름을 부르며 산을 뛰어내려갔다.

안성 금광면 밭까지 무사히 내려와 셋은 한숨을 돌렸다. 그때 흑인 수색대가 불쑥 땅에서 솟아올랐다. 흑인들이 내민 총구에 재홍과 일행은 두 손을 번쩍 들면서 살려달라고 소리쳤다. 머리는 길게 산발하고 여기저기 끌려다니느라 옷도 변변히 입고 있지 못한 재홍과 일행을 미군이 위아래로 훑어보더니 영어로 물었다. 재홍은 알아듣지 못했지만 손짓 발짓으로 집 쪽을 가리키면서 알고 있는 단어를 총동원했다.

"홈! 홈!"

재홍은 구사일생으로 다시 가족의 품으로 돌아왔다. 같이 도망쳤던 연극 부원 2명은 선무공작대 일을 했다고 사상범으로 몰려 곧장 경찰에 잡혀갔다. '비상사태하 범죄 처벌에 관한 특별조치령'을 만든 이승만 정부는 군 방첩대와 검찰, 경찰이 설립한 군검경 합동수사본부를 통해 종류 불문 인민군을 위해 부역 행위를 한 사람들을 잡아갔다. 10년 형부터 무기징역까지 내리고 심지어 사형도 했다.[1] 다행히 무대 장치는 누가 그렸는지 몰라서 재홍은 잡혀가지 않았다.

국민방위군

—

전쟁이 한창이던 그해 12월, 제훈은 고향 음성 상갓집에 내려갔다가 먹은 음식이 체했는지 새파랗게 되어서 집에 돌아왔다. 손 쓸 겨를도 없이 세상을 떠났고, 한겨울 난리통에 과부가 된 기매는 이제 겨우 세 살배기인 막내 시홍을 안고 어처구니없어 울었다. 재홍도 하늘이 무너지는 것 같았지만, 아버지의 죽음을 미처 통감할 틈도 없이 바로 국민방위군으로 징병되어 남쪽으로 이동했다.

평양에서 전면 철수한 남한 정부는 과거 북한이 점령지의 주민들을 인민군으로 동원한 것을 잘 알고 있었기 때문에 서울 시민 전체를 후방으로 이동시킬 계획을 서둘러 세웠다. 1950년 12월 21일 '국민방위군 설치법'을 공포한 남한 정부는 다시 한번 경찰서와 파출소를 통해 징병 대상자를 소집했고, 240만 명의 소집 대상자 가운데 68만여 명이 급하게 소집되었다.[2] 그중 한 명이 재흥이었다.

1951년 1월 4일 서울이 다시 중공군과 인민군에 의해 점령되었다. 안성 읍사무소에서 전화교환원으로 일하던 딸 봉희가 헐레벌떡 집으로 뛰어들어와 중공군이 안성까지 내려온다면서 피난을 가야 한다고 소리쳤다. 큰며느리가 당황해서 기매를 쳐다보았다. 경찰을 따라 내려간 남편의 생사도 모른 채 젖먹이 어린 아들을 데리고 시집에 들어와 안성 집을 지키고 있었는데, 어쩌면 좋을지 몰라 시어머니의 처사를 기다렸다. 기매는 봉희의 재촉에 서둘러 세간을 챙기며 어린 자식들을 찾아 옷을 입혔다. 그러고 있는 사이 온 집을 휘저으며 뛰어다니던 봉희는 느러터진 어머니를 내버려두고 저 혼자 피난을 가버렸다.

기매는 전쟁 내내 제 집 마당에 들어왔다 나갔다 하면서 사람들이 버리고 간 물건들 중 제일 쓸 만해 보이는 '딸딸이'라는 쇠바퀴 리어카를 끌고 왔다. 쌀가마니를 얹고 그것을 가리느라 그 위에 이불을 얹었다. 당시 잘사는 집의 상징이었던 재봉틀까지 싣고 기매는 12세의 홍에게 그것을 끌라고 했다. 여전히 젖을 못 떼고 있던 세 살배기 시홍은 등에 업고, 다섯 살배기 정희는 한 손으로 잡아끌면서 드디어 피난길에 나섰다.

어린 홍의 힘으로는 리어카가 잘 밀리지 않았다. 홍은 훌쩍훌쩍 울면서 감당하기 힘든 제 운명을 밀고 끌며 어디로 가는지도 모른 채 사람들의 행렬을 따라갔다. 기매가 정신을 차리고 둘러보니 분명 같이 나왔는데 큰며느리와 손자가 보이지 않았다.

피난민 행렬은 경기도와 충북의 경계를 이루는 차령산맥을 넘어 충북 진천으로 빠져나갔다. 홍은 포대기에 싸인 채 길에 버려진 아기들이 울어대는 소리를 듣고 소름이 돋았다. 기매는 매정한 부모들을 욕하며 시홍과 정희를 단단히 부여잡았다. 차령산맥은 그리 높지 않은 산이었으나 옆으로 까마득한 절벽이 펼쳐진 구불구불 가파른 길이었다. 어린 홍은 점점 뒤로 처졌다. 날이 저물어 깜깜해졌을 때는 사람들이 이미 다 지나간 산길에 덜렁 기매 식구만 남았다. 호랑이가 나오는 고개라고 사람들이 떠들던 말이 생각나 홍은 무슨 소리만 나면 울어댔다. 기매도 대책 없는 이 상황에서 다 얼어죽겠구나 싶어 어린 아이들을 껴안고 펑펑 울었다.

그때 밑에서 영차영차 소리가 났다. 젊은이 3~4명이 어마어마한 짐을 싣고 노인들까지 위에 앉힌 큰 리어카를 끌면서 올라왔다. 그중 한 명이 기매의 딱한 사정을 보고 홍의 리어카를 대신 끌어 정상까지 올려주었다. 얼마나 힘이 좋은지 후딱 밀고 올라가서 맨몸인 기매와 홍이 뒤따라가기 벅찰 정도였다. 정상에서 리어카를 홍에게 다시 넘긴 그들은 올 때처럼 횡하니 사라졌다. 홍은 리어카 바닥에 삐죽 튀어나온 쇠를 브레이크 삼아서 리어카를 질질 끌며 간신히 비탈을 내려갔다.

도착한 곳은 민가가 10여 호 모여 있는 작은 농촌이었다. 입구에 모여 있던 국군이 손짓으로 안내해준 집에 들어가니 이미 피난민이 우글우글했다. 주인이 곤란해하면서 간신히 밀어넣어준 좁은 방에는 아이들을 무릎에 앉히고 다리를 모으고 앉아 꼬박꼬박 졸고 있는 20여 명의 피난민이 틈새 없이 들어차 있었다. 다들 처지가 같으니 야박하게는 하지 못하고 인상을 찌푸리며 기매 식구를 위해 자리를 다시 잡았다.

다음 날 일부는 남으로 내려갔지만, 기매는 그냥 그 집에 남아 한 달 가까이 피난살이를 했다. 가져간 쌀을 다 먹어 패물을 곡식과 바꿔 먹으면서 몇 개월을 버텼다. 도리어 농가에서 기르던 가축을 잡아 고기는 실컷 먹을 수 있었다. 홍은 집집을 돌면서 김치를 얻으러 다녔다. 진천에는 인민군도 중공군도 오지 않아 평온한 날이 계속되었고, 1951년 봄 마침내 기매 식구는 넘어온 고개를 다시 넘어 안성 옛집으로 돌아갔다. 집에는 길 잃고 헤매다 되돌아온 큰며느리가 먼저 돌아와 살림을 이어가고 있었다.

그사이 재홍은 가족이 어떻게 하고 있는지 알지 못한 채 또 다른 피난민 행렬을 따라 남으로 내려갔다. 국민방위군은 인민군으로 동원될지도 모를 병력을 빼내기 위해 급히 결성된 젊은이들이었다. 제대로 된 관리 조직이 없어 각자 알아서 살 궁리를 터득하며 이동해야 했다. 재홍은 인민군 비행기가 기관총을 난사하면 본능적으로 논과 길 사이 언덕에 몸을 딱 붙여 피했다. 낭떠러지가 펼쳐진 좁은 산길을 걸을 때는 아무리 피곤해도 졸지 않으려고 다리를 꼬집으며 산벽에 몸을 붙이고 걸었다. 지친 몸을 잘못 가누어 낭떠러지로 떨어지는 사람들이 족족 생겼다.

국민방위군의 총책임자였던 김윤근을 비롯한 지휘부가 물자와 음식을 횡령하는 사이, 국민방위군으로 징집된 젊은이들은 추위와 배고픔을 이기지 못하고 허망하게 세상을 떠났다.[3] 재홍은 어떻게든 이를 악물고 버텼다. 모두 피난을 가 텅 빈 민가가 나오면 나무로 엮어 만든 담을 헐어 불을 때며 추위를 견뎠고, 배고프면 감자밭에서 생감자라도 뽑아 먹었다. 너무 아리고 맛이 없어서 뱃가죽이 등에 붙어 있어도 한 알을 다 먹기는 힘들었다. 생지옥이 따로 없었다.

완전히 초죽음이 되어 경남 마산에 당도하니 여전히 진눈깨비가 쏟아지고 있었다. 얼어터진 주먹밥이 하나씩 배급되어 길에 서서 꽁꽁 언 주먹밥을 두 손으로 쥐고 얼음 깨먹듯 긁어먹었다. 둘러보니 그곳에는 전쟁이 할퀸 자국 없이 평화로웠다. 헌병처럼 바지 줄을 쫙 다려 입고 흰 줄을 매고 호루라기를 불면서 교통정리를 하는 고등학교 학생이 눈에 들어왔다. 재홍은 거지꼴인 자신이 현실 같지 않게 느껴졌다.

창원 북면의 한 초등학교에 배속된 재홍은 그곳 대대장이 큰형 친구라서 편한 보직을 얻었다. 대학생 보초와 취사병을 관리하는 근무 중대장 직이었다. 보초들이 업무 일지를 써서 건네면 대대장에게 건네주기만 하면 되는 자리였고, 취사병들이 밥을 잘 챙겨주어서 모처럼 살도 붙었다. 손위 사람들이 중대장님이라고 깍듯이 불러주자 괜히 어깨도 으쓱여졌다. 재홍은 대대장 형에게 고향 친구 최병찬도 중대장으로 같이 일할 수 있게 해달라고 부탁했다. 대대장의 특혜로 외출증을 받은 재홍은 병찬과 목욕도 하러 가고 시내에서 차도 마시고, 전쟁 중에 팔자가 늘어졌다 싶었다.

그러나 국민방위군들이 하나둘 자꾸 현역으로 끌려가기 시작했다. 차출을 위해 다시 재홍이 있는 대대에 군인들이 올 거라는 소식이 들리자 대대장이 재홍을 불러 더는 자기가 막아줄 수 없을 것 같으니 알아서 살

길을 찾으라고 했다. 재홍은 외출증 중 위조하기 좋은 것을 골라 이름을 고쳐 써서는 병찬과 함께 중대를 빠져나갔다. 큰형의 또 다른 친구가 연대장으로 있다는 함양으로 가기로 했다. 중간에 진주에서 하룻밤을 자고, 다음 날 산청을 거쳐 지리산 마을을 지나는데, 사람들이 수군대는 소리가 들렸다.

"엎치락뒤치락 점령군이 계속 바뀌는 통에 저기는 낮에는 태극기, 밤에는 인민군기가 꽂히는 곳이라오."

하지만 사실이 아니다. 지리산은 여순사건 이후 토벌작전이 시행된 곳으로 1949년부터 1955년까지 6년간 전쟁과 무관하게 군사작전이 지속된 내전지대다. 국군 11사단은 1951년 2월 거창, 함양, 산청, 고창 일대에서 공비 토벌 작전을 수행하며 수많은 민간인 희생을 낸 것으로 악명이 높다.[4] 그런 줄 모르는 재홍은 사람들의 이야기만 듣고 버스가 지리산을 얼른 지나길 바라며 함양에 도착했다.

연대장 형이 재홍과 병찬을 한적한 부대로 보내준 덕에 재홍은 그곳에서 인사계장직을 맡게 되었다. 민박을 하면서 출퇴근이 가능하고 식사도 밖에서 할 수 있어 편했다. 임무 해제를 받을 때까지 그곳에서 얌전히 있기만 하면 만사형통일 것 같았다. 그런데 그만 친구 병찬이 실수로 사고를 저질렀다.

휴식 중에 사람들과 수다를 떨며 제 총을 닦다가 장전된 줄 모르고 그만 방아쇠를 당겨 옆에 있던 병사의 한쪽 허벅지와 나머지 다리의 복숭아뼈를 총알로 관통시켜버린 것이다. 응급조치 후 병사에게 병원에 갈지 집으로 갈지 물으니, 그가 집으로 가길 원했다. 재홍을 포함한 방위군

8명은 2개 조로 나뉘어 대나무 2개를 가마니에 끼워 싣고 교대로 들면서 그를 전라도 집까지 데려다주고 왔다. 재홍이 돌아오니 연대 본부 감옥에 들어갔던 병찬이 풀려나 대대로 돌아와 있었다. 병찬은 여전히 놀란 가슴이라 말도 잘 못했다.

전쟁 초기에는 전선이 북으로 남으로 오르락내리락 톱질을 하며 엄청난 피해를 발생시켰지만, 1951년 즈음에는 벌써 싸움이 휴전선 지역으로 한정되었다. 후방 지역은 빨치산이 출몰하는 산악 부근 외에는 전쟁의 포성을 직접적으로 느끼기 어려웠다.

진짜 전쟁은 도리어 피난민들 사이에서 벌어졌다. 전국 곳곳으로 구호물자가 도착했지만 구호미救護米 횡령 등 구호 당국의 부정부패가 만연하고 행정 조직이 미비하니 배급이 잘 안 돼 피난민들에게 돌아가는 식량이 부족했다. 거지 같이 처참한 생활고를 겪다가 아사와 병사로 사람들이 죽어나갔다.[5] 모든 게 그저 허술하고 엉망이었다.

재홍은 그에 비하면 운 좋게 잘 지낸 편이다. 강제로 집을 떠나 현역병 차출을 피해 이리저리 목숨 걸고 도망 다녀야 했지만, 그래도 틈틈이 잘 먹고 잘 쉬었다. 나이 많은 사람들부터 임무 해제를 시켜주는데 연대장 형이 재홍과 병찬의 나이를 32세로 고쳐 가짜 증명서를 발급해주었다. 1951년 봄 둘은 안성으로 돌아왔다. 국민방위군은 창설 5개월 만에 완전히 해체되었고, 핵심 간부들은 그동안의 행적이 문제가 되어 처형되었다.[6]

그런데 안성에 와 보니 재홍의 가족들이 도리어 빈곤에 절어 있었다. 봉희는 1·4 후퇴 때 혼자 사라져 어느 군인과 혼인을 했고, 원홍 형은

1952년, 미군부대에서 그림을 그려주던 당시 22세의 재홍.

어디에 있는지 아무도 몰랐다. 어머니와 큰형수가 생계를 책임지고 있었는데, 젖먹이 조카에 동생 셋이 줄줄이 배고픔에 떠는 것을 보니 자칫 제 인생이 가족들 뒤치다꺼리로 끝나겠다는 생각이 들었다. 재홍은 부산에 내려갔다는 홍대 전시학교로 찾아가 등록을 다시 하겠다고 어머니에게 말했다. 아버지도 안 계신 마당에 일가를 다시 일으켜 세우려면 자기라도 빨리 대학을 나와 성공해야겠다고 다짐을 밝혔다.

　재홍은 일단 등록금을 벌어야 해서 서울로 올라갔다. 폭파시킨 한강대교가 복구되기 전이어서 서울에 가려면 꽁꽁 언 한강을 걸어서 건너야 했다. 도강증 없이 한강을 건너면 간첩으로 내몰려 곧바로 총알받이가 되던 때였다. 재홍은 남들처럼 밤에 몰래 강을 건넜는데, 어둠 속에 낚시꾼이 여기저기 파놓은 구멍을 보지 못해 사람들이 얼음장같이 차가운 한 강물에 대책 없이 빠졌다. 그 모습에 놀란 재홍은 스케이트 타듯 두 다리를 좌우로 천천히 밀면서 조심스럽게 강을 건넜다.

서울 시내에 당도한 재홍은 미군이 PX로 쓰던 미쓰코시백화점 근처 여관에 자리를 잡았다. 남대문 도깨비시장에 나가 미군 군복을 한 벌 사 입고 근처 식당에서 밥을 먹으면서 PX만 쳐다보았다. 미군이 물건을 사 갖고 나오면 얼른 뛰어가 초상화를 그려주겠다고 했다. 마침 19공병대 사람을 만나 사정사정해 차를 얻어 타고 매부가 있다는 동두천 부대로 갔다.

재홍은 미군 가족의 그림을 그려주거나 장교 식당에 페인트 벽화를 그리는 일을 따냈다. 사실 페인팅은 처음이었지만 못할 것도 없다는 생각에 밀림 속 누드를 상상으로 거침없이 그려주었다. 그렇게 해서 모인 달러를 들고 남대문시장에 가서 한화로 바꾼 다음 드디어 부산으로 내려갔다.

홍대 전시학교

———

6·25전쟁이 발발한 후 임시수도가 된 부산은 9월 28일 서울 수복으로 원상 복귀되었다가, 1951년 1·4후퇴 때 다시 임시수도가 되었다. 재홍이 내려갔을 당시 홍대 전시학교 미술과는 국제시장 근처 부평동의 한

절에서 운영되고 있었다. 얼마 안 가 대신동의 어느 중고등학교로 자리를 옮겼고, 그곳의 별관에서 수업이 진행되었다.

믿기지 않는 2년이 흘러 있었다. 1학년 한 학기도 제대로 배우지 못했는데 곧 졸업하게 생기자 재홍은 학년을 낮춰 2학년으로 다시 등록했다. 난리 중에 어디로 흩어졌는지 동양화과 교수들은 학교에 나타나지 않았다. 서양화과에는 서울대에서 홍대로 스카우트된 김환기와 프랑스 유학파인 이종우가 교수로 있었다. 울며 겨자 먹기로 재홍은 서양화과로 전과했다. 동양화과 2기 동기였던 이원용도 같이 전과해 등록했다. 등록생이 몇 명 없어서 전 학년을 한 반으로 몰아 수업을 진행했다.

어렵사리 등록은 했지만 수중에 돈도 없고 거처할 곳도 없던 재홍은 여기저기 기웃거리며 빈대처럼 신세를 졌다. 서울대 농과대학 수의과에 다니는 안성 친구들이 부산 송도 판잣집에 방을 얻어 모여 살고 있었다. 재홍은 배고프면 수저만 달랑 들고 친구들이 자취하는 방에 들러 밥을 얻어먹었고, 밤이면 그 사이에 대충 비집고 들어가 새우잠을 자고 나왔다.

친구들 눈치가 너무 보이면 송도 바닷가에 있는 '시인의 집'이라는 카페 추녀 밑에서도 잠을 잤다. 시인 박거영이 만든 카페인데 유독 그 집의 추녀가 길었다. 가끔 주인장이 예술에 대해 이런저런 이야기를 하며 재홍에게 커피를 한 잔 그냥 타주었다. 대학생 배지만 달았을 뿐 재홍은 지금으로 치면 노숙자나 마찬가지였다.

다행히 학교에서 물감이 지급되어 그림은 그릴 수 있었다. 재홍은 교실에서 학생들이 쓰다 버린 물감을 주워 모아 마지막 한 방울까지 알차게 짜 썼다. 캔버스가 필요하면 부산 송도의 산 끝자락에 있는 대공포대 앞으로 가서 부대 앞 쓰레기통을 뒤졌다. 당시 미군은 군용식품을 비행기로 이송할 때 바다나 웅덩이에 빠져도 궤짝이 물에 젖어 해체되지 않도록 코르타르로 배접한 두텁고 질긴 종이로 박스를 만들었다. 당시에는 '레이션 박스'라고 불렀다(1945년에 개량되어 6·25전쟁 내내 쓰였던 미군의 C-Ration을 말한다). 쓰레기통에 버려진 레이션 박스는 캔버스 대신으로 쓰였다.

그래도 작업량을 감당할 수 없어 재홍은 미군부대에서 얻어 요긴하게 쓰고 있던 GI 시계(육군용 밀리터리 시계의 일종)를 국제시장에 내다 팔아 재료 구입비를 마련했다. 국제시장에는 없는 게 없었다. 생필품부터 귀금속류, 미군용품, 원조물자, 사제 연초, 밀수품 등 온갖 종류의 물건이 다양한 루트로 쏟아져나와 팔리고 있었다. 기존 가게 말고도 피난민이 노점상이나 행상 형태로 하루살이 장사들을 해서 늘 많은 사람으로 시끌 벅적했다.

재홍은 리어카에 미술 재료를 담아 파는 노점 상인의 물건을 신중히 고르고 또 골랐다. 종이갑과 오동나무 케이스에 든 일제 유화물감 두 종류가 있었는데, 나무 상자에 든 것이 당연히 더 좋은 거라고 생각해서 재홍은 아저씨가 값을 싸게 쳐주었다며 좋아라 물감을 사왔다. 학교에 와서 자랑하니 조교로 있던 박석호가 혀를 끌끌 차며 '거죽 보고 고르면 바보'라고 놀렸다. 하필 제일 형편없는 물감을 골랐다는 말에 재홍은 눈물이 핑 돌았다.

친구네 가는 시간도 아까워지기 시작하자 재홍은 학교 구석에서 쪽잠을 자며 작업에만 매진했다. 배가 고프면 건물 밖에서 담배를 피우는 학생들에게 한 대만 얻어 피우자고 손을 내밀었다. 피난민과 처지가 다른 부산 학생들은 제발 사서 피우라며 눈살을 찌푸렸다. 재홍은 건물 내 꽁초를 깨끗이 주워 모아 빈 교실 구석에 가서 신문지 위에 모아온 꽁초를 비벼 담배 속을 떨군 뒤 한 귀퉁이를 찢어 담배를 말아 피웠다. 너무 독해 어질어질했지만, 니코틴이 몸에 퍼지면 한동안은 배고픔이 사라져 견딜 만했다.

어느 날 몸이 으슬으슬 추워오자 구석에 웅크리고 앉은 재홍은 오만 가지 상념에 시달렸다. 그동안 자신이 너무 한심하게 살았다는 뼈저린 후회가 한꺼번에 밀려왔다. 늘 실망만 시켜드린 아버지 얼굴이 떠오르고, 동생들 먹여살리느라 동분서주 뛰고 있을 어머니 생각도 났다. 이제는 아무도 자기를 도와줄 사람이 없었다. 재홍은 저도 모르게 이를 악물었다.

'나'는 누구인가?

다시 배지를 달고

—

1953년 7월 27일, 3년 만에 휴전이 되었다. 남한 정부는 8월 15일 서울로 환도했고, 홍대는 서울 종로구 누상동으로 자리를 잡았다. 미술과는 얼마 안 있어 종로2가 YMCA 뒤에 있는 큰 창고 건물을 빌려 다시 이전했다. 1학년만 별도 수업이고, 2학년 이상은 학생 수가 많지 않아 전부 한 반에 모여 수업을 받았다.

당시 미술과 학생들은 고유의 배지를 만들어 가슴에 달고 예술인이라는 정체성을 자랑스럽게 밝혔다. 재홍이 입학할 당시의 배지는 적황청의

1953년, 종로 장안백화점 뒤 홍대 미술과 건물 앞. 왼쪽부터 재홍, 서양화과 문우식, 김영욱.

직사각형 3개로 된 모양이었다. 외국 국기 같다는 비판을 받자 부산에서는 동그란 모양의 배지를 다시 만들어 썼다. 여자들이 쓰는 브로치 같다는 말이 나오자 환도 직후에는 'ㅎ'자 모양을 딴 디자인이 다시 제작되었다. 갓머리 아래에 동그라미가 달랑거리는 형태였는데, 역시나 여성의 장신구 같다는 의견이 빗발쳐서 재홍이 학생회장으로 선출되었을 때 다시 배지 디자인 공모를 했다.

박영일이란 학생이 낸 디자인이 1등으로 채택되었다. 네모 2개를 겹쳐 테두리를 굵게 하고, 한 면은 흰색, 한 면은 검은색으로 칠해 겹치는 면에 한글로 '미'자를 써넣었다. 지금까지도 홍대 미대 배지로 쓰이는 이 디자인은 가운데 '미'를 '홍', 'ㅎ', '대大' 자로 융통성 있게 바꿔 홍익여자고등학교, 홍익초등학교, 홍익대학교의 로고로도 재활용되고 있다.

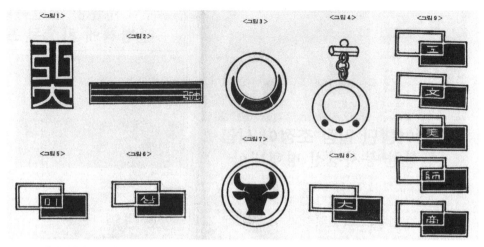

홍대 미술과 배지의 역사.

　자랑스럽게 배지를 달고 다녔지만, 재홍은 종로에서도 여전히 배곯는 미술학도였다. 그래도 부산보다는 서울에 친구가 많아서 외향적이던 재홍이 돌아다니며 신세지기에는 어려움이 없었다. 그중 서양화과 후배 강영재의 집에 자주 들렀다. 영재의 부친은 워낙 좋은 분이라 아무런 눈치도 주지 않고 밥을 잘 퍼주었다. 하지만 잠은 여전히 학교 건물 한쪽에서 틈틈이 쪽잠으로 때웠다.

　재홍은 수업이 없는 날이면 화판을 메고 지금의 롯데호텔과 롯데백화점 사이에 있는 4층짜리 중국집 '아사원'으로 갔다. 미군들이 점심을 먹으러 많이 오는 곳이라서 테이블을 돌며 초상화를 그렸다. 일차 타깃은 아가씨들과 앉아 있는 병사들이었다. 여자 앞에서 거들먹거리느라고 "포트릿?" 하고 물으면 어디 그려보라고 턱부터 쳐들었다. 같이 있는 아

1953년 방학 때 안성 집에 놀러온 친구들. 왼쪽부터 홍대 서양화
과 강영재, 재홍, 문우식, 조각과 최기원.

가씨들은 자기에게 집중되어도 모자랄 관심을 낚아채간다고 팔짱을 끼
고 재홍을 흘겨보며 빨리 끝내라고 눈짓을 했다. 초상화는 1~2달러에 팔
렸다. 친구 문우식도 종종 따라와서 같이 그렸는데, 그는 손이 빨라서 재
홍이 5장 그릴 때 10장씩 그렸다.

　학창 시절 재홍은 모딜리아니와 고갱을 좋아했다. 그래도 그림은 실
력을 높이려고 일부러 다양한 풍으로 그렸다. 이종우 교수는 재홍의 색
감을 자주 칭찬했다. 자신이 사실적인 그림을 맛깔스럽게 그리는 화가

로 대한미술협회 부회장이자 대한민국미술전람회 심사위원이기도 해서 학교에서 상당한 세력가였다. 그래도 재홍은 사람 전체에서 멋짐이 풍기는 김환기 교수를 더 좋아하고 따랐다. 김환기는 여전히 꿈이 많고, 언어적 표현력이 뛰어나 수필과 글을 잘 썼으며, 총명하고 언변이 좋아서 학생들도 잘 가르쳤다.

"그것은 한마디로 말하면, 시간대가 다른 모든 것을 화면에 총합하는 것이다."

주머니에서 손수건을 꺼낸 김환기는 끝을 말아 위로 올리면서 설명을 이어갔다.

"이렇게 하면 앞에 있던 면이 뒤로 돌아가지? 우리 시선이 어디에 있느냐로 눈에 보이지 않는 것일 뿐 실제로는 모든 면이 공존하고 있는 것이다. 그것을 드러낸 것이 입체파인 거지."

당시 미술계에 입문하는 가장 확실한 길은 대한민국미술전람회에 당선되는 것이었다. 일제강점기의 조선미술전람회의 계보를 이어 1949년 이승만 정부가 개최한 공모전으로 약칭 '국전'이라고도 불렸다. 동양화와 서양화뿐 아니라 조각, 공예, 서예, 건축, 사진 등 미술 각 분야에서 각각 수상작을 뽑았는데, 관전官展이었기 때문에 일단 수상하면 누구든 매체의 관심과 주목을 받기 쉬웠다. 공모전, 초대작가전, 추천작가전을 혼합해서 실시했고, 공모전에서 수상을 3번 한 작가는 그 이듬해 전시에 초대되었다. 학생들은 국전에 초대될 수 없었지만, 쟁쟁한 어른들과 경쟁해서 입선을 따내는 것은 가능했다.

1954년 가을 마지막 학기를 보내고 있던 어느 날, 교수들이 전 학년을

1953년, 홍대 교실에서 조각과 배형식과 함께 자신이 그린 입체파
풍의 자화상을 자랑하는 재홍.

불러 그동안 작업한 그림을 전부 가져오라고 했다. 국전에 낼 작품을 뽑기 위해 사전 심사를 하겠다는 것이었다. 학생들은 웅성댔다. 쭈뼛쭈뼛 그림을 내놓자 다른 교수들은 대충 훑어보고 지나가는데, 김환기만 매의 눈으로 작품을 하나하나 살피며 따끔하게 야단쳤다.

500호 캔버스에 파고다공원의 노인 모습을 그린 친구에게는 한복 입은 사람의 옷주름을 그리는 데 너무 전념하느라 그 안에 신체가 들어 있다는 것을 생각하지 못했다고 지적했다. 여인 너덧이 나체로 서 있는 것을 그린 친구에게는 사실적으로 그리려고 노력은 했지만, 나체가 각각 따로 놀면서 하나의 호흡으로 어우러지지 못한다고 비평했다. 맨드라미 꽃을 그린 친구에게는 한숨을 폭 쉬면서 이렇게 말했다.

"이 사람아, 미술과 도화圖畵는 다르네. 미술에는 예술적 향기가 있어야 하는데 자네는 지금 도화를 그리고 있어."

친구들이 하나둘 깨지는 것을 본 재홍은 슬금슬금 뒷걸음질했다. 환기가 "박군!" 하고 불렀다. 재홍이 자기는 이번에 작품을 내지 않을 거라고 얼른 선을 긋자 환기가 소리쳤다.

"건방 떨지 말고 가져오라!"

머뭇대며 그림을 보이니 환기가 재홍의 그림 3점을 유심히 바라보았다. 하나는 대각선으로 누운 여인의 누드 그림이었고, 또 하나는 테이블에 비스듬히 앉은 나체 여인의 그림이었다. 후자는 모델이 원체 삐쩍 마르고 피부가 거무튀튀해서 보이는 그대로 색감을 살려 그렸는데, 비리디언viridian계의 짙은 녹색으로 윤곽선을 그리고 엄지손가락으로 그 물감을 툭툭 안으로 밀어쳐 윤곽선 안쪽의 거무튀튀한 살색과 자연스럽게 섞이도록 해 입체감을 냈다. 김환기가 그 점을 알아보고는 잘 그렸다고 칭찬했다.

또 다른 하나는 정물 그림이었다. 의자에 흰 보자기를 씌우고 마른 해바라기를 여러 개 아무렇게나 던져서 그린 그림이었다. 잎이 마르면서 비틀어진 해바라기는 정면으로 보면 씨가 앞으로 기어나와 꼭 도깨비가 이를 드러낸 것 같았다. 엄버umber 계통의 갈색으로 칠한 그 그림을 김환기가 독특하다고 했다.

1955년 국전에 출품한 〈해바라기〉. 88세의 서보가 사라진 원본을 대신해 볼펜으로 종이 위에 그려 보여준 그림이다.

　스승의 반응을 보고 용기를 얻은 재홍은 국전에 세 작품 모두 출품했다. 그중 테이블에 앉은 〈나부裸婦〉와 〈해바라기〉가 입선이 되어 홍대에서는 재홍 혼자 신문에 이름이 올랐다.

도망자, 서보

―

휴전 후 유엔군 대부분이 철수한 상태라서 병력 증가와 군대 체제 정비가 시급했던 남한은 20대 남자들을 군대로 징집하기 시작했다. 지금처럼 중상위층 남자들은 이런저런 방식으로 병역을 피해 빠져나가고, 그물에 걸린 것은 돈 없고 빽 없는 중하위층 청년들이었다. 장교 요원도 확보해야 해서 정부는 각 대학에서 남학생들을 징집했다. 장교 훈련 6개월 중 전반기 훈련 3개월만 받으면 전쟁이 났을 경우 현역으로 동원되고 전쟁이 나지 않으면 소위로 복무하다가 제대하게 될 것이라고 선전했다.

안 그래도 남학생들은 모였다 하면 졸업 후 병역 의무를 어떻게 피해 다닐지 설왕설래 시끄러웠다. 재홍과 친구들은 몇 개월만 고생해서 훈련을 받고 오면 군대 문제를 해결할 수 있고, 전쟁이 다시 일어난다고 해도 장교로 있는 편이 목숨을 부지하는 데 낫겠다는 계산하에 다 같이 지원서를 써냈다. 1954년 가을, 재홍과 친구들은 광주 육군보병학교에 입대했다.

미군정 때 조선경비보병학교가 설치된 이후 우후죽순 생겨난 여러 학교를 통폐합하면서 1949년에 만들어진 것이 이 사관학교다. 재홍은 CMSC Corps of Military Staff Clerks 21기로, 제2중대 내 제3소대로 소속되었다. 홍대와 고려대학교 학생들이 같은 소대에 소속되어 재홍은 다른 학교의 좋은 친구들을 이때 많이 사귀었다.

훗날 재홍이 어려울 때마다 은인처럼 나타나서 도움을 준 신영철도 여기서 인연을 맺은 친구다. 시인 박희진과 민재식, 시사영어사 창립자가 된 민영빈 등도 모두 여기서 사귀었다. '현대전'에서 서보가 발표한 작품들에 앵포르멜 이론을 뒷받침해준 미술평론가 방근택도 그때 이곳에서 군인으로 복무 중이던 인물이다.

1954년 12월, 광주 육군보병학교 사격훈련장. 왼쪽 맨 끝 가운데가 재홍이다.

그런데 이승만 정부가 다시 약속을 어겼다. 지원서를 받아갈 때 했던 말을 뒤엎고 휴전 중인데도 육군보병학교 수료생들을 현역으로 바로 데려가버렸다. 행여 도망갈까 우려해 군인들이 졸업식에 군 트럭을 몰고 왔다. 다른 학교 학생에게 그 소식을 전해들은 재홍은 개탄을 금할 수 없었다.

전쟁 중에 '학도의용군'이라는 명목으로 약식 훈련만 거친 어린 학생들을 전쟁터로 징병했던 자유당 정부가 아닌가. 필요할 때마다 번갯불에 콩 구워먹듯 추가로 징발법을 제정해 '보국대', '민간인 운반단', '한국노무단' 등 전투 보조 조직에 수십만 명을 소집해갔다.[7] 국민방위군으로 날린 시간도 아까워 죽겠는데 졸업을 앞둔 마당에 제 살길은 찾아보지도 못하고 또 다시 여기저기 끌려다니다 개죽음을 당할 수는 없었다.

재홍은 상을 타기로 되어 있었지만 3학년인 다른 친구에게 대신 받아달라고 부탁하고 졸업식 전날 이원용과 함께 멀리 도망을 갔다. 그해 졸업생 3명 중 2명이 빠져서 1기 조각과였던 여자 선배 윤영자만 졸업식에 참석했다. 도망 중에 안성에 전화하니 어머니가 놀라 펄쩍 뛰며 육군 특무대가 들이닥쳐 재홍이 어디에 있는지 대라고 윽박질렀으니 절대로 집에 올 생각을 말라고 했다.

재홍은 가짜 이름을 만드는 게 좋겠다고 생각했다. 한학에 밝은 충청도 출신의 맹인재라는 친구를 찾아가 나중에 아호로 쓰게 이름을 2개만 만들어달라고 부탁했다(맹인재는 홍대를 중도에 그만두고 단국대학교에서 역사를 공부해 국립민속박물관 관장, 한국민속촌 대표이사, 김환기미술관 관장 등을 역임했다). 인재는 '수헌樹軒'과 '서보栖甫'를 지어준 뒤 알아서 골라잡으라고 했다. 원용이 제 성姓에는 수헌이 발음이 좋게 들린다며 가져가서 재홍은 밑받침 없는 이름을 갖고 싶었는데 잘 되었다며 서보를 택했다.

당시에는 전쟁 중에 불온 세력을 색출하고 예비 병력을 확보하기 위해 14세 이상의 남녀 모두에게 발급한 '시·도민증'이 여전히 통용되고 있었다. 피난을 가고, 식량을 배급 받고, 부역자가 아니라는 것을 증명하기 위해 다양한 증명서가 필요했다. '피난민증'과 '도강증' 같은 것은 자신의 무고함을 시민이 스스로 증명하는 방법이기도 했다. 혼란의 시대에 자신을 지켜줄 유일한 방법이었기 때문에 이러한 각종 '증'을 몇 개 갖고 있느냐가 한편으로는 권력과 힘의 상징이 되었다.[8]

당연히 이런 일에는 위조자와 장사꾼이 붙기 마련이다. 당시 많은 사람이 그랬던 것처럼 재홍과 원용도 불법 위조자에게 돈을 주고 가짜 시민증을 만들었다. 1955년 『서울신문』에 연재된 염상섭의 소설 「젊은 세대」에 당시 세태가 고스란히 드러나 있다.

> '아니 실례지만 이 형은 이중호적은 아니시겠지?' 하고 정진이가 허허거리니까 '그 어떻게 길이 있으면 나두 한 다리 꼈으면 하지만 그나마 길이 있어야죠.' 하며 상근이도 껄껄 웃는다. 상근이는 내년 봄에 학교를 나오면 자기 아버지 회사에 취직하기로 결정되어 있었다. '가호적 신청은 여기서 언제든지 받아들이니 염려 마세요.' 원룡이가 옆의 수득이를 돌아다보며 불쑥 이런 소리를 하고 웃는다.[9]

소설 속에서 가난한 집의 장남인 수득은 병역을 피하기 위해 30세가 넘은 것으로 나이를 속여 가호적假戶籍을 가진 상태다. 원룡이 그런 줄 뻔히 알면서 괜한 농담을 하고 있는 대목이다. 친구들은 소설 속에서 미국 유학이나 이중호적, 가호적 등으로 병역을 기피할 방법을 끊임없이 모색한다.

소집 통지서를 받은 징병 대상자 중 많은 수가 재홍과 원용처럼 도망을 다녀서 실제로 소집된 것은 60~70퍼센트에 불과했다고 한다. 호적을 허위로 기재하는 수법으로 병역을 기피한 자가 하루에도 100명에 달했다고 하니, 정부가 가만히 있었을 리 만무다. 1957년 정부는 병역법을 전부 개정해서 병역 복무 대상을 확대하고 처벌을 강화했다. 병역법 개

정 이후에도 병역 기피로 고발된 사람이 속출했다.[10]

　휴전협정 이후에도 북진통일을 강조하는 남한 정부의 목소리는 계속되었고, 전쟁이 발발할 거라는 두려움도 계속 존재했다. 실제로 전쟁을 겪었던 그 시대 청년들에게는 일단 군대에 끌려가면 죽는다는 공포감이 팽배했다. 병역을 마친 남자들도 휴전선 주변의 군사시설 구축을 이유로 노무에 동원되었다. 식량이나 의복, 기타 필수품조차 제대로 공급되지 않은 상태에서 사고와 질병 등 갖가지 위험에 무대책으로 노출되어 있었다. 정부가 국민을 보호하지 않고 의도적으로 배신하고 속이고 함부로 버리고 취급하던 때다. 평생 병역 기피자로 피해 다닌들 어쩌면 그게 더 나은 선택일 수도 있었다.

　그렇게 재홍은 서보가 되었다. 1954년 홍대의 첫 졸업전을 소개한 『서울신문』 기사에 박재홍으로 등장했던 그는 1955년 국전 특선 25점에 대한 『연합신문』 기사에서는 박서보란 이름으로 소개되고 있다. 이때부터 서보는 일부러 늙은이 목소리를 내고, 중절모를 쓰고, 수염을 길러 나이를 들어 보이게 하고 다녔다. 어딜 가나 경계를 게을리하지 않고 늘 주변을 살피며 움직였고, 형사처럼 보이는 사람이 있으면 반대편으로 피해 가느라 지그재그로 건너다녔다.

　1950년대 서울의 20대 남자들은 외출 때면 불시에 군경 합동 단속반의 검문을 받을 각오를 해야 했다. 징병 소집에 응하지 않은 병역 기피자를 색출하려는 길거리 검문이 시도 때도 없이 벌어졌기 때문이다. 1956년 11월부터 이듬해 3월 말까지 6만 789명의 청년이 단속반에 붙잡혀 기피자 수용소에 끌려갔고, 그중 4만 6,500여 명이 그 길로 입대했다.[11]

◀군경 합동 단속반의 불시 검문에 붙잡혀 기피자 수용소에 끌려간 사람들.
▶병역 기피자의 집을 표시한 현판.

　서보는 나중에 동생 홍이 군대를 간다고 했을 때 강력하게 뜯어말렸다. 형의 단칸방 신혼살림에 얹혀 지내다가 서보가 프랑스에 간다고 하자 지낼 곳이 없어져 군대를 방편으로 삼은 건데, 서보는 절대 안 된다면서 으름장을 놓았다.

　"군대 가면 네 인생은 끝난다."

　서보는 미군부대 인사과에 있는 고향 친구 최병찬을 찾아가면 일자리를 알아봐줄 거라면서 프랑스로 떠나는 공항에서도 한 번 더 홍을 불러 쐐기를 박았다.

　"네가 군대를 가면 내 동생도 아니다."

　5·16군사쿠데타 직후인 1961년 6월 9일, 박정희 군사정권은 내각 공고 제1호로 병역 의무 불이행자 자수 신고 기간을 정해 10일간 접수했다. 이듬해 초 제2차 신고 기간을 정했고, 그 기간 중 신고한 사람이 41만 명에 육박했다고 한다.[12] 그해 육군보병학교 수료생들은 정부를 상대로

단체 소송을 걸어 승소해 일등병 만기 제대로 제대중을 받았다. 프랑스에 가 있어 뒤늦게 소식을 들은 서보는 귀국하자마자 진정서를 내고 국방부의 담당자를 찾아갔다. 간신히 서보도 3년 뒤에 만기 제대 통지서를 받았다.

하지만 20대 내내 도망 다니던 버릇 때문인지 서보는 이후에도 관제 유니폼에 자동 반사적으로 긴장하고 위축되어 눈치를 보았다. 서보는 자신이 현대미술 운동을 하면서 사회의 "퀴퀴한 것들"에 반대한 것은 그때의 분노와 실망 때문일 것이라고 나중에 회고했다.

수덕사에서 김일엽을 만나다

—

1955년 졸업식에 불참한 뒤 도망 다니는 신세가 된 서보는 이응노의 부인이 운영하는 충남 예산의 '수덕여관'에 찾아갔다. 며칠 그곳에서 묵으며 서보는 머리도 식힐 겸 수덕사에 올랐다. 나혜석과 함께 1920년대 신여성을 대표했던 문인 김일엽이 그곳에 승려로 있었다. 서보가 물었다.

"제가 화가인데 어떻게 하면 좋은 예술가가 되겠습니까?"

"우선 수신을 하면서 당신을 비워내세요."

"어떻게 비워냅니까?"

"부처님 앞에 정성을 드리고 불공을 드려 보세요."

"부처상은 우상이 아닙니까? 왜 부처상을 만들어놓고 그 앞에서 예배를 한답니까?"

"그럼 강변에서 아무 돌이나 주워 놓고 거기에 당신을 집중해보세요. 그것도 하기 싫으면 그냥 당신 이름을 반복해 부르시든지요. 아마 백 번도 채우지 못하고 오만 가지 생각이 나서 기도를 못할 겁니다. 전차에서 스쳐지나간 여자의 팔뚝 느낌도 생각나고, 자기에게 못 되게 군 사람들도 생각나고……."

"제가 생각해도 그럴 것 같습니다."

"그래도 계속 반복해보세요. 그러다 보면 어느 날 가능해지고, 그러고도 계속 하다 보면, 부처를 만나게 될 것입니다."

"스님은 부처를 만났습니까?"

"나는 지금이라도 만나려고 하면 금방 만나지요."

"웃기지 마십시오."

"만나고 보니 그것이 나입데다."

서보는 그 말에 '꽝' 하고 머리를 한 대 맞은 것 같았다. '뭐지? 그러면 지금까지 내가 믿어온 나라는 것은 무엇일까?' 계속 고민을 해보았지만 어린 서보가 쉽게 답을 낼 수 있는 화두는 아니었다.

무일푼으로 돌아다니는 데 한계가 있어 적당한 때 다시 학교로 돌아온 서보는 낮에는 수위 아저씨들의 방에서 눈을 붙이고, 밤에는 빈 교실에서 작업을 했다. 아직은 자기를 비워낸다는 것이 무엇을 말하는 것인지 알 수 없었다. 하지만, 최소한 그림을 그릴 때만큼은 아무 잡생각도 일지 않았다. 그런 집중의 시간을 말하는 것일까 서보는 궁금했다.

'여과지'라는 재생지 큰 것을 두루마리로 싸게 구해 서보는 학생들이 데생을 하고 교실에 버리고 간 콩테conté나 목탄 토막을 모아 그림을 그렸다. 가끔 누가 찾아와 한 끼 식사라도 사주면 식당에서 간장병을 슬쩍해서 꼬챙이로 간장을 찍어 그려도 보았다. 의외로 간장이 색감이 좋아서 콩테로 그 위에 덧그리고 닦아내니 꽤 멋진 그림으로 변했다. 주위 모은 물감이 많지 않아 가장자리만 슬쩍슬쩍 칠해 레몬을 그린 정물도 재료 부족으로 인한 대안이었지만 도리어 종이 색이 그대로 드러나는 것이 더 세련되어 보였다.

나중에 김환기가 보고 누구 그림이냐고 물었다. 조교가 재홍의 것 같다고 말하니 교내전에 내라고 했다. 그 그림은 낙원다방 주인이 샀다. 그런데 무슨 일인지 주인이 다방 문을 닫고 도망가서 다시는 그림을 보지 못했다. 서보가 잃어버려 제일 안타까워하는 4점 작품 중 하나다.

서보가 다시 보고 싶은 나머지 3점은 1954년 국전에 냈던 작품들이다. 그중 〈해바라기〉는 재홍이 육군보병학교에 들어갈 때 조각과 윤효중 교수가 집에 걸어두겠다고 가져갔다. 윤효중은 '이승만 대통령 제80회 탄신경축 중앙위원회' 의뢰로 남산에 이승만 동상을 세우는 일을 맡았다. 조선신궁이 자리 잡았던 남산 중턱 명당자리에 기단부 포함 25미터에 달하는 초대형 동상을 세우는 프로젝트였다. 공사비 2억여 원에 연인원 7만여 명이 투입되는 어마어마한 사업이었다.

하지만 4·19혁명으로 1956년 이승만이 하야 성명을 발표하자 마무리 공사가 한창이던 중에 동상 프로젝트가 중단되었다. 대금 지급 등 많은 부분에서 문제가 생기자 쫓겨다니게 된 교수에게 서보가 자기 작품은 어떻게 되었는지 물을 수 없었다. 그 직전에 건립된 탑골공원의 이승만 동상은 시민들에 의해 바로 철거되었고, 윤효중이 만들다 만 동상은 너

무 커서 철거가 되기까지 4년이나 걸렸다.[13]

국전에 냈던 〈나부〉는 서보가 잠시 신세 진 적 있는 고향 친구 집에 맡겨놓았다. 그 친구는 서보 형의 경찰 동기인 자기 형 집에 얹혀살고 있었다. 어느 날 경찰 일을 그만두고 사업을 시작한 형이 일이 꼬이자 술을 진탕 마시고 와서 서보의 그림을 보고 탓했다.

"계집년이 벌거벗고 있으니까 일이 안 되지!"

재홍이 나중에 작품을 찾자 친구가 몹시 미안해하면서 시멘트 소각장에 던져져서 불탄 사정을 이야기해주었다. 당시 작품들이 흔히 맞던 비극 중 하나다.

김일엽과의 문답은 오랫동안 서보의 머릿속을 떠나지 않고 맴돌았다. 하지만 마음에 더 와닿았던 것은 당시 유행하던 실존주의 철학이었다. 친구에게서 카뮈의 책을 빌려 읽으면서 서보는 『이방인』의 주인공 뫼르소에 동일시했다. 아프리카 해변에서 엉뚱한 사람에게 방아쇠를 당기던 뫼르소의 등 뒤로 쏟아져내린 뜨거운 햇살이 자기 등에도 느껴지는 듯했다. 천천히 당기는 손가락을 자극하는 방아쇠의 저항도 제 것인 양 실감났다. 머리로 이해하려고 하면 난해한 줄거리지만, 그 기분만큼은 알 것 같았다. 명동과 을지로의 술집이나 다방에 삼삼오오 모여 있던 대학생과 예술가에게 프랑스의 실존주의는 전쟁의 벼랑 끝에서 그들이 맞닥뜨렸던 '생존'의 문제를 건드렸고 '부조리'를 인식시켰다.

사이다 발언

서보는 졸업 후에도 국전에 작품을 내 입선이 되었다. 국전에서 특선을 3번 연속하면 추천작가가 되는 규약이 있었다. 몇몇 작가가 조건을 충족하지 못했는데도 추천 받는 특혜가 생기자 사람들 간에 시비가 붙고 시끄러워졌다. 국전이 시작된 지 고작 4년 만에 본질은 잊고 부정을 일삼는 기성세대를 보면서 서보는 속이 끓었다. 대한미술협회전에도 작품을 출품했는데, 그곳 사정도 가만히 들여다보면 한숨이 나왔다.

대한미술협회는 광복 직후 결성된 조선미술가협회가 대한민국 정부수립과 동시에 이승만 정부의 뜻을 받들어 미술인들을 단결시키고 반공 정신을 고취하겠다고 재조직된 것이다. 초대 회장이 된 고희동은 동양화를 그리다가 일본으로 건너가 도쿄미술학교에서 서양화를 전공하고, 한국인으로 구성된 최초의 미술 단체 '서화협회'를 결성한 사람이다. 국전 1회부터 7회까지 심사위원장을 역임한 그는 일찍부터 나라의 상이란 상은 모조리 탔다. 1960년에는 국회의원으로 선출되어 정계로도 진출했다. 역시나 미술계에서 막강한 힘을 갖던 홍대 미술학부장 이종우와 서울대 학장 장발이 두 학교 간의 힘의 균형을 이루며 각각 부회장 자리에 앉았다.

대한미술협회는 1950년 4월에 첫 협회전을 개최한 후 매해 한두 번씩 전시회를 열었다. 전쟁 중에도 부산에서 대규모 전람회를 열었다. 전쟁이 발발하자마자 미국으로 피신 갔던 장발은 휴전 후 돌아와서 곧장 협회장 후보로 출마했다.

아까운 표차로 장발에 패한 고희동과 그를 지지하던 도상봉, 윤효중, 이종우는 당황해서 사태를 놓고 웅성댔다. 초대 국전에서 대통령상을 타고 이화여대 교수가 된 류경채가 대한미술협회 정관定款을 다시 확인해보더니 이번 선거가 정관에서 정한 정족수 미달이었다는 사실을 밝혀냈다. 결국 장발의 당선은 무효가 되었고, 재선거를 통해 고희동이 협회장이 되었다. 서울대 출신들은 그에 불만을 품어 그해 열린 제8회 협회전에 전원 불참했고, 다음 해에는 아예 따로 나가 '한국미술가협회'를 결성했다.

고희동은 분파를 조장한다며 그들을 비판했다. 하필 대한미술협회 위원들 중 홍대 출신이 많아 두 단체의 대립은 홍대와 서울대의 싸움처럼 인식되었다. 1956년에는 한국미술가협회의 인사들이 국전 심사위원 자리를 독식했고, 대한미술협회는 그에 반발해 국전 참여를 '보이콧'했다. 문교부의 중재로 대한미술협회의 심사위원이 추가됨으로써 사태가 무마되는가 싶었으나, 이번에는 한국미술가협회의 젊은 회원 10여 명이 출품을 거부하고 나섰다.

서보는 어르신들이 그렇게 싸우는 동안 기자들 앞에서 젊은이의 패기 넘치는 비판적 발언을 터뜨렸다. 기성세대를 함부로 비판하면 언제 어떻게 '빨갱이'로 몰릴지 알 수 없던 시대였지만, 서보는 잘못된 것들을 거침없이 지적하기 시작했다. 매체에서는 서보의 '사이다 발언'을 좋아했고 또 은근히 부추겼다. 기자들과의 인터뷰가 늘자 신문사에서 원고를 써달라는 청탁도 들어왔다.

1959년 1월 10일 『연합신문』에 실린 「새해에 부치어: 화단에 다시 밤이」란 글을 보면, 서보의 세대 비평이 어떤 표현과 말투로 사람들의 귀에 꽂혔는지 알 수 있다.

서보는 자신들을 길러주고 키워온 기성세대의 미술 문맥을 단순히 떠나는 것으로 그치면 안 되고 아예 파괴해버려야 한다고 했다. "일체의 관념에 대한 청산"을 감행하고, "황우처럼 씩씩거리며 우상 같은 기성을 학살해" 나가야 한다면서 "처형을 각오하고 냉소하는" 혁명군과 같은 자신들이 이 땅에서 해야 할 숙제는 "합리 문명에 대한 쿠데타를 감행"하는 것이라고 과격한 표현도 서슴지 않았다.

그런 의미에서 현대는 단순한 "변모가 아니라 변혁된 정신"이어야 한다. 현재 사십대 재야 작가들은 "권위 앞에 충성을" 다 하고 "관념적인 대상물을 개조"만 하면서 "정신적으론 타락하고 외관적으로 멋을 잔뜩 부린" "고전주의 정신의 재탕"만 일삼는 자들이다. 서보는 다음 해인 1960년, "국전의 흑막에 종언"을 선고한다며 조목조목 따지기까지 했다.

지금 같으면 20대 중후반은 학교밖에 다닌 게 없는 주제에 '네가 인생에 대해 뭘 아냐?'며 어른 대접도 해주지 않을 나이다. 학부 졸업장을 내밀어도 석사에 박사까지 가방줄 긴 사람들이 널려 있는 요즘, 그 정도로는 배웠다고 명함도 내놓을 수 없다. 하지만 그때에는 터무니없게 많은 것이 가능했다.

4·19혁명을 일으킨 학생들도 사실 대학생이 아닌 고등학생이었다. 전쟁 이후 고등학생과 대학생 수가 증가하긴 했지만, 전체 학령인구에서 그들이 차지하는 비중은 여전히 높지 않았다. 어린 학생들의 엘리트 의식은 남달랐고, 20대의 서보도 이미 자신이 어른에 전문가라는 자부심이 있었다. 전쟁통에 살아남아 혼자 힘으로 학교를 졸업한 서보는 이미 무서울 게 없는, 스스로 느끼기에 준비된 인간이었다. 시대가 서보를 그렇게 느끼도록 허락했고, 세상은 또 그렇게 하라고 종용했다.

안국동파

1956년 초여름, 홍대 강사 이봉상이 서보를 찾아왔다. 그해 초에 서보는 친우문화사에서 이봉상이 낸 미술 교과서의 판로販路를 여는 일에 직접 발로 뛰어 도와준 적이 있다. 봉상은 서보에게 누가 그림을 가르쳐달라는데 자기는 시간이 없으니 대신 맡아보겠냐고 의사를 물었다. 방학을 이용해 1개월 반만 그림을 지도하면 된다고 했다. 용돈이 궁해서 승낙을 하고 그 사람이 오라는 안국동 건물로 찾아가니 동덕여자대학교 창립자의 자제였다.

대학 소유의 건물 2층에 큰 교실 2개가 휑하니 비어 있는 것을 보고 서보는 탐이 났다. 그래서 다시 봉상을 찾아가 미술연구소를 같이 해보자고 제안했다. 탐탁지 않게 여기는 그에게 자기가 다 알아서 할 테니 이름만 빌려달라고 했다. 서보는 자기 학생에게 잘 말해 교실 2개를 무상으로 빌려 '이봉상회화연구소'로 이름을 내걸고 학생들을 받기 시작했다.

서보를 아는 신문기자들이 연구소를 소개하는 기사를 실어주어 금방 입소문이 났다. 서울대, 홍대, 이대의 미술과 학생들이 찾아왔다. 하지만 다들 가난했던 때라 학생들은 첫 달만 수강료를 내고, 다음 달에는 친구를 한 명 끌고 와 그 친구가 수강료를 내는 사이 은근슬쩍 묻혀 배우는 식으로 연구소를 다녔다. 새로 온 학생이 또 수강료를 낼 돈이 떨어지면 다시 한 명을 데려오는 식으로 공짜 학생만 늘었다. 그러다 보니 서보도 모델에게 수고비를 주지 못해 미안한 소리를 계속하게 되었고, 여전히 굶는 날이 허다했다. 그래도 야전 침대를 놓고 잠자리를 해결하며 작업할 공간이 있다는 것은 그에게 횡재수에 가까웠다.

서보는 물감 살 돈이 없으니 작업을 계속할 새로운 방안을 강구해야 했다. 일단 을지로에서 값싼 안료 가루와 정제되지 않은 누런 린시드 오일linseed oil을 사왔다. 흰색 물감을 위해서는 약방에서 징크 화이트zinc

1956년, 안국동의 이봉상회화연구소에서 이양노와 함께.

white라고 부르는 하얀 가루를 사왔다. 연구소 창틀 턱에 색상별로 자리를 만들고, 안료를 오일에 섞어 페인트 나이프로 개기 시작했다. 나이프 자루에 손바닥이 문질러져 물집이 잡히자 이런 식으로는 계속 만들어 쓸 수 없겠다는 생각에 풀이 죽었다.

둘러보니 친구들이 마시고 간 소주병들이 나동그라져 있었다. 문득 어머니가 국수를 반죽해 밀던 모습이 생각났다. 서보는 그 병을 사용해서 버무려놓은 안료와 린시드 오일을 문질러 보았다. 순식간에 잘 개졌다. 마침 인사동 골목으로 엿장수가 지나가면서 가위를 쩔렁거렸다. 뛰어나가 콜드크림 빈 병을 헐값에 사와 갠 물감을 담고 윗부분을 물로 채운 뒤 뚜껑을 덮었다. 그랬더니 오랫동안 물감이 마르지 않았다.

서보는 이렇게 만든 수제 유화물감을 아낌없이 써서 그림을 그렸다. 연구소 학생들에게도 맨날 돈 없다고 징징대지 말고 자기처럼 색을 개서 쓰라고 일러주었다. 서울대 학생이었던 윤명로, 김봉태, 김종학, 이만익은 서보가 알려준 대로 물감을 만들어 연지동에 있던 자신의 학교에 가져갔다. 그들이 화구 박스를 열어 콜드크림 통을 꺼내니 친구들이 몰려들어 구경했다. 그들은 서울대에서 '안국동파' 혹은 '안료파'라는 호칭을 얻게 되었다. 놀림에 가까웠지만 값싼 물감을 서슴지 않고 사용할 수 있었기 때문에 다른 학생들과 달리 자유롭게 많은 실험을 해볼 수 있었다. 서보는 나중에 홍대 교수가 되어서도 돈이 없어 그림을 그리지 못한다고 좌절하는 학생을 보면 따끔하게 혼부터 냈다.

"네가 그릴 마음이 없는 거지, 돈을 핑계로 삼지 마라."

2년 반 뒤 서보는 건물주의 요청에 따라 공간을 비워주고 연구소를 이전했다. 길지 않은 시간이었지만 그래도 이곳을 아지트 삼아 평생의 친구들과 현대미술 운동을 펼쳤다. 하인두, 전상수, 장성순, 김서봉, 안재후, 라병재, 김청관, 이명의, 김충선, 조동훈, 정건모, 김창열 등이 맨날 술을 사들고 연구소에 찾아왔다. 미술평론가 방근택과 『한국일보』 문화부 기자였던 이명원, 조계사의 일초 스님이자 시인이던 고은도 그 사이로 파고들어 와자하게 술 마시며 떠들다가 갔다. 안국동 연구소는 현대

예술 사조를 만들어낸 유럽의 어느 뒷골목 작은 카페 같았다.

뭉치고 갈라지고 시끄럽고
—

1956년 5월 서보는 홍대 친구 문우식, 김충선, 김영환과 함께 국전에 작품을 출품하지 않기로 결정하고 따로 동인전을 열었다. "기성 화단의 아집에 철저한 도전과 항전을 감행할 것과 적극적이며 개방적인 조형 활동을 통해 창조적인 시각 개발에 집중적으로 참여하겠다"는 결의를 밝히며 씩씩하게 열린 '4인전'은 한국 땅에서는 처음 있는 일이었기 때문에 매체의 주목을 한껏 받았다.[14] 누구는 그 전시를 "한국에 아방가르드가 탄생하는 한 우렁찬 첫 발자국"이었다고 평했다.[15] 그 시대 전시평의 분위기와 어법을 보기 위해 한묵이 『조선일보』에 쓴 전시평을 살펴보면 다음과 같다.

그림을 그린다는 그 자체가 하나의 저항인 것이다. 우리는 작품에서 어떤 의상을 걸치고 나왔나에 관심을 갖는 것이 아니라 작가가 어떤 모양으로 살고 있는가를 찾아보지 않을 수 없다. 나타나는 결과보다도 그런 결과를 초래케 한 도정을 살피는 것이다. 이 말은 예술이 지니는 생명은 '테크닉'에 있는 것이 아니라 '생활'에 있다는 말이 되는가 보다.
박서보의 예술에는 '포에지'가 있었다. 그는 현실을 그린다. 가두에 굴러다니는 시정 인물과 기물(노점)상에 그의 관심이 간다. 그런데 그려가는 도정에서 그도 모르게 모든 형태가 원상을 잃고 환상적인 무無의 세계로 끌려들어가고 만다. 회화로서는 위험한 세계이면서 하나의 향기를 발산하는 중요한 요소도 된다. 〈가두〉와 〈영상〉에서 그 특색이 잘 살아 있다고 보았다. 특히 〈영상〉에서는 화면 처리에 참신한 데가 있었다.

김충선의 예술에는 '아이러니'가 상당히 짙다. 그렇기 때문에 처음부터 무엇을 그린 것인가의 '플랜'이 서 있다. 이쪽을 바라보는 〈여인〉은 무표정하다. 또한 〈무제〉의 여인은 한편 눈을 반만 감아 보인다. 그야말로 인간적인 친근감을 배반한 그런 싸늘한 철인의 태도다. 우리가 그림을 보는 게 아니라 우리가 그림에 구경거리가 된 그런 특이한 세계를 지니고 있다. 그런데 데포르메deformer가 생경한 탓으로 조형적으로 무리가 있다. 〈작품〉에서 특히 그러하다. 좀더 엄격한 공간 처리가 요청된다고 보았다.

김영환은 '데상' 력에 상당한 실력을 지녔으며 끈기 있는 제작 태도가 마음에 들었다. 〈흉형의 개화〉나 〈여인의 위치〉는 화제畫題의 난점이 있었으나 내면성으로 파고드는 인내가 좋았다. 〈여인의 위치〉에서는 색이 좀 가라앉는 불만이 있다. 직선 구성에서 오는 강직성은 영환의 좋은 점이나 전체적으로 싸고도는 침통한 어두움이 너무 밖으로 나와 숨이 가쁘다. 색과 선을 다루는 감격성이 숨 가쁜 현실에 저항하여 새로운 노래(힘)로 창조되어야 한다고 본다. 〈촌길〉이 지니는 색과 나이브한 형태의 노래가 그립다.

문우식의 〈색〉은 감각적이며, 선線도 감성을 따라 왜곡시켜간다. 그는 '무게(중량)' 보다도 신선한 노래로 '나이브'한 형태미의 구성을 기도한다. 외형 묘사에서 가급적 내면을 표출하려 한 노력이 엿보인다. 다른 세 사람에 비해 좀더 장식성을 지니고 있는 게 특색이다. 〈풍경A〉에서와 같은 구성적인 작업에 좀더 적극적인 추구가 있었으면 했다.

이들 네 사람(전부 홍대 출신)의 작품은 개성들이 뚜렷해서 좋았다. 새로운 조형에서 내면 체득이라는 '생활'을 몸에 지니기 전에 양식적으로 곧장 받아들이려는 조급성이 불안스러웠으나, 하나의 연구 발표 기관이 되는 동인전을 형성하여 대사회적으로 결의한 데 대하여 그 의욕을 높이 사지 않을 수 없다. 이제까지 우리들은 너무 많은, 팔기 위한 전람회, 상 타기 위한 작품들을 보며 염증이 나 있었다. 한 번 나타났다가는 없어지고 마는 동인전도 많이 보아왔다. 그런 일이 없기를 바라며 앞날을 기대한다.[16]

　　한묵은 한 해 전에 『서울신문』에 홍대 미술과 미전평을 단독으로 크게 실었던 비평가다. 전쟁 중에 박고석, 이중섭, 이봉상, 손응성과 함께 부산에서 '기조전其潮展'을 창립한 바 있고, 1957년에는 황염수, 유영국, 이규상, 박고석과 함께 '모던아트협회'를 창립해 동인전을 중심으로 창작 활동도 한 화가다. 그가 미전평을 쓴 1955년에는 홍대에 강의를 나갔기 때문에 자기가 가르치는 학교의 젊은 작가들을 유심히 지켜보았던 것 같다. 그중에서도 매일 학교 빈 교실에서 그림을 그리던 서보를 흥미롭게 생각했을 테다. 다음 해인 1956년 한묵은 김영주, 최순우, 이경성, 김중업, 정규와 함께 '한국미술평론가협회'를 결성해 비평가로서 활로를 다지기 시작했고, 그런 시점이었으니 '4인전'에 대한 전시평을 더 심혈을 기울여 썼을 것으로 보인다.

'4인전'이 있고 정확히 1년 뒤인 1957년 5월, '한국현대미술가협회(현대미협)'라는 새로운 동인이 결성되었다. 김창열, 장성순, 하인두, 김서봉, 김청관, 라병재, 조동훈, 이철, 김종휘가 의기투합한 자리에 '4인전'의 친구들이 합류했다. 그런데 서보에게는 아무 말이 없었다. 서보는 자존심에 친구들에게 따지지도 못하고 혼자 속을 끓였다. 그들의 마음을 헤아려 보려고 애썼지만, 한마디 의논도 없이 자기들끼리만 뭉친 것을 이해할 수가 없었다. 미군의 초상화를 그려주며 같이 용돈벌이를 했던, 상대적으로 더 가깝고 친했던 문우식까지 그런 식으로 자기를 배신하다니 믿을 수가 없었다.

현대미협의 첫 동인전은 5월 첫날부터 9일 동안 미국 공보원에서 열렸다. 12명의 창단 멤버 중 김서봉, 김충선, 라병재, 조동훈은 출품하지 않았다. 서보는 그 전시회를 보고 와서 5월 10일 『세계일보』에 「허식과 성실의 교차: 현대미술협회전의 인상」이라는 비평문을 썼다. 선배 화가들과 구별되려면 세대적 정체성 또는 이념적 동질성을 얻기 위해 좀더 적극성을 띠어야 할 것이라고 아쉬움을 밝혔다. 그 기사를 보고 김창열, 하인두, 장성순이 서보의 작업실로 찾아왔다.

하인두는 홍대 1기생이었지만 전쟁 중에 서울대로 편입해 서보와는 같이 수업을 듣지 못했다. 하지만 장성순과 함께 부산에서부터 알고 지낸 사이였다. 김창열은 서보보다 2년 일찍 서울대에 입학했으나 전쟁 중에 징병되지 않으려고 경찰전문학교(현재 경찰대학)에 들어가서 제주도로 발령받아 근무했기 때문에 서보와는 만난 적이 없다. 1954년 국전에서 둘이 처음 서로 얼굴을 본 게 다였다. 서보는 세 사람이 동인에 참여해주면 좋겠다고 말해주어 마음이 한결 나아졌다. 하지만 자기를 배신한 친구들과 더는 한데 묶일 수 없었기 때문에 그들을 돌려보냈다.

다시 김창열과 하인두가 찾아왔다. 서보는 그러면 몇 가지 조건을 걸겠다고 했다. 우선 세 친구를 동인에서 빼달라고 요청했다. 김창열과 하인두가 서로 눈치만 보면서 곤란해하자, 그러면 문우식만큼은 얼굴 부딪히고 싶지 않으니 탈퇴를 요구해달라고 했다. 한 발 더 나아가 전시회가 1년에 한 번 연례행사로 치러지면 회원들이 금방 나태해지기 마련이고, 그런 단체에는 자신이 있을 이유가 없으니 전시를 봄가을 두 번 개최하는 것으로 하자고 제안했다. 전시회명도 너무 길어 입에 잘 붙지 않으니 사람들에게 금방 각인될 수 있도록 그냥 '현대전'이라고 하는 게 좋겠다고 의견도 냈다. 두 사람이 알겠다고 말하고 돌아갔고, 결국 문우식이 빠지고 서보가 들어갔다. 기존 멤버였던 김종휘도 덩달아 나갔고, 이양노·정건모·전상수·이수헌이 서보와 같이 들어왔다.

그런데 서보에게 조선일보사에서 주최하는 '현대작가초대미술전' 창립전에 참가해달라는 초대 공문이 당도했다. 현대미협에 가담해 12월에 전시회를 같이하기로 한 터에 자기만 그 전시에 초대되자 서보는 고민 끝에 의리를 지키는 쪽을 선택했다. 마침내 화신백화점에서 제2회 '현대전'이 열렸다. 개인적인 이유로 출품작을 내지 못한 하인두와 라병재를 제외하고 나머지 13명은 3~5점씩 작품을 냈다. 제법 큰 전시였다. 그러나 다음 해 1월 19일 『한국일보』에 실린 서보의 글과 그림의 분위기가 수상하다.

잃어버린 지적도

돛맞이 기억을 거슬러 가면 부둥켜안은 도화사의 광장이 있다. 퇴색한 지적도 위 흘러난 자죽엔 꿈과 기억이 엇갈려 역사를 이었다. 인생 홍정과 차압의 계수만이 횡행하는 지역엔 내가 디딜 한 뼘 둘레의 터전도 없고 날아도 날아도 창공 아닌 장 속의 새마냥 어처구니없는 사주四柱를 싸들고 새 지적으로 옮겨야만 했다. 봄은 또 오는데 도화사의 지적도엔 다시 꽃이 피려는가. 현대미협 회원 박서보.[17]

'도화사'는 민속극에서 재주를 부리거나 익살을 떠는 역할이다. 서보가 말한 '도화사의 광장'은 한때 서로 좋다고 부둥켜안으며 친구로 지냈던 동료관계를 상징하는 것이리라. 서보에게 '4인전'이나 홍대 동문의 의미는 이미 퇴색했고, 꿈과 기억을 함께했던 친구를 물리치고 새로운 단체에 들어간 서보는 자기가 꿈꾸는 발전과 성과가 이곳에서 얻어질 수 있을까 여전히 의심하고 있다. 다른 사람들 머리 위로 훨훨 날 사주를 타고 난 자기를 품기에는 이 동인 역시 너무 작은 새장에 불과한 게 아닌가 염려하는 느낌이다. 하지만 그는 자신의 소속을 '현대미협'이라고 맨 끝에 분명히 밝히고 있다.

서보는 동료들이 모두 자기처럼 작업에만 매달려 맹렬히 작품을 발전시키기를 바랐다. 단체는 그러자고 있는 것이기 때문에 분위기를 흐려 놓는 게으른 사람을 보면 몹시 싫어했다. 서보처럼 애초에 목표 의식이 뚜렷하고 발전 정신이 강한 사람은 다양성을 잘 수용하지 못한다. 빠르게 달려가 성취해야 할 목표와 발전 기준이 분명하니 그에 맞지 않는 사

↑1957년 화신백화점 화랑에서 제2회 현대전 오프닝. 왼쪽부터 김충선, 이수헌, 박서보, 이철.
←제2회 현대전 서보의 출품작, 〈두 사람〉, 캔버스에 유화, 92×72cm, 1955.
→제2회 현대전 서보의 출품작, 〈길〉, 캔버스에 유화, 100×81cm, 1955.

람은 '다른' 게 아니라 '틀린' 사람이라고 생각하기 십상이다. 그렇기 때문에 개발주의자들은 틀린 부분을 '도려내는' 일을 서슴지 않으며, 스스로 '도태'된 결과이니 어쩔 수 없다고 생각해 미안해하지도 않는다.

그 모든 판단 기준을 서보는 자신으로 잡았다. 자신이 평균 이상의 체력과 정신력, 의지를 갖고 있다는 사실을 무시하고 남들에게도 자기처럼 해야 한다고 주장했다. 그에 못 미치거나 다른 성향으로 움직이는 사람은 '부족하고 한심하다'고 비판했다. 솔직함을 미덕 삼아 서보는 늘 거침없이 말을 뱉음으로써 동료들의 심기를 불편하게 하고 불필요한 상처를 주었다. 제2회 '현대전' 전시가 끝나자 정건모, 김영환, 김충선, 이수헌이 협회의 들썩거리는 분위기가 싫다고 '신조형파'로 옮겨갔다.

생산량이야말로 작가의 치열함이라고 여겨 다작했던 서보의 기준에서 볼 때, 그 못지않게 열심히 그림을 그린 회원은 창열뿐이었다. 둘은 금방 친구가 되었다. 창열은 자기와 다른 화끈한 성격의 서보를 늘 재미있게 여겼다. 서보는 단순하고 뜨거웠으며 욕심이 많은 만큼 열정적이었다. 원하면 늘 행동했고, 망설이는 법도 없었다. 자기가 뭘 하고 있는지 알고 있고, 자신이 무엇을 말하고 있는지 알고 말하는 사람이라 그 점에서는 창열이 서보를 신뢰했다.

하지만 너무 뜨겁고 성급한 것이 늘 문제였다. 자꾸 사람들과 충돌하고 부딪히는 면이 있었기 때문에 서보는 곁에서 누가 잘 보완해줄 필요가 있었다. 물론 서로 오해만 잘 풀면 뒤끝도 없고, 겉과 속이 다르지 않아 한편으로는 편했다.

1958년 개최된 '현대전' 3회와 4회는 세간의 주목을 유독 많이 받았다. 4회전 이후 현대미협은 앵포르멜의 대표 주자로 인식되었고, 그 움직임은 서보에게서 시작되었다.

여전히 구상을 그리던 서보는 3회를 준비하며 석불상의 얼굴이 마모된 것처럼 인간상을 표현하고 있었다. 그런데 문득 그 작업이 지겹고 하기가 싫어졌다. 도대체 자기가 지금 무엇을 하고 있는지 회의까지 들었다. 짜증이 나서 캔버스를 바닥에 내동댕이쳐 칼 가는 거친 숫돌에 비누칠을 해 그림 위를 마구 문질렀다. 그랬더니 속에 칠해놓은 빨간색이 숫돌에 긁혀 툭툭 튀어나왔다. 창열과 약속한 시간이 다 되어 나가야 하는데 작품 꼴이 그러하니 서보는 '에잇!' 하고 캔버스 위에 물감통을 집어

1958년 화신백화점 화랑에서 제3회 현대전 오프닝. 왼쪽부터 하인두, 장성순, 김창열, 박서보, 전상수, 김청관.

던졌다. 그러고도 분이 안 풀려 캔버스를 발로 휙 걷어차고 방을 나갔다.

외출 후 들어와 서보는 방의 불을 켰다. 발길질로 한쪽 벽에 처박힌 캔버스가 눈에 들어왔다. 순간 서보는 깨달았다. '저거였구나. 내가 하려던 게!' 캔버스 위에 흩뿌려진 물감이 주인 없는 방에서 스스로 그렇게 다시 태어났다. 거기에는 단순한 아름다움이 있었다. 서보는 그 작품을 제3회 현대전에 냈다.

화신백화점 화랑으로 전시회를 보러 온 이세득이 서보를 불러 말했다.

"이런 식으로 작업하는 작가를 유럽에서는 '앵포르멜'이라고 부른다네."

방근택도 비슷한 소리를 한 적이 있다. 학교에서 배운 것은 고작해야 후기 인상주의까지였고, 서보는 동시대인이 이 나라 밖에서 무엇을 하고 있는지 알아볼 생각도 못하고 있었다. 당시 중국 대사관과 미쓰코시백화점 뒷골목에는 미군부대에서 흘러나온 잡지를 파는 가판대가 있었다. 거기라도 가보면 좋으련만, 서보는 영어를 몰랐다. 게다가 골목마다 숨어 있는 군경검에 잡히기라도 하면 큰일 아닌가.

서보는 웬만하면 연구소와 집만 왔다갔다했다. 마침 안동에서 넉넉하게 살던 이복형이 신문에 이름을 올리는 서보를 알아보고 찾아와 보증금을 대주었다. 덕분에 독립문 근처 아파트에 방 한 칸을 얻었다. 거기서 안국동 연구소까지만 무사히 건너다니면 되었고, 동료들이 연구소를 모임 장소로 활용했기 때문에 평소 돌아다닐 일도 별로 없었다.

그래도 밤이면 답답해서 서보는 작업하다가 몰래 명동에 나가기도 했다. 건물 2층의 '청동다방'이란 곳을 많이 찾아갔다. 거기에는 문학소녀들이 양담배를 보루로 사다 주어 하루 종일 담배를 끼고 사는 공초空超라

1958년 독립문 근처 아파트에 임대한 자기 방을 작업실로 쓰고 있는 서보와 그 집에 놀러온 친구들.

고 불리는 시인 오상순이 있었다. 서보가 들어가면 "자네 왔나?" 하고 담배를 한 대씩 건네주어 얻어 피우는 재미가 있었다. 동방문화회관 1층의 '동방문화싸롱'에도 문인들이 자주 왔다. 서보는 거기서 알게 된 이어령이나 박두진 등의 부탁을 받아 그들이 문단에 등단한 책의 표지를 만들어주었다.

서보를 귀여워한 석계향이라는 50대의 시인은 서보를 옆에 앉히려고 차를 사주기도 했다. 박수근과 이중섭도 이곳에 자주 들렀다. 박수근은 서보를 집에 데리고 가 작품을 보여주면서 국전에 낼 작품을 같이 골라달라고 했다. 그러고 있는 중에 근처 다방에 군경검이 떴다 하면, 주인들

◀수주 변영로 『수주시문선』의 박서보 표지 디자인.
▲이어령 평론집 『저항의 문학』의 박서보 표지 디자인.
▶박두진 시선집 『실내악』의 박서보 표지 디자인.

끼리 네트워킹이 잘 되어 있어서 연락 받은 다방 주인이 얼른 서보를 뒷계단으로 도망가게 해주었다.

상황이 이렇다 보니, 서구의 동시대 미술에 대한 궁금증을 시원하게 해소할 길이 없었다. 그러던 중 이세득이 미셸 타피에Michel Tapie의 『선언』이 일본 잡지에 번역되었다면서 보라고 한 권을 가져다주었다(현재 폐간된 『미즈에みずゑ』였다고 기억한다). 서보는 자신과 닮은 정서로 비슷한 행동을 했다는 사람들이 뭐라고 이야기하는지 급히 펼쳐보았다. 그 선언을 수첩에 베껴놓고 창열에게 넘겨주었다. 워낙 귀한 자료다 보니 동료들이 한 명씩 돌려가며 보았고, 서보 손에 다시 돌아온 건 6개월 뒤였는데, 그때는 이미 동료들이 모두 앵포르멜 작가가 되어 있었다.

서보는 자신들이 앵포르멜 전사처럼 보이는 것이 좋았다. 『연합신문』에 실린 「새해에 부치어: 화단에 다시 밤이」라는 글에도 앵포르멜 '선언'의 핵심 사항이 국내 상황에 맞게 언어화되어 마구 남발되고 있다. 서보는 자신과 동료들을 "젊은 미美의 투사들"이라고 불렀다.

창열은 진급을 마다하고 일부러 경찰전문학교 도서주임으로 일하고 있었다. 동료 중 유독 독서를 탐했던 창열은 자기 책을 쉽게 빌려주는 사람이 아니었다. 영어는 못해도 일본어는 잘했던 서보는 창열이 도서관에서 주문했다는 일본 잡지 『미술수첩』을 주문해 보고 있으면 어깨 너머로 눈동냥을 했다. 서보는 1960년 8월과 9월에 여기저기서 보고 베낀 정보로 『동아일보』 '전위예술난欄'에 해외 작가와 화풍을 소개하는 글을 써냈다. 잭슨 폴록Jackson Pollock, 알베르토 부리Alberto Burri, 한스 아르퉁 Hans Hartung, 조르주 마티외Georges Mathieu, 장 뒤뷔페Jean Dubuffet 등 꽤 많은 작가를 다루었다.

제4회 현대전은 큰 주목을 받았다. 『코리아헤럴드』의 전신인 『코리언 리퍼블릭』에도 영문으로 크게 기사가 났다.[18] 천승복 기자는 서보가 자신의 대작 〈No.7〉 앞에서 붓을 들고 그림 그리는 시늉을 하는 사진까지 대문짝만 하게 실어주었다. 창열의 작품도 언급되었다.

하지만 제4회 현대전이 앵포르멜 일색으로 전시되자 현대미협 내부에서는 서보를 내쫓자는 모의가 일어나기 시작했다. "협회를 독판으로 팔아먹는다." "회원 간의 친목을 깨트린다." 전보다 심한 비판이 입에서 입으로 돌고 돌았다. 하인두는 자신과 김서봉이 그 모의를 주동했고, 라병재·이명의·조동훈·이양노가 거기에 힘을 보탰다고 회고한다.[19] 김창열과 전상수가 반대해 결국 무산되었지만 서보로서는 기분이 나빴다.

그해 말 서보는 결혼식을 치르느라 정신이 없기도 했지만, 동료들의

1958년 『코리언리퍼블릭』에 실린 박서보.

뒷담화에 실망해 제5회 현대전에는 아예 참여를 하지 않았다. 조선일보 사에 찾아가 친구들의 작품을 초대 작가로 검토해달라고 거듭 당부해 현대작가초대미술전 2회부터 모두 참가할 수 있게 되었는데, 동료들이 그런 자신의 노력은 생각해주지도 않고 툭하면 자기를 베어내려고 했다.

서보는 모든 것을 다 잊고 작업에만 몰두하고자 마음을 가다듬었다. 이제 한 집의 가장이 되었으니 조금 더 책임 있는 자세를 가져야 할 테다. 캔버스에 자기를 내동댕이치는 앵포르멜 방식은 어린 치기처럼 느껴져서 좀더 내향적으로 스며드는 작업을 해봐야겠다고 마음먹었다. 진행 중이던 캔버스의 색이 너무 난잡해 보여 일단 검정색 물감을 덮어보았다. 아래에서 붓 자국이 재미있게 드러나자 이것 봐라 싶어 서보는 뭉쳐 엉긴 검은색 물감 위로 나이프를 툭툭 쳐보았다.

바닥에서 흰색이 슬쩍슬쩍 올라왔다. 알베르토 부리의 작품들에서 본게 있으니, 서보도 그 위에 마대천을 꿰매 붙여 보기로 했다. 현대전을할 때 자기가 직접 만들어 길에 세웠던 광고판의 천을 뜯어 썼다. 그 위에 과감하게 콘크리트를 부었다. 마대천의 올 사이로 콘크리트가 들어가면 오일 위에 그냥 붓는 것보다 오래 붙어 있을 것이다. 마른 뒤에 다시 채색을 했다. 마음에 드는 작품이 되었다.

창열의 주선으로 서보는 제6회 현대전에 다시 참여했다. 김서봉, 김청관, 라병재, 안재후, 하인두, 이철은 서보를 보고 탈퇴했다. 그들의 빈자리를 정상화, 김용선, 조용익이 신입으로 들어와 채웠다. 경복궁미술관에서 열린 제6회 현대전에 서보는 1000호 대작을 냈고, 시멘트 작품도 출품했다. 김환기가 유독 시멘트 작품을 눈여겨보고 갔다.

다음 해 갑자기 파리로 가게 된 서보는 현대전에 전시했던 대작들을둘 곳이 없어 창열과 의논 끝에 경찰전문학교 분교에 작품을 맡기기로했다. 한국에 돌아와서는 6개월마다 집을 이사하느라고 찾으러 가지 못했다. 창열도 얼마 후 유럽으로 떠나버려 같이 맡긴 작품들을 다시는 보지 못했다. 그중 서보의 시멘트 작품만 돌고 돌다 우리나라 최초의 미술기자이자 한국근대미술연구소 소장인 이구열이 소장하게 되어 나중에서보도 그 작품을 다시 만났다.

물론 현대미협 이후에도 화단에는 계속해서 새로운 단체가 생겼다. 당시의 단체들은 이념과 정신이 맞아 결속한 것이라기보다는 개인으로주목 받기 힘든 시절 서로 힘을 합쳐 세간의 주목을 끌어내고 목소리를

〈No.18-59〉, 시멘트, 마대, 캔버스에 유화, 61×50cm, 1959.

높이려고 일시적으로 뭉친 것에 불과했다. 그래서 구성원들은 부부의 흔한 이혼 사유처럼 '서로 성격이 달라' 툭하면 갈라서고 흩어졌다. 물론 부부의 이불 속 사정이 따로 있듯, 거기에는 중요 전람회 초대나 선정을 둘러싼 암투가 저변에 깔려 있었다.

1958년 2월 미국 뉴욕 월드하우스에서 개최될 '한국현대회화' 전시를 위해 작품을 선정하는 과정이 시작부터 시끄러웠다. 한국 미술이 해외에 단독으로 소개되는 첫 사건이었기 때문에 그 일은 모든 사람의 주목을 받았다. 미국 조지아대학의 미술학 교수이자 그 전시의 큐레이팅을 맡은 '엘런 프사티Ellen Psaty 여사'가 1957년 8월에 방한했다. 그녀는 현역 화가를 일일이 방문해 1차 후보의 400여 점을 선정했다. 공보관에서 재심사를 거쳐 그중 최종 107점을 선정했다. 거기에 서보가 끼어 있었다.[20]

전후戰後 문화 형성의 초창기에는 그 어떤 일에도 토대가 제대로 마련되지 못해 모든 게 무질서했다. 이럴 때 '누구만 어디에 불려가고' 나만도 못한 아무개가 거기에 끼고' 같은 구설이 금방 집단 역동을 일으켰다. 사람들은 양은냄비의 찌개처럼 파르르 끓어올랐고, 쑥덕이고 미워했으며, 서로를 배척했다. 홀로 간택된 서보는 미움의 대상이 되기 쉬웠으리라. 그런 사람이 겸손이라도 하면 각자 알아서 자신의 열패감을 추스를 텐데, 서보는 너무 의기양양했고 언사에 조심성도 없었다.

작가들은 자신을 상대적으로 위축시키고 부족하게 느끼게 만드는 이 불쾌한 인물을 치워내고 싶어 했다. 서보는 이후에도 등 돌리며 욕하고 사라지는 사람들을 반복해서 경험했다. 자기의 재능과 성공을 부러워해서 그러는 것이라고 애써 치부했지만, 마음이 여리고 동정심이 많으며 친구들을 좋아했던 '꼬마 재홍'은 사실 오래도록 그것을 상처로 품었다.

그 후로도 사람들은 계속 흩어지고 새로 뭉쳤다. 1960년, 서울대와 홍대 미술과 졸업생들이 '60년 미술협회'를 결성했다. 구성원 대부분이 서보의 연구소 제자들이었다. 창립전을 덕수궁 담벽에 가두전 형태로 열겠다고 하자, 서보는 매체의 주목을 끌어내고 싶으면 작품을 무료로 기증하겠다고 광고하라고 일렀다(1960년 서울대 미술과 3학년 재학생 10명이 결성한 '벽동인'의 전시와 이 전시를 혼동하는 사람이 많다. 벽동인은 국전이 열리는 시기에 맞춰 기성 화단을 '벽'으로 간주하면서 그 벽에 작품을 겲으로써 반反국전의 의미로 전시를 했고 5회까지 이어갔다. 둘의 차이는 작품을 바닥에 기대놓았는지 벽에 걸어놓았는지로 구별된다). 작품을 그렇게 내주면 어떻게 하냐고 걱정하는 그들에게 서보는 앵포르멜풍의 현대미술을 집으로 가져가겠다고 하는 사람은 절대로 없을 거라고 안심시켰다. 당연히 작품을 가져가는 사람은 없었고, 신문기자들만 관심을 보였다.

한편 선배들이 끌고 나가던 대한미술협회는 서울대 장발의 한국미술가협회와의 합동전을 종용하는 박정희 군사정부의 요구에 맞서 실질적으로 활동이 중단된 상태였다. 1961년 군사정부의 문화예술단체 통합 정비와 재편성 정책에 의해 두 협회는 6월에 공식 해체되었고, 12월에는 둘을 통합하는 선거를 다시 치렀다. 새 협회의 명칭은 '한국미술협회'로 서울대 교수인 박득순이 초대 이사장이 되었다. 부이사장으로는 홍대의 김환기와 서울대의 조각가 김세중이 각각 자리에 앉았다.

이런 상황에서 '현대미협'과 '60년 미술협회'도 둘로 나뉠 아무런 이유가 없었다. 서보는 색깔이 다르지도 않은데 나이 차이로 나누어져 있

1960년 '60년 미술협회' 창립전 오프닝. 성공회 앞 덕수궁 담벽 가두전에서 왼쪽부터 김봉태, 윤명로, 박재곤, 방근택, 이구열, 최관도, 서보, 손창성, 유영렬, 김기동, 김응찬, 김대우.(60년 미술협회의 창단 멤버로 사진에 빠진 사람은 홍대 미술과 출신 송대현과 이주영이다.)

는 것은 바람직하지 않다고 주장했다. 각 편에서 작업 면으로 뒤처지는 사람들이 있으니 두 단체를 합쳐 '악뚜엘Actuel'이란 이름의 새 단체를 조직해 떨굴 사람들을 떨구고 열심히 작업하는 작가만으로 다시 협회를 구성했다. 1962년 공보관에서 첫 전시회가 열렸으나 정부의 문화예술단체 통합 정비로 인해 그 역시 2회 만에 막을 내렸다. 사람들의 모임을 막으려는 박정희 군사정부의 정책 방향에 따라 난립하던 협회들이 차츰 정리되었다.

제2부

기회를
잡다

운명의 여인

그녀가 서보 앞에

—

1958년 3월, 서보는 졸업생 대표로 홍대 입학식에 참석했다. 똘망똘망 눈을 빛내며 긴장해 쳐다보는 신입생들을 보고 8년 전 자신의 모습이 생각났다. 축사를 마치고 단상에서 내려오는 길에 유독 피부가 새하얀 신입생 한 명이 눈에 들어왔다. 몇 개월 후 그 여학생이 일군의 남학생과 함께 안국동 연구소의 문을 열고 들어왔고, 서보는 너무 놀라 하마터면 작업 중이던 사다리 위에서 떨어질 뻔했다.

'누구지, 저 자식들은?'

연구소를 기웃거리면서 저희들끼리 떠드는 남학생들을 위아래로 훑어보던 서보는 다행히 그녀와 친한 사이는 아닌 것 같아 안심했다.

그해 가을 홍대 미술과에서는 신입생들도 졸업미술전에 전부 작품을 내라는 청천벽력 같은 알림을 전했다. 한 학기 내내 데생만 시켜놓고 갑자기 작품을 제출하라니 신입생들은 걱정과 한숨으로 술렁였다. 명숙도 마찬가지였다. 언제 교실 밖으로 쫓겨날지 알 수 없는 상황인데, 자기도 작품을 준비해야 하나 말아야 하나 판단이 서지 않았다. 언니가 등록금을 주지 않아 매일 눈치를 보며 도둑 청강을 하고 있던 처지였다.

명숙은 윤재길과 최영례의 1남 5녀 중 둘째로 서울에서 태어났다. 6·25전쟁이 났을 때 12세이던 명숙은 1·4 후퇴 때 충북 청주를 거쳐 경남 진해로 피난을 갔고 거기서 초등학교를 마쳤다. 부산에 피난 내려와 있던 이화고등여학교에 입학해서 서울로 환도하기만을 손꼽아 기다렸으나, 아버지의 사정 때문에 청주까지만 올라와서 그곳에 짐을 풀었다. 청주에서 중·고등학교를 다녔고, 고등학교 2학년 때 서울에서 내려온 화가 정창섭에게 미술반 수업을 들으면서 화가가 되겠다는 꿈을 품게 되었다.

해군 소령이던 남편이 급사하는 바람에 24세에 청상과부가 된 명숙의 언니 명아는 다섯 살배기 딸을 친정에 맡기고 혼자 서울로 올라갔다. 여전히 피난 생활 중이었기 때문에 명숙은 줄줄이 동생들에 어린 조카까지 맡아 키우는 부모님 형편을 생각해 대학 진학은 꿈도 못 꾸고 있었다.

그러던 어느 날, 소식 한 장 없던 언니가 갑자기 집으로 전보를 보냈다. 공부를 시켜줄 테니 대학 입학원서를 넣으라고 한 것이다. 언니의 결심이 조금만 빨랐다면 명숙도 미술반 다른 친구들처럼 서울대에 지원했을 것이다. 하지만 이미 마감이 끝난 터라 허둥지둥 학교로 달려간 명숙은 대학에 가고 싶다며 선생님들을 붙잡고 울었다. 그때 홍대로 2차 지원을 하면 된다고 안심을 시킨 사람이 홍대 미술과를 졸업하자마자 고향에 내려와 청주여고에서 교편을 잡은 윤형근이었다.

1958년 아직은 쌀쌀한 초봄, 명숙은 부푼 꿈을 안고 서울에 올라왔다. 홍대가 지금처럼 와우산 아래 자리를 잡았을 때다. 한 학기가 쏜살같이 지나가고 2학기가 되었다. 등록금을 내지 않았는데도 학교에서 아무도 뭐라고 하지 않아 명숙은 일단 언니의 사정이 달라지기를 기다리며 그냥 저냥 수업을 들었다. 작품 제출 통보를 듣고 멍하니 있을 때, 동기 한 명이 안국동에 화실이 있는데 그곳에 등록해 다 같이 작품을 만들어보자고 제안했다. 홍익대학 사보는 물론이고 몇몇 신문에 소개된 바 있는 이봉상회화연구소라고 했다. 달리 방도가 없었기 때문에 명숙도 어렵게 모은 용돈을 레슨비로 챙겨 들고 친구들을 따라갔다.

안국동 사거리에서 인사동으로 접어들어 오른쪽으로 들어서니 허름한 건물 2층에 연구소가 있었다. 그때까지 명숙은 화가들 중에 박서보라는 사람이 있다는 것을 몰랐다. '화단'이라는 말도 낯설었고, 반국전이니 뭐니 작품 경향에 따라 화가들 사이에 알력 다툼이 있다는 것도 전혀 들은 바가 없었다. 그러니 서보가 남들이 말하는 '안국동 패거리'의 중심에 선, 소위 화단에서 '깡패'로 낙인 찍혔다는 '가난뱅이 화가'라는 사실을 알 턱이 없었다.

삐걱대는 층계를 올라가 연구소 문을 열자 작은 체구의 한 남자가 벽을 꽉 채운 캔버스에 커다란 붓으로 푸른색 페인트를 칠하고 있었다. 500호 캔버스를 두 개나 붙여 그런 식으로 그림을 그리는 것을 명숙은 본 적이 없었다. '아, 이런 게 추상?' 그녀에게 서보의 첫 인상은 생경함이었다.

명숙은 종로에 나가 각목을 사와 남학생들의 도움을 받으며 50호 캔버스를 만들었다. 연구소에서 불러준 여자 모델을 두고 인물화를 그리기 시작했고, 당시에는 마티스풍이 유행이었기 때문에 명숙도 그 풍으로 그렸다. 그런데 며칠 뒤 연구소에 나가 보니 그리던 그림이 안 보였다. 샅샅이 뒤졌는데도 없었다. 나중에 보니 없어진 것이 아니고, 자기가 그린 그림을 누가 고갱풍으로 싹 바꿔놓아 못 찾은 것이었다. 학생들에게 물으니 박 선생이 그랬다고 했다. 명숙은 난감했다. 선생의 배려일 것이라 감히 더 손을 대지 못하고, 그냥 그대로 작품을 학교에 냈다.

학생들은 연구소에서 수업이 끝나면 우르르 같이 몰려나와 종로에서 인사하고 헤어졌다. 너나없이 가난한 시절이었기 때문에 웬만한 거리는 다들 걸어다녔다. 서보가 두어 번 학생들을 쫓아나와 '무아'라는 다방에서 차를 사준 적이 있다. 음악 감상도 겸한 격조 있는 다방이었는데, 학생들 주머니 사정으로 드나들 수 있는 곳이 아니었다.

명숙은 서보가 자기네보다 빈곤해 끼니를 계속 거르고 있다는 것을 모른 채, 친구들과 함께 차를 얻어 마시고 가벼운 마음으로 집으로 돌아왔다. 그때까지만 해도 명숙에게 서보는 그냥 무서운 선생님에 불과했다.

얼결의 프러포즈

—

그날 따라 명숙은 연구소에 늦게까지 남아 그림을 그렸다. 학생들이 다 가고 없다는 것을 뒤늦게 깨닫고 주섬주섬 짐을 정리해 연구소를 나오는데, 어디선가 서보가 나타나 차 한 잔을 청했다. 둘은 다시 무아다방 테이블에 앉았다. 자신이 살아온 이야기를 주렁주렁 늘어놓는 서보 앞에서 명숙은 다소곳이 앉아 듣기만 했다.

찻집을 나와서도 서보는 계속 명숙을 따라오며 걸었다. 남자 친구가 있냐고 물었다. 청주 바닥에서 나름 미모로 이름이 자자한 명숙이었지만, 웬일인지 접근해오는 남자는 없었다. 명숙의 눈에 남자로 들어온 사람도 특별히 없었다. 자유연애 시절인 그때 아무도 사귀어본 적이 없다는 것은 괜히 뒤처져 보이는 일이었다. '모태솔로'임을 숨기기 위해 명숙은 자기에게도 약간의 아픈 상처가 있는 것처럼 분위기를 풍겼다. 무교동 길을 걷고 있는데 서보가 스탠드바에서 위스키를 한 잔 더 사주겠다고 했다. 집이 코앞이라 명숙은 어쩔까 망설였다.

당시 명숙은 언니와 함께 을지로2가 중앙극장 건너편의 한 목조건물 2층 방 두 개를 빌려 살았다. 좁고 어두운 층계를 오르내리며, 주방도 없는 곳에서 밥을 끓여 먹고 빨래를 하고 머리를 감았다. 명숙이 쓰는 방은 다다미 6쪽을 깐 작은 방이었다. 북쪽 창문을 통해 지붕 위 간이 베란다로 나가는 유일한 통로이기도 했다. 그래서 아래층 식구들도 빨래를 널러 들어올 때 수시로 명숙의 방을 들락날락했고, 언니 방도 그 방을 거쳐 가야만 해서 언니의 손님이라도 불쑥 들이닥치면 명숙은 빨래 걷는 척

처음 만났을 때 서보(28세)와 명숙(20세).

지붕 위로 나가 피해 있어야 했다.

명숙은 집에 일찍 들어가기 싫어 서보를 따라 바에 들어갔다. 몇 번 아버지에게 막걸리를 받아 마셔본 적이 있어 그것만 믿고 위스키 잔을 받았다. 까짓것 아픈 과거도 있는 척했겠다, 명숙은 과감하게 두 잔을 연거푸 마셨다. 그랬더니 갑자기 가슴이 따뜻해졌다. 걱정거리라고 끌어안았던 모든 것이 다 별거 아니라는 생각이 들었다. 한 잔을 더 마시니 이번에는 하늘이 돈짝만 하게 보이는 게, 세상만사가 아주 단순해졌다. 그런 명숙을 가만히 쳐다보던 서보가 문득 자기와 결혼하자고 말했다. 다소곳이 앉은 채 명숙이 "네"라고 대답했다.

예상치 않은 대답에 서보는 완전 당황했다. 지금 장난을 치는 건가 싶어 안색을 살피니 볼만 조금 발그레했고 그녀의 얼굴에는 미동도 없었다. 가슴이 두근반 세근반 뛰기 시작했다. 서보에게는 사실 사귀던 여자가 있었다. 서보가 살던 독립문 아파트 방도 그녀의 친구 집이었다. 언니가 제법 잘살던 터라 동생과 결혼하면 외국으로 유학을 보내주겠다는 약속도 받아놓은 참이었다. 하지만 명숙과의 두 번의 만남으로 서보는 운명을 직감했다. 지금 이 기회를 놓치면 안 될 것 같아 서보는 기세를 몰아 그녀에게 확답을 받기로 작정했다.

서둘러 바를 나온 서보는 명숙의 집으로 따라가 당장 아버지께 결혼하겠다는 편지를 쓰라고 했다. 마침 명숙의 언니가 외출 중이라서 서보는 급한 마음에 집 안까지 따라 들어와 명숙이 밥상을 펴놓고 종이와 펜을 꺼내는 것을 뒤에 서서 초조하게 지켜보았다. 여전히 발그레한 볼로 명숙은 자신이 글재주가 있다는 것을 선생님이 미처 몰랐을 거라고 생각하면서 거침없이 장문의 편지를 써내려갔다. 평소보다 이상하게 글씨가 커졌지만, 절대로 술기운에 그런 것은 아니라고 자신을 다독였다.

아빠 보세요.

눈이 온다고 떠들더니 당치도 않게 비가 오시는군요. 비 온 후에는 몹시 추울 거라고 생각하며 청주 우리의 작은 집을 걱정합니다.

이맘때 비가 오면 생각나는 일이 있어요. 아빠도 잘 아시잖우? 정창섭 말예요. 그이가 재작년 이맘때 결혼했잖아요? 그날도 이렇게 비가 오구. 난 어린 마음에 몰래 울구……. 그리고 벌써 2년이 지났나 봐요. 그 2년이라는 흐름이 나를 무척이나 성장시켜준 것 같습니다.

아빠! 나 그림이나 그리고 가끔 가다 엉뚱한 일을 저지르는 아직도 철없는 작은 계집애라 생각하세요? 그런 딸이 결혼이 하고 싶다고 아빠께 조르면 아빠 얼마나 놀라 웃으실까 생각합니다.

제 주위엔 많은 사람들이 접근해오고 있었고, 아마 아빠 기억에 남아 있는 이름들도 있으리라고 생각돼요. 하지만 나 아빠 앞에서 꼭 결혼해야겠다고 말한 사람은 아직 없었죠.

그리고 전 결혼하고 싶은 생각은 없었으니까요. 제 주위에 알고 지내는 여자들 대개가 다 결혼에 실패한 것을 보고 있어요. 그 공통된 여자들의 불행을 몹시 두려워하고 있었지만……. 요즘의 저는, 모든 여자들이 걸어야 하는 평범한 어떤 숙명적인 코스에 같이 뛰어들고 싶은 심정이에요. 결혼 후에 저의 생애가 얼마나 화려하게 혹은 또 비참해질지 제 자신도 단정할 수 없는 일이에요. 하지만 노름꾼이 자기의 전 재산을 노름판 위에 던져놓듯 결국은 제 생애도 어떤 남자 앞에 맡겨놓을 수밖에는 없어요.

물론 한 인간을 선택하기 전에 제 지성으로 행복을 계산할 수 있는 한 최선을 다해보는 거죠. 그리고 그 결과가 승리냐 패배냐는 제 운명에 달렸다고 봐요. 제가 아무리 행복을 잡으려고 발버둥 쳐도 달려오는 운명 앞에는 어쩔 수 없는 일이 아니겠어요? 만약 불행이 닥치더래도 그 불행과 싸워나가는 게 인간이 어쩔 수 없이 걸어나가는 숙명적인 길이니까요.

아빠! 제 결혼에 대해 승락해주세요. 하지만 아빠! 제가 아빠의 존재를 완전히 무시해 버리고 제 고집만 주장하려는 마음은 아녜요. 아빠 어디까지나 명숙의 좋은 아빠니깐, 딸의 결혼에 어떤 훌륭한 의견을 주실 줄

압니다.

어깨너머로 편지를 읽고 있던 서보는 명숙이 아버지의 승낙을 구하는
자세가 점점 흐트러지는 것 같아 거기서 결혼하겠다고 한 번 더 강하게
말하라고 훈수를 두었다. 명숙은 잠시 숨을 고르고 다시 이어서 썼다.

아빠! 전 결혼하겠어요. 결코 철없는 어리광은 아닙니다.

뒤에 서 있던 서보는 이제 자기에 대해서도 뭐라도 쓰라고 재촉했다.

그 결혼하고 싶은 사람은 제가 여기서 소개할 필요를 느끼지 않습니다.
좋은 점만 늘어놓을 테니까요. 아빠를 뵙고 모든 것을 얘기할 수 있는
기회가 있겠지만, 아빠가 그분을 곧 만나 보시면 더욱 좋겠어요.
이름은 박서보. 화가입니다. 화가라는 데 부모로서의 엷은 실망이 있겠
지만 그 실망이라는 것이 경제적인 면에 한한다면, 안심하셔도 좋아요.
우리는 잘 살아보겠다는 욕망을 둘 다 열렬히 갖고 있으니까요. 그리고
그인 가난하지 않아요. 이 편지 보시는 대로 곧 답장 주세요.
혼자 방을 지키고 있으려니까 라디오 앞에 둘러앉아 승갱이를 하고 앉
아 있을 동생들이 불현듯 보고 싶습니다. 할머니, 엄마는 김장 준비로
몹시 분주하시겠군요.

딸 명숙 올림

1958. 11. 13. 새벽

서보는 명숙이 쓴 편지를 빼앗아 직접 봉투에 주소를 받아 써넣고, 야간통행이 금지된 거리로 휑하니 사라졌다. 다음 날 서보는 우체국이 열기를 기다려 바로 편지를 부쳤다.

반면 명숙은 지끈지끈 울리는 머리로 늦잠에서 깼다. 흔히 그러듯 간밤에 술기운이 벌인 일을 되씹어보며 후회하지는 않았다. 그녀는 지난밤의 일을 모두 기억했고, 이미 각오가 서 있었다. 아버지와 서보에게 살짝 허풍을 가미한 것을 제외하면, 돌이킬 것은 없었다. 여러 가지를 고려한 끝에 결혼이 답이겠다고 생각한 터다. 친정에 내려가면 일자리를 찾아야 하고 그렇게 되면 꿈을 포기해야 하는데, 최소한 이 남자와 결혼하면 학교는 마치겠다는 계산이 섰다. 화가가 되고 싶었지만 그 꿈을 이루는 데 남자들 주머니를 털어 살고 있는 언니의 손은 죽어도 빌리고 싶지 않았다.

명숙의 아버지 재길은 혁이란 필명으로 여운형을 쫓아다닌 인텔리다. 1947년 여운형이 극우파에 암살당한 뒤 그도 요주의 인물로 찍혀서 도망 다녔다. 1·4 후퇴 때는 아내와 딸을 끌고 한겨울에 걸어걸어 청주까지 피난을 갔고, 도중에 잘못 헤어져 그곳에 먼저 와 있던 모친과 아들을 만나 몇 개월을 견디다 다시 진해로 내려갔다. 약혼자를 따라 미리 그곳에 내려가 있던 큰딸의 결혼식을 보고 1년을 더 거기서 버텼다. 정부가 환도한 뒤에도 재길은 뒤숭숭한 사회 분위기에 몸 사리며 청주까지만 올라왔고, 몇 년 더 그곳에 머무르며 안전하게 상황을 지켜보기로 했다.

1950년대를 풍미한 '사상검사' 오제도吳制道의 사고방식을 보면, 이 6남매 가장의 공포를 가늠할 수 있다.

전쟁을 겪은 뒤 이 땅은 자유주의의 이념과 체제를 공고히 하는 데 전념하지 않고 공산주의에 반대한다는 목표를 존재 이유로 내세워 '적'을 점멸시키는 데만 호전적으로 매달렸다. 당시에는 빨갱이와 싸우는 태도를 적극적으로 보이지 않으면 누구나 잠재적인 '내부의 적'으로 간주해 버리는 광기어린 논리가 있었다.[22]

별거 아닌 것으로도 사람을 붙잡아가 수틀리면 두드려 패던 시대였다. 6·25전쟁 때 그림 솜씨가 좋고 글씨 잘 쓴다는 이유로 재길도 인민군에 끌려가 인쇄물을 담당하는 부역을 한 적이 있다. 그 일 때문에 나중에 빨갱이로 몰려 경찰서에 잡혀가 죽도록 맞았다. 큰딸 명아가 집에 있는 옷가지를 싸들고 시장에 가 양주 한 병과 바꾼 뒤, 혼자 종로경찰서로 찾아가 담당 경찰에게 양주를 뇌물로 바치고 울며불며 하소연해서 제 아버지를 빼냈다.

이런 당찬 일을 벌인 명아는 당시 6년제였던 배화여자중학교 4학년에 다니던 똑똑하고 예쁜 소녀였다. 그랬던 명아가 서울대 공대를 나온 멋쟁이 해군 남편과 1957년에 사별하고 젊은 과부가 되어 전후 서울의 가난 속에 일자리를 찾지 못해 동생을 데리고 방황하고 있던 것이다.

번갯불에 콩 볶듯

—

재길은 청주에서 명숙의 편지를 받아보고 깜짝 놀랐다. 갑자기 훌쩍 커버린 딸이 낯설기도 했지만, 편지의 어떤 대목은 도대체 무슨 말인지 영 이해가 되지 않았다. 그 딸이 벌써 서울에서 누구를 만났다는 소식도 믿기지 않았다. 사랑이라는 것이 한순간에 꽂히는 법임을 그도 모르는 것은 아니다.

외아들로 태어나 10대에 연상의 처녀에게 장가 든 꼬마신랑 재길은 동네 교회에서 눈 마주친 어린 처녀에게 콩깍지가 쓰여 뒤도 안 돌아보고 집을 나와서 연애결혼에 성공했다. 그랬던 그이므로 딸을 나무랄 마음은 없었다. 그래도 사윗감은 꼼꼼히 따져봐야만 한다. 재길과 영례는 곧장 서울로 올라왔다.

서보가 안국동 연구소에서 나오자 한 남자가 술에 취해 서 있다가 괜히 서보에게 시비를 걸었다. 서보가 어르신을 부축했다.

"술이 과하시네요, 댁까지 모셔 드리겠습니다."

서보가 얼른 택시를 잡아 어르신을 태우고 자신도 같이 탔다. 그런데 이 사람이 처음에는 신설동이라고 하더니 막상 거기 도착하자 다시 말을 바꿔 종로5가로 가자고 했다. 이랬다 저랬다 택시비만 올려 부아가 났다. 하지만 술 취한 어른을 탓할 것은 아니라서 끝까지 웃는 낯으로 어르신을 잘 모셔다 드렸다.

택시에서 내린 남자는 고맙다면서 대폿집으로 서보를 끌고 갔다. 마다할 일은 아니라서 어르신과 대작을 하는데, 가만 보니 얼굴에 곰보 자

서보가 만난 장인 윤재길.

국도 그렇고 명숙이 언젠가 이야기한 적 있는 조각한다던 명숙의 아버지 친구 같았다. 뭔가 테스트를 받는다는 느낌이 들자 서보는 정신을 더 바짝 차렸다. 묻는 말에 또박또박 대꾸하며 예술과 사회에 대해 이런저런 논쟁을 나누었다. 야간통행금지 사이렌이 울렸다. 어르신이 걱정 말라며 서보를 대폿집 바로 앞에 있는 여관으로 데려갔다. 명숙의 외가가 운영하는 여관이었다.

"윤 선생! 윤 선생! 됐수다, 됐어!"

서보를 안으로 들여보낸 뒤 어르신은 손을 흔들며 사라졌다.

서보가 뻘쭘히 안으로 들어가니, 키 크고 대쪽 같은 예비 장인이 서 있었다. 하얀 피부에 회갈색 눈을 가진 러시아 미남 배우 같았다. 서보는 명숙이 아버지를 닮았구나 생각했다. 이윽고 술상이 들어왔다. 서보는 재길이 주는 술잔을 밤새도록 받아 마셨다. 재길은 서보가 술을 아무리 먹어도 주사가 없고 정신이 똑바른 점을 마음에 들어 했다.

하루는 재길이 먼저 취해 길에서 비틀거리다가 차에 들이박힐 뻔한 것을 서보가 잽싸게 끌어안아 사고를 면했다. 체면 없이 장래 사윗감의 등에 업혀 집으로 들어온 재길은 그날로 서보에게 딸을 주기로 결정했다. 제훈의 술상 교육이 빛을 발하는 순간이었다. 아버지의 그 말만 유독 잘 들은 서보는 자다가 떡 대신 미인을 얻었다.

결혼 승낙의 조건으로 재길 앞에 무릎을 꿇은 서보는 명숙이 꿈을 이룰 수 있게 적극 도와줄 것이라는 각서를 썼다. 홍대는 남녀공학이라 보내기 싫고, 이대는 결혼한 학생은 들어갈 수가 없으니 결국 숙명여대에 편입시키겠다고 약속했다. 자신이 이런저런 수입이 있다고 떠벌려 장인의 남은 불안까지 깨끗이 씻어드렸다. 그 길로 재길은 딸을 데리고 청주로 내려가 결혼 준비를 시켰다. 안국동 연구소에서 한 달 남짓 본 것으로 둘은 곧장 혼인지 대사를 결정했다.

명숙은 청주에 내려가 태평스럽게 혼수 준비를 했다. 제일 먼저 한 일은 이불 홑청으로 쓸 생광목을 희게 바래는 작업이었다. 피난살이 5년 만에 명숙네는 남의 집 곁방살이를 간신히 면하고 무심천 변에 작은 집을 장만해 살고 있었다. 명숙은 시냇가에 가마솥을 걸었다. 누런 생광목을 서리서리 똬리 틀어 솥에 넣고, 양잿물 푼 물에 푹 삶았다가 건져내서 넓적한 빨랫돌에 올려놓고 방망이로 두드리며 헹구었다. 잔돌이 깔린 냇가에 광목을 쫙 펴서 햇볕에 널고 바람에 날아가지 못하게 네 귀퉁이를 돌로 눌러놓은 다음, 그 옆에 앉아서 책을 읽거나 편지를 썼다. 광목이 하얗게 될 때까지 삶고 빨고 햇빛에 말리는 과정을 서너 번 되풀이한 뒤에야 명숙은 희게 바랜 광목과 함께 냇가에서 철수했다.

그다음은 다듬이질을 할 차례였다. 우선 광목이 촉촉하게 젖어 있을 때 두 사람이 양 끝을 마주 잡고 서로 힘을 조절하며 당긴다. 힘 좋은 사람이 벌렁 넘어지거나 약한 사람이 앞으로 고꾸라져 웃음보가 터지는 일이 생기니 조심해야 한다. 반듯하게 광목이 접히면 다듬잇돌 위에 올려놓고 두 사람이 마주 앉아 방망이로 두들긴다. 힘이 너무 세면 천이 터지거나 고르게 잘 펴지지 않으므로 역시나 힘 조절을 잘해야 하고, 두 사람의 호흡도 잘 맞아야 한다. 한밤에 들리는 고수들의 리드미컬한 방망이질은 싸이의 〈강남 스타일〉만큼이나 중독성 있는 소리다.

가장 신경을 써야 하는 대목은 이불을 꿰매는 일이다. 팔자 좋은 친척 아주머니나 아들딸 많이 낳고 부부 금실 좋기로 소문 난 이웃 중에서 작업자를 신중히 고른다. 일단 그들에게 점심을 잘 대접한 후 신혼부부를 위해 좋은 기운을 담아주길 기원하며 바느질을 맡기는 것이 관례다. 경건하기까지 한 이런 풍습에는 시집가는 딸의 안녕을 기원하는 부모의 간절한 마음이 담겨 있다. 영례는 그때 형편으로 다소 부담이었던 질 좋은 목화솜과 꽃무늬 화려한 홍콩 양단洋緞으로 명숙의 신혼 이불을 꾸며주었다.

12월 28일 드디어 결혼식이 열렸다. 명숙은 그 전날에야 새 이불에 새 신부의 치마저고리를 싸들고 한겨울에 버스를 몇 번이나 갈아타며 서울로 올라왔다. 명아는 재력 있는 남자를 만나 재혼을 한 터라 동생을 위해

6자 장롱에 침대를 사주고, 서보의 양복까지 멋지게 맞춰주었다.

언니가 사준 가구를 마차로 옮겨야 해서 명숙은 을지로에서 독립문까지 리어카 아저씨와 함께 짐을 밀며 걸었다. 첫 신혼살림은 서보가 살던 독립문 아파트에 차려졌다. 명숙은 아파트에 가구를 혼자 들여놓고 이부자리를 잘 개서 장에 넣어둔 뒤, 지친 몸을 끌고 언니네로 가 온 식구가 일찍부터 자고 있는 방에 간신히 몸을 뉘였다.

다음 날 늦잠에서 놀라 깨보니 아무도 없었다. 어머니, 큰 외숙모, 이모와 언니는 새색시만 남겨두고 미장원에 머리를 하러 갔다. 서로 예쁘게 보이려고 화장에 치장에 난리법석을 벌였다. 뒤늦게 뛰어간 신부는 순서에서 밀려 도리어 한 옆에 가만히 앉아 그들을 기다렸다. 여자 넷이 다 처리되고 나서야 신부의 머리가 올려졌고, 결혼식에 늦어 머리를 하다 말고 허둥지둥 택시를 탔다.

결혼식장으로 향하면서 명숙은 차 안에서 급히 화장을 했다. 당시 유행하던 오드리 헵번 눈썹을 그리고 입술을 발랐다. 언니가 입술은 크게 그려야 사진을 잘 받는다고 해서 흔들리는 차 안에서 삐뚤빼뚤 입술 선 밖으로 루주를 넓게 다시 발랐다. 그사이 얼마나 바빴는지 손톱도 길었다. 미장원에서 급히 얻은 손톱깎이로 차 안에서 이리 쏠리고 저리 쏠리며 아슬아슬 손톱도 깎았다.

웨딩드레스는 안 어울릴 거라는 서보의 말에 명숙은 흰 치마저고리에 면사포만 쓰고 결혼식을 치렀다. 청운동의 백운장에서 결혼식이 거행되었고 하객도 많았다. 당시에는 청첩장을 돌릴 손님을 정하는 청첩인이란 역할이 따로 있었다. 서보를 위해 홍대 조각과 윤효중 교수가 청첩인

언니의 재촉에 식장에 들어가기 전 입술을 두껍게 다시 바르는 명숙.

이 되어주었다. 주례는 대한미술협회 회장을 역임하고 국전 심사위원장을 오래 지낸 고희동이 맡았다. 서보의 술꾼 친구들도 모두 와서 시끌벅적 결혼식장을 가득 메웠다.

축사를 하기로 되어 있던 고은이 손에 보따리를 들고 헐레벌떡 뛰어왔다. 전날 함재비를 하고 나서 술을 진탕 마시고 늦잠을 잔 모양이었다. 한 걸음 뗄 때마다 돈을 올려놓는 풍습을 따라 제대로 곤조와 진상을 부리더니, 그래도 축사를 위해서는 모양을 부린다고 어디서 옷까지 빌려왔다.

"절에서는 내가 졸자이지 않은가? 먹물 든 승복밖에 없어서 우리 절 최고 왕초의 가사를 내 감히 빌려왔지."

↑1958년 청운동 백운장에서 치러진 서보와 명숙의 결혼식.
↓결혼식 피로연. 왼쪽 두 번째가 김청관, 오른쪽 맨 끝이 김창열, 그 뒤에 안경 쓴 사람이 이수헌이다.

서보의 이복형이 결혼식 피로연을 지원해주어 결혼식이 성대하게 잘 치러졌다. 서보와 명숙은 충남 온양으로 신혼여행을 떠났고, 창열이 보디가드로 따라 붙었다. 분명 그것은 신의 한수였다. 서울에 돌아올 때 길에서 실제로 서보는 검문에 걸렸고, 창열이 일부러 입고 간 제복 주머니에서 경위 신분증을 꺼내서 친구를 사수하지 않았으면 신부 혼자 남겨두고 서보가 군대로 끌려갈 뻔했기 때문이다.

준비되려면 너무 먼 당신

—

서보의 술친구들은 "어린 처녀를 꼬여 제 사람으로 만든 완전 도둑놈"이
라며 술안주 삼아 서보를 놀리기 좋아했다. 서보도 낄낄 웃으며 맞장구
를 쳤지만, 집에 오면 늘 그 농담이 마음에 걸렸다. 서둘러 식을 올리고
정신이 들고 보니 자기가 너무 어린 학생을 준비없이 덜컥 보쌈이라도
해온 것 같았다. 게다가 장인에게 돈 걱정 마시라고 큰소리쳤지만 사실
과 달랐고, 그는 명숙을 숙명여대에 보내줄 형편이 못 되었다. 억지로 그
녀를 자기 인생에 끌고 와 고생시키고 있다는 생각이 들자 서보는 예쁘

고 젊은 그녀가 언제 도망갈지 모른다는 생각에 차츰 불안해졌다. 게다가 그녀는 홍대와 앙숙인 서울대파의 정창섭을 좋아한 여인 아닌가?

이때까지도 명숙은 정창섭과 서보의 관계를 전혀 알지 못했다. 정창섭은 장가가라는 부모의 성화에 못 이겨 고향 청주에 내려왔다가 아주 잠깐 청주여고 미술반 여학생들을 가르치게 되었다. 그런 그를 팔아 명숙이 아버지에게 보낸 편지에서 실연당한 여인의 냄새를 풍겼던 것이다.

서보는 자꾸 어린 아내를 집에 붙잡아두려고 했다. 명숙이 길을 걷다가 주변을 두리번거리면 벌컥 화를 냈고, 전차에서 이리저리 밀리는 사람들과 부딪히기만 해도 하루 종일 심통을 부렸다. 심지어 노래 부르기를 좋아하는 명숙이 기분 전환을 하려고 가곡을 부르면, 알 수 없게 화를 냈다.

"내 마음은 호수요, 그대 노 저어 오오~."

명숙은 도대체 서보가 왜 그러는지 알 수가 없었다. 그래서 그냥 그의 화를 돋우지 않으려고 외출을 자제하고 친구들도 만나지 않았다. 단짝 친구가 집 근처에 와도 놀러 오라고 말하지 못했고, 행여 친구가 불쑥 자기를 찾아올까봐 늘 노심초사했다. 서보는 명숙의 친정 식구들이 영향을 끼쳐 혹시라도 고생하는 어린 아내의 마음이 바뀔까봐 그들의 왕래를 꺼렸다. 특히 명숙의 언니가 집에 들르는 것을 무척 싫어했다.

명숙은 남편이 어떤 사람인지 차츰 알게 되었다. 그는 가진 게 없었고, 고정 수입도 없었으며, 애초에 명숙의 꿈을 지원해줄 마음의 여유조차 갖고 있지 않았다. 그나마 경제적으로 지원해주던 이복형이 있었지만, 잘난 동생의 무심함을 무례로 오해해서 관계를 끊어버린 터라 도움의 손길마저 완전히 끊어졌다. 서보가 약속했던 것들은 하나도 이루어지지 않았다. 명숙은 자기 삶이 어떻게 펼쳐질지 이제 훤히 내다보였다. 하지만 누구를 탓할 수 없는 노릇이었다. 이 모든 것은 결혼이라는 중대사를 경솔하게 선택한 자신의 책임이었기 때문이다.

한편 서보는 명숙에게 아기가 들어서자 마음이 급해지기 시작했다. 병역 기피로 도망자 신분이었던 그에게는 흔한 미술 교사 자리 하나 떨어지지 않았다. 예전 같으면 그림 작업에 방해된다고 손 사례 치던 일에도 적극적으로 뛰어들어 돈이 되는 일은 닥치는 대로 했다. 학생 수를 늘려볼 요량으로 이봉상회화연구소에서 아동을 받는다고 광고를 내기도 하고, 일반인을 위한 스케치 캠핑 홍보도 해보았다. 둘 다 잘 되지 않았다.

그래도 신문마다 자리를 얻어 '화단의 새 얼굴'을 소개하는 글이나 전시평을 쓸 수 있었다. 『한국일보』, 『동아일보』, 『평화일보』, 『연합신문』 등에는 삽화와 함께 짧은 글도 실었다. 『동아일보』 주말판으로 '소년동아'라는 것이 나올 때 그곳 문화부장이던 시인 이상로가 서보에게 특별히 '공작교실'이라는 난에 1년 이상 매주 한 편씩 글을 쓰게 도와주었다. 육군보병학교 때 친구였던 신영철도 자신이 일하던 산업은행의 사보 『신우회』의 표지 그림을 서보에게 맡겼다.

당시에는 집 계약 기간이 6개월이었기 때문에 1년에 두 번씩 이사를 다녀야 했다. 신혼살림을 차렸던 아파트 계약이 만료되어 서보와 명숙은 싼 방을 찾아나섰지만, 형편에 맞는 집을 구하기 몹시 어려웠다. 간신히 지금의 홍대 뒤 와우산 기슭 국민주택으로 거처를 옮겼다. 주인댁과 같이 쓰는 부엌 앞마당에 우물이 있어 다행이라 생각했는데, 막상 와서

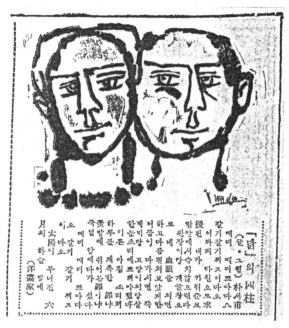

『평화일보』에 실린 서보의 삽화와 글.

보니 가뭄에 물이 말라 언덕 아래 공동 우물까지 물을 길으러 내려가야
했다. 밤새 한 방울씩 고인 물을 길어오려면 새벽 4시에는 일어나야 했
다. 서보는 안국동파 동료들과 마찰이 심한지 늘 술을 마시고 늦게 들어
왔고, 제3회 현대작가초대미술전을 준비한다고 작업실에 처박혔다. 명
숙은 만삭에 새벽 언덕을 오가며 물을 길어 썼다.

　그해 11월 3일 첫 아이를 낳았다. 이상로가 아기 이름을 승조라고 지
어주었다. 서보의 누이가 어린 올케의 산바라지를 해주겠다고 미역을
사들고 안성에서 올라왔다. 며칠 동안 우물물을 길어 와서 기저귀도 빨

1959년 안양 YY산업(현재 유한양행) 현관 벽화를 그리는 서보.

아주고 아기 목욕물도 데워주어 고마웠는데, 부엌을 같이 사용하는 주인 댁과 자꾸 부딪혀 시비가 붙자 서보가 그만 안성으로 쫓아내버렸다.

승조가 100일이 되기도 전 명숙은 다시 둘째를 임신했다. 아기가 들어서자 조금씩 나오던 젖이 말라 승조에게 분유를 사 먹여야 했다. 서보는 궁핍한 생활에 점점 더 압박감을 느꼈다. 뭐든 일거리를 찾아다녔고, 어디서든 불러주면 건물에 벽화 그리는 일도 마다하지 않았다.

건물주인 동덕여대에서 안국동 건물을 비워달라고 했다. 마침 명숙의 언니가 자기 집 옆에 허름한 건물이 싸게 나왔다고 일러주었다. 명아는 친정에서 딸도 데려오고 재혼한 남자와 신설동에서 제법 안정된 삶을 살고 있었다. 찬밥 더운밥을 가릴 때가 아니어서 서보는 그곳으로 연구소를 옮기고 근처에 단칸방을 얻는 데 동의했다. 석고상과 낡은 이젤이 전부였지만 이사를 하고, 서울미술연구소라고 이름을 바꾸어 다시 신문에 광고를 냈다. 하지만 연구소를 찾는 학생은 여전히 많지 않았다.

돈이 없어 쌀을 그날그날 됫박으로 사다 먹었다. 그 형편에 서보의 동생 홍까지 같이 살기 위해 형을 찾아왔다. 이복형이 장학 사업을 하면서 홍을 지원해주어 1년 동안 편하게 학교생활을 했는데, 시골 땅을 정리하고 서울로 이사를 왔는데도 서보가 이사를 돕기는커녕 인사도 오지 않자 성미 급한 이복형이 괘씸한 마음에 인연을 끊고 홍까지 내쫓아버린 것이다.

당시 서보는 고관절 부위에 종기가 나서 걷지도 못하고 지팡이를 짚고 다녔다. 임파선염으로, 당시에는 '가래톳'이라고 불렀다. 돈이 없어 병원도 못 가고 약국에서 고약만 사다 붙이고 있었는데, 신문에 이름을 올리는 서보가 그렇게 가난에 찌들어 고생하는 줄 몰랐던 이복형은 동생이 유명세를 타고 기고만장해진 거라고 생각했다. 명숙 역시 사정을 잘 몰라 미처 찾아볼 생각을 하지 못했다.

졸지에 서보의 연구소에 야전침대를 놓고 지내게 된 홍은 식사 때마다 형수가 밥을 푼 뒤 공기 위로 올라온 밥을 딱 깎아주는 것을 보고 서운함을 금치 못했다. 먹어도 먹어도 배가 고팠던 나이였기에 그저 밥만 많이 주어도 좋겠다고 생각했지만, 형수의 기에 눌려 홍은 찍소리도 못했다. 홍보다 한 살 더 많았던 명숙 역시 한창 잘 먹어야 할 나이에 임신까지 하고 있었다. 수입이 너무 없었기 때문에 쌀을 정확히 배분해 먹지 않으면 모두 쫄쫄 굶을 판이었다. 명숙이 입덧으로 고생하는 것을 본 명아가 먹고 싶은 것을 해주겠다고 명숙을 불렀다. 명숙은 고기가 너무 먹고 싶었지만 차마 그 소리가 나오지 않아 고구마를 먹고 싶다고 말했다.

명숙은 어린 시절 골골하던 엄마 대신 조모의 손에서 자랐다. 할머니는 명아와 명숙을 불러 멸치 한 포를 던져주고 똥을 떼라고 시키기도 했다. 다섯 살 위인 언니는 이런저런 핑계를 대며 도망쳤지만, 명숙은 부처처럼 버티고 앉아 그 많은 멸치 똥을 다 땄다. 할머니는 명숙이 뚝심이 있어 언젠가 크게 성공할 거라고 칭찬을 아끼지 않았다. 명숙은 할머니에게 칭찬 받는 게 좋아서 늘 무던히 참고, 끈질기게 기다리고, 힘든 일을 마다하지 않았다. 그래서 자라는 내내 한 번도 부모를 조르거나 보채거나 떼를 써본 적이 없다.

그런 명숙을 어른들은 항상 의젓하고 성숙하다고 칭찬했고, 어떤 의미에서는 그것이 그녀에게 독이 되었다. 명숙은 늙어서까지 아파도 아픈 기색을 하지 않았고, 두려워도 씩씩한 척했으며, 도움을 청하는 대신 스스로 알아서 했다. 그녀는 원하는 것을 입 밖에 내본 적이 없었다.

6개월의 임대 기간이 후딱 지나서 다시 명숙은 언니 곁을 떠나게 되었다. 종로5가 대로의 빌딩 6층을 얻어 다시 연구생을 받았다. 6층까지 오르내리는 것이 힘들었지만 방과 주방이 있고 수돗물을 쓸 수 있어 그나마 다행이었다. 일이 잘 풀리려는지 서보가 정화여자중·상업고등학교 시간 강사 자리를 얻게 되었다. 개성에서 나름 유명했던 정화여학교가 서울로 피난 오면서 이름이 바뀌었는데, 창열이 연결시켜준 자리였다.

서보가 내민 첫 월급은 명숙이 처음 받아보는 큰돈이었다. 그 돈으로 명숙은 첫 세간을 장만했다. '싱거Singer' 재봉틀이었다. 명숙은 서보가 입던 헌 옷을 뜯어 승조의 내복이며 옷을 만들어 입혔다. 돌을 넘긴 승조는 뒤뚱뒤뚱 이젤 사이를 누비며 바닥에 떨어진 목탄을 주워 먹고 컸다.

1960년 여름은 유난히 더웠다. 임신 6개월에 돌 지난 아이를 등에 업고 동대문시장에서 장을 보던 명숙은 그만 길에서 유산을 해버렸다. 두 다리를 타고 피가 줄줄 흐르는데 어린 승조는 등 뒤에서 빽빽 울어대고 명숙은 어지러움을 느꼈지만 장바구니를 놓치지 않으려고 정신을 바짝 차리고 계속 걸었다. 피가 흥건히 고인 고무신을 질질 끌고 간신히 언니 집까지 걸어온 명숙은 바닥에 픽 쓰러졌다.

그런 동생을 보고 허겁지겁 병원으로 메고 간 사람은 명아였다. 위험한 고비를 넘기고 마취에서 깨어났을 때 제일 먼저 동생이 무사하다는 것을 알고 눈물을 흘린 사람도 그녀였다. 서보는 그 해 12월에 있을 6회 현대전 준비로 하루 종일 작업에만 매달려 있느라고 명숙에게 일어난 일을 전혀 알지 못했다.

파리로 가다

—

그런데 임대 계약이 아직 끝나지도 않았는데, 서보가 다시 이사를 가자고 했다. 어린 아기를 데리고 계단을 오르내리기 힘들었던 데다 난방도 안 돼서 추워질 것을 걱정했던 참이라 명숙은 별 불만 없이 청량리로 이사를 가는 데 동의했다. 정화여고 근처로 이사 가려는 줄 알았는데, 알고 보니 서보가 보증금을 빼느라고 싸구려 단칸방을 월세로 얻은 거였다. 동생 홍은 제 갈 길을 알아서 가라고 이미 내보낸 터였다. 명숙은 나중에야 그 전모를 알게 되었다.

젊은 화가 박서보 씨(만 29세)는 명년明年 1월 4일부터 31일까지 약 1개
월간 국제조형미협불란서국내위가 마련하는 세계청년미술가 '파리' 초
대연에 참가키로 되었다. 이는 국제조형미협한국위가 불란서 측의 정식
초청에 의하여 인선 결정한 것인데, 12월(미정) 이곳을 출발하게 될 그는
세계 여러 나라에서 모일 약 60명의 젊은 미술가들과 함께 '파리' 미술계
견학 및 회화 분야의 활동 상황과 접촉하면서 '파리'에서의 신년 초를
보내게 될 것이다. 그런데 '파리' 초대에 참가할 수 있는 자격은 만 20세
부터 30세 미만이라야 하며 이들은 자기 작품 두 점씩을 지참해서 '파
리' 체류 중 합동전을 갖게 될 것으로 알려지고 있다.[23]

명숙은 듣도 보도 못한 먼 나라 기관의 소식에 그저 어리둥절했다. 제
2차 세계대전 중 독일, 이탈리아, 일본에 대항하기 위해 모인 전 세계 26개
국은 연합국UN이란 이름으로 결의를 선언하며 힘을 합쳤다. 이후 각 나
라의 교육 장관들은 전쟁으로 망가진 세계의 교육 재건과 평화를 위해
국제기구를 창설하자고 뜻을 모았다. 1945년 영국 런던에 모인 37개국
은 유엔의 전문기구의 하나로 국제교육과학문화기구UNESCO를 창설했
다. 그 유네스코 산하기구 중에 국제조형예술협회IAA란 것이 있었다. 회
원국의 예술을 촉진시키고 예술가들의 지위를 높이기 위해 서로 활발히
교류하며 포럼, 워크숍, 경연대회, 전시와 공연 등을 개최하기 위해 만들
어진 것이다. 그중 프랑스위원회가 파리에서 청년작가회의와 전시회를
개최한다고 젊은 대표 작가 한 명을 보낼 것을 한국에 요청한 것이다.
1960년 당시에는 대한미술협회와 한국미술가협회가 서로 대치하고

있었기 때문에 프랑스에서 보내온 공문을 한국위원회에서 받아 누구에게 전달했는지 정확히 모른다. 어쨌든 그 일을 담당하기로 한 임시 위원장이 주변 작가들에게 물으면서 의사를 타진하자 다들 겁을 먹고 안 가겠다고 했다. 서보에게 차례가 돌아오자 비전이 보이지 않던 현 상황에서 뭐든 타개할 계기가 필요해 무조건 가겠다고 손을 번쩍 들었다. 한 달 동안 먹이고 재우고 관광을 시키면서 공부를 시키는 프로그램이라고 했다. 영어와 프랑스어를 못한다고 못 갈 것도 아니라는 생각이 들었다.

심기일전 머리까지 박박 밀고 파리행을 준비했지만, 서보에게는 당장 항공권을 살 돈이 없었다. 당시 국내에는 파리까지 가는 직행편이 없었고, 타국적기가 국내에는 들어오지 않던 시절이라 서보는 일본 도쿄에 가서 거기서 프랑스로 가는 비행기를 갈아타야 했다. 창열이 아시아재단에 찾아가 지원을 요청해보라고 조언했다. 아시아재단은 미국 캘리포니아주 법에 따라 1951년 설립된 자유아시아위원회Committee for Free Asia, CFA를 전신으로 해서 만들어진 민간원조 기관이었다. 6·25전쟁이 한창이던 시기에 미국의 비정부기구를 통해, 공산주의에 맞서고자 하는 아시아인들을 도울 수 있다고 믿는 캘리포니아 주민이 설립한 것이다.[24] 1954년 개소한 서울사무소는 자유민주주의 국가의 근간이 될 시민사회의 지도자들을 성장시킨다는 목적 아래 문화예술계와 학계를 지원했다(실제로는 미국 중앙정보국CIA의 주도 아래 설립되었을 뿐 아니라 그 자금으로 운영되어왔음이 1966년에 폭로되어 파문을 일으키기도 했다).[25]

그림만 그리느라고 조직 생활을 전혀 해본 적 없는 서보에게 창열은 약간의 돈을 봉투에 넣어가는 게 좋을 거라고 귀띔해주었다. 어렵게 마런한 돈과 증빙 자료를 복사해서 서보는 지원 요청서와 함께 한국인 책임자 조동재에게 가져갔다. 사정을 들은 조동재가 웃으면서 자신들은 중견이나 대가 작가를 지원하지 젊은 작가들은 돕지 않는다고 거절했다. 자존심이 상한 서보는 들고 갔던 서류를 들고 일어섰다.

"훗날 내가 대가가 됩니다. 지금의 대가나 중견이 그때도 역사에 기록될 만한 사람인지는 두고 보시오."

그때 서류 사이에 끼워넣었던 돈봉투가 툭 떨어졌다. 그것을 본 조동재가 못마땅하다는 얼굴로 그런 부끄러운 짓을 다시는 하지 말라고 말했다. 급한 마음에 가지고 온 것을 부끄럽게 여기면서 서보는 자기가 잘못한 게 맞다고 순순히 시인했다. 화끈 달아오른 얼굴을 감추느라 서둘러 돌아선 그를 조동재가 등 뒤에서 부르더니 일단 서류는 놓고 가보라고 했다.

며칠 후 미국 담당자에게서 만나자는 연락이 왔다. 영어를 좀 하는 선배 이대원을 통역으로 데리고 사무실에 들어서니, 미국 담당자가 일어나 서보를 덥석 껴안았다. 깜짝 놀란 서보에게 선배가 열심히 말을 옮겨주었다.

"무척 만나고 싶었다네? 『코리언리퍼블릭』에서 삭발한 자네와 아내 이야기를 기사로 읽고 흥미를 느끼던 차에 조동재가 자네 이야기를 했다는 것 같은데?"

선배의 통역 덕분에 이야기가 잘 되어 아시아재단에서 기꺼이 항공권과 건강보험료를 지원해주겠다고 했다.

"파리청년작가회의는 1개월인데, 그 후엔 어떻게 할 거냐고 묻는군?"

1961년 1월 2일 온 가족이 나온 김포공항. 오른쪽 두 어른 뒤에 서 있는 사람이 동생 홍이다.

서보는 간 김에 식견을 넓히기 위해 두어 달 더 머물러 있으려고 한다고 대답했다.

"한 달에 미국 달러로 적어도 300달러씩은 필요할 거라네."

선배의 통역을 잘못 알아들은 서보는 600달러는 있어야 갈 수 있다는 의미로 이해해 행여 미국인이 그만큼의 돈이 있는지 증빙 서류를 보자고 할까봐 마음을 졸였다. 다행히 그냥 넘어가는 듯했다.

서보는 항공권이 확보되자마자 살고 있던 방의 보증금을 빼서 반은 명숙에게 주고, 나머지 40달러는 자신이 챙겼다. 어린 아들과 명숙에게 몹시 미안했지만, 이 기회를 놓치면 절대 안 될 것 같은 생각이 들어 서보도 어쩔 수 없었다.

신혼부부의 생이별을 다독여주러 기매와 일가친척까지 안성에서 올라와 괜한 눈물바다를 만들었다. 종로에 흩어져 있던 명숙의 외가 식구도 꿈같은 해외 연수의 출발을 목격하기 위해 생업을 내려놓고 공항 구경을 나왔다. 서보는 동생 홍을 한쪽으로 따로 불렀다.

"오로지 너와 나만 우리 집을 끌고 갈 수 있다. 그러니까 딴 생각 말고 대학부터 빨리 나와라. 우리 둘이 쌍두마차로 집안을 이끌고 가자."

홍은 아버지 같은 형의 말에 고개를 끄덕였다. 서보는 그런 홍에게 쐐기침을 하나 더 박았다.

"각자 자수성가해야 하는 마당이니 서로 기대지는 말자. 전쟁통에 아버지 일찍 돌아가시고 형도 덕본 것 없다. 죽을 고생하더라도 각자 알아서 혼자 살아내야 한다. 콩 한쪽도 나눠 먹는다고들 하지만, 나도 먹을 게 생기면 내 새끼부터 먹여야지, 너 줄 것은 없다. 알아들었지?"

단칸방에서 다 같이 고생해본 홍이기 때문에 형의 말이 매정하게 들리지는 않았다. 서보는 전쟁을 겪으면서 인생관이 아주 분명해졌다.

'물에 빠지면 옆의 사람 구하려고 나서지 말고 나라도 살아 나와야 한다. 그래야 그 사람도 구할 가능성이 높아진다. 그사이에 그가 죽는다면, 그것은 그 사람 팔자소관이다.'

서보는 일본 하네다공항으로 가서 다음 날인 1월 4일 새벽 일찍, '팬 아메리카' 항공기를 타고 파리로 떠났다.

창
피
한
옐
로

일이 꼬이다

—

서보의 파리행은 누구나 부러워할 만한 일이었다. 명숙은 인사치레를 받기 바빠 정작 공항에서 남편과 눈도 마주칠 틈이 없었다. 공항 전망대에 서서 사라지는 비행기를 볼 때에야 비로소 실감이 났다. 순간 겁나고 무서웠다. 길어야 3개월이라고 스스로 다독였지만, 눈에서는 자꾸 눈물이 흘렀다. 예정대로 명숙은 승조를 데리고 친정이 있는 청주로 내려갔다. 그런데 며칠 뒤 남편의 편지가 날아왔다.

파리청년작가회의의 시작일에 맞춰 파리에 도착한 서보는 프랑스에 유학 가 있던 친구 신영철이 오를리 공항으로 마중을 나와 안심이 되었다. 영철은 서보를 밥 먹여 호텔에 재워주고 다음 날 유네스코까지 같이 가주었다. 하루 늦어진 셈이지만 사정을 이해해줄 것이라고 생각하고 서보는 다시 어깨에 힘을 빡 주고 초대 공문에 적힌 주소로 찾아갔다. 그런데 그런 회의는 없다고 했다.

영철이 국제조형예술협회 대표의 연락처를 받아 전화를 넣으니 회의가 10월로 연기되었다고 한국에 통보했는데 왜 왔냐고 도리어 따져 물었다. 하필 지지리도 못 사는 아시아와 아프리카 세 나라 대표만 연락을 받지 못해 일찍 왔다(참가국은 프랑스, 이탈리아, 그리스, 오스트리아, 스위스, 스페인, 영국, 아일랜드, 스웨덴, 벨기에, 핀란드, 네덜란드, 노르웨이, 폴란드, 유고슬라비아, 체코슬로바키아, 남아프리카공화국, 코트디부아르, 이스라엘, 베트남, 일본, 한국, 호주, 브라질 등이었다). 협회에서 서울 쪽으로 연락해보니 "박서보가 괜히 빨리 가려고 그렇게 간 거다"는 엉뚱한 답변만 들었다. 서보는 서둘러 명숙에게 편지를 썼다.

명숙은 두 가지 선택이 있다고 말하는 편지의 대목을 읽고 있었다. 하나는 미련 없이 돌아가는 것이고, 또 하나는 1년을 파리에서 버티다 기어코 회의에 참석하는 것이라고 쓰여 있었다. 서보는 명숙에게 어떻게 하면 좋겠냐고 물었지만, 명숙은 남편이 이미 후자를 선택했다는 것을 알고 있었다. 말린다고 들을 사람도 아니고, 명숙 또한 시작도 못 해보고 들어오는 남편을 환영할 마음이 없었다.

일주일마다 어김없이 날아오는 서보의 깨알 엽서에는 파리에서 보고 듣는 것만 신나게 떠벌릴 뿐 고생한다는 내색은 하나도 없었다. 하지만 그의 불안과 고생은 불 보듯 자명한 일이었다. 명숙도 3개월 후면 우유 살 돈이 바닥날 것이다. 그래도 자기는 비빌 언덕이라도 있지 않은가.

서보는 제일 먼저 이응노를 찾아갔다. 검정교과서 제작을 돕기 위해 원효로 산기슭의 선생님 집으로 매일 출근할 때 선생님과 함께 살던 이화여대 미술과 출신 박인경과 덩달아 겸상하며 편한 사이가 된 터다. 이응노는 뉴욕 월드하우스에 선점된 그의 작품을 록펠러재단이 구입하자 해외의 관심을 받기 시작했다. 세계미술평론가협회의 프랑스 지부장이 그를 프랑스로 초청하자 이응노는 한국 생활을 청산하고 1958년 박인경을 데리고 도불했다. 독일에서 두 사람의 합동전을 열고 파리에 완전히 정착한 것이 직전 해였다. 제자에게 기꺼이 찾아오라고 집 주소를 주었지만, 파리 지리를 잘 아는 영철도 두 분의 집만은 찾지 못했다. 서보는 응노의 절친 남관을 먼저 찾아갔다.

진작부터 프랑스에 와 있던 남관은 친구 이응노 덕분에 한국 화랑들에 계속 그림을 보내 작품을 팔 수 있었다. 서보가 인사차 남관의 최근 작품들을 보고 싶다고 청하자 기꺼이 그림들을 보여주었다. 서울의 이양노 작품과 그림 풍이 비슷해 별 생각 없이 그렇다고 말하니 남관이 노발대발했다.

"내가 서울을 떠난 게 언제인데, 추상의 추抽 자도 모르는 사람한테 누가 누구랑 비슷하다고 하는가?"

서보는 어르신의 노기가 조금 과하다는 생각이 들어 순간 주춤했다. 친구가 어디 사는지 물어도 자기는 아는 바 없다고 딱 잘라 말하는 것도 이상했다. 할 수 없이 서보는 다시 응노에게 편지를 보내 인경에게서 약도가 그려진 답신을 받았다.

한참 시간이 걸려 스승을 만나러 가니, 그는 그대로 서보에게 은사를 제치고 남관부터 찾아갔다고 역정부터 냈다. 서보는 두 친구가 의절했구나 생각했다.

10년 뒤 응노는 남관이 자신의 작품을 모방했다며 격렬히 비판했다. 남관은 파피에 콜레papier collé나 상형문자를 이용하는 것이 그만의 창조라고 생각하면 커다란 착각이라면서 팽팽히 맞섰다. 좁은 화단에서 생활고를 견디며 독창적인 작품을 계속해야 하는 예술가들이 우정을 유지한다는 것은 쉬운 일이 아니다.

서보는 응노에게 의지할 상황이 아님을 깨닫고 어떻게든 홀로 버텨보기로 마음을 단단히 먹었다. 프랑스어도 못하고 돈도 없었지만 다행히 파리에 있던 친구들이 번갈아가면서 도움을 주어 그럭저럭 버틸 만했다. 영철은 프랑스에서까지 서보의 일자리를 알아봐주었다. 유학생 회장으로 대사관에 갈 일이 자주 있던 영철은 그곳 공간 설계를 서보가 맡을 수 있게 연줄을 대주었다. 부인이 법적으로 보낼 수 있는 돈이 고작 120달러건만, 그 돈을 서보에게 쓰라고 기꺼이 나누어주고 툭하면 밥도 사주었다.

파리에서 불문학을 전공하던 이일도 『동아일보』 논설위원이던 부친이 매달 유학비를 보내주었지만 타향살이가 넉넉하지 않았다. 그래도 서보가 입을 만한 계절 옷을 벗어주고, 친구와 식사하는 자리마다 서보를 데려가 끼니 해결도 도와주었다. 서보가 이일을 알게 된 건 1950년대에 명동에서 오가다였다. 둘 다 술을 좋아했고 화가나 문학가들과 주로 어울렸기 때문에 마주칠 일이 많았다.

밀린 방값을 내라고 문을 두드리는 호텔 직원을 피해 이일의 집으로 도망 간 서보는 한동안 그곳의 신세를 졌다. 그제야 서보는 이일이 미술에 관심이 많아 평론지에 미술비평도 쓰고, 취미로 그림도 그린다는 것을 알게 되었다. 서재에 꽂혀 있는 세계미술사 전집을 펼쳐보면 꼼꼼히 줄까지 쳐가며 자기 생각을 잔뜩 메모해놓았다. 서보는 차라리 미술평론으로 방향을 돌리는 게 어떻겠냐고 볼 때마다 이야기했고, 결국 이일은 고고학과 미술사학으로 전과를 했다. 서보는 홍대에 자리를 잡은 뒤로 바로 이일을 불러 같이 교직생활을 하며 절친이 되었다.

이일이 아는 사람 중에 작은 화랑을 운영하는 리아라는 독일 여성이 있었다. 리아가 서보에게 화랑 포스터의 벽보를 붙이는 일을 맡겨주었다. 프랑스어로 어떻게 길 이름을 묻는지 친구에게 듣고 달달 외운 뒤 서보는 리아가 종이에 써준 주소를 들고 길을 나섰다. 질문이 제대로 전달되어도 그쪽에서 길을 설명하는 말은 알아듣지 못했기 때문에 여기저기 헤매기 일쑤였지만, 결국 장소를 올바로 찾아 포스터를 붙였다. 하나씩 붙일 때마다 길 양편의 번지수를 메모한 뒤 어디에 옐로 포스터를 붙였고 어디에 화이트 포스터를 붙였는지 수첩에 그림을 그려 표시를 했다. 이틀 만에 모든 포스터를 처리하고 리아에게 그 메모장을 건네니 리아가 서보의 일 처리에 감탄하며 이일에게 말했다.

"이 친구 나중에 큰일 할 테니 두고 보세요."

영철이 첫 달 방세를 마련해준 덕에 서보는 '마드모아젤 몽트뢰유'라는 독거 할머니 집의 작은 문간방을 빌렸다. 하지만 속절없이 계속 월세

1961년 파리에서. 왼쪽부터 이일, 김신환, 서보.

는 밀렸고, 주인 할머니는 자기네 집에 세 든 중국인이 돈을 안 낸다고 동네방네 욕하며 다녔다. 서울에서도 가난하고 대책 없긴 마찬가지였지만, 남의 나라에서 겪는 설움에는 비할 바가 아니었다.

당시 유럽에서는 한국에 대해 아는 바가 하나도 없었다. 서보가 면도를 깨끗이 하고 양복을 빼 입고 나가면 일본 사람이냐고 물었고, 지저분한 작업복을 입고 나가면 중국인이냐고 물었다. 그들의 머릿속에는 한국이란 나라가 아예 없었다. 서보가 자기는 한국인라고 하면 백이면 백, 그런 나라가 있었냐고 놀라며 으레 어디 붙었냐고 되물었다.

서보는 백인들 틈에서 깡마르고 작고 초라한 자신을 '옐로'라고 불렀다. 카페의 형광등 아래에서 보면 피부색의 차이가 더욱 명백했다. 청년

작가회의가 시작되고 친해진 오스트리아 대표 아돌프 프로너Adolf Frohner가 백인과 별반 차이 없다며 서보를 격려했지만, 서보는 확답이라도 받으려는 듯 "보라. 나는 노랗다"면서 자꾸 둘의 차이를 인식시켰다. 처참한 전쟁을 겪은 것으로도 모자라 못난 정부의 부정부패로 몸살을 앓으면서 무력 혁명이나 벌이고 있는 가난하고 조그만 땅. 그에게 '옐로'는 '못사는 가난한 나라'라는 의미와 다름없었다.

그래도 작업은 계속되고

—

민머리 정신이 무색하게 시간이 흘러 서보의 머리털도 이제 덥수룩하게 자랐다. 돈이 없어 작업을 하지 못한 서보는 점점 좀이 쑤셨다. 웅노가 캔버스 만드는 것을 도와달라고 부르면, 횡하니 가서 점심을 얻어먹고 일을 해준 뒤 나무토막과 천 조각을 얻어 집으로 왔다. 대바늘로 조각천을 이어 캔버스를 만들고, 천이 모자란 데는 남이 버린 러닝셔츠를 주워와 틀에 끼워 잡아당겨 메웠다. 찢어진 빈 공간으로 뒷벽이 보여 나름 묘한 형태가 되었다.

실험정신이 발동한 서보는 그때부터 본격적으로 쓰레기통을 뒤지기 시작했다. 자동차 좌석을 떼어버린 것을 주워 와 안에 든 용수철만 꺼내서 캔버스 빈 면에 끼워 박아 보니 그것도 나쁘지 않았다. 남관이 밑칠로 쓰는 싸구려 페인트가 유화물감 느낌이 나는 걸 보고 얼른 같은 페인트를 사와 조각조각 이은 캔버스에 검정색 페인트를 바르고 '원죄peche

◀1961년 파리 숙소에서 작품을 제작 중인 서보.
➡1961년 파리 숙소에서 작품을 완성하고 좋아하는 서보.

originel'라고 제목을 붙였다. 나중에 그 작품을 파리청년작가회의 합동전에 출품했다.

그래도 파리에서 체류가 길어지니 순간순간 울적해질 때가 많았다. 그럴 때면 센강가에 하염없이 앉아 아내와 아들을 생각했다. 숙소로 돌아오면 그 마음 그대로 종이에 센강의 풍경을 유화로 옮겼다. 그것을 본 리아가 너무 좋다고 감탄했다. 그런 그림만 그린다면 자기가 다 팔아줄 수 있다고 장담하며 서보에게 파리에 남으라고 했다. 가족도 파리로 데려올 수 있게 해주겠다고 설득했다. 하지만, 서보는 거절했다. 자신은 추상미술의 길을 걷기로 작정한 사람인데, 그런 구상 그림을 팔려고 그렸

1961년 서보의 풍경 그림 중 하나. 1975년 한일화랑 개관전 팸플릿에 실린 사진.

다는 것이 알려지면 두고두고 오명이 될 것이기 때문이었다.

그래도 이 사람 저 사람 풍경 그림이 좋다고 하니, 서보는 아이 분윳값이나 벌어 보려고 비슷한 것을 몇 개 더 그려 명숙에게 보냈다. 명동화방에서 액자를 잘 씌워 YY산업에 가져가보라고 한 것이다. 나중에 귀국했을 때 수도화랑에서 '불란서 귀국 작가전'을 기획하자, 재불 화가 장두건이 서보도 같이 출품하자고 했다. 서보는 고민 끝에 원형질 그림 몇 점과 파리의 풍경화 그림을 냈다. 평소 화방에서 만나면 "페인트로 떡칠이나 하는 젊은 작가가 을지로 페인트점에나 가지 왜 여기 왔냐"고 놀리던 박상옥과 손웅성 노老 화백이 서보를 보자마자 모자를 벗어 90도로 인사했다.

"자네가 재주가 있는 줄 알았지만, 이 정도로 풍경을 잘 그리는지는 몰랐네."

하지만 서보는 그 전시회에 대해서는 입을 다물었다. 서보의 풍경화를 사간 사람이 혹시라도 옥션에 내놓으면 바로 되사려고 별렀지만, 아직까지 그 그림들은 어디서도 나타나지 않았다.

그해 5월, 서울에서부터 알고 지낸 한묵이 파리에 왔다. 처음에는 이응노의 집에 머물렀는데 박인경에게 빨래를 시킨다고 쫓겨나서 서보가 얼른 같이 지내자고 불렀다. 서보보다 열일곱 살 위인 한묵은 다정다감하고 사람이 좋아서 서보의 외로운 파리 생활에 큰 위안이 되었다.

마침내 서보가 연기된 것을 모르고 파리에 갔다는 것을 아시아재단에서 공식적으로 확인해주었다. 당시 대한미술협회는 실질적으로 활동이 중단된 상태였다. 임시 위원장으로 직무를 대행하던 조각가 김경승이 프랑스어로 공문이 오니까 열어보지도 않고 서랍에 넣은 채 해외 출장을

1961년 파리 한 카페에서 한묵 화백과 서보.

가버린 것이었다. 프랑스위원회에서 드디어 오해를 풀었고, 아시아재단에서도 600달러 지원금을 추가로 보내주었다. 서보는 당장 영철에게 빌린 돈을 갚고 밀린 방세를 완불했다. 그제야 주인 할머니가 미안해하면서 와인 한 병을 마시라고 내주었다. 서보는 할머니에게 자기는 중국 사람이 아니라고 말했다.

새로 얻은 방은 센강 너머로 노트르담과 경시청이 보이는 풍광 좋은 건물 옥탑방이었다. 영철이 차로 그림들을 옮겨주었는데, 건물 앞에 있던 중국 슈퍼마켓 사장이 마음에 든다고 그 자리에서 300달러를 주고 그림을 사갔다. 서보는 그 사장에게 노래까지 잘한다는 오해를 받았다. 김신환이라는 친구 때문이었다. 서울대 교수로 문교부 차관까지 한 부친

◀〈닭〉, 캔버스에 유화, 19.7×14cm, 1956. 고마운 신영철에게 선물한 그림.

▲〈여인 좌상〉, 캔버스에 유화, 120.5×87.5cm, 1955. 신영철에게 선물한 그림이 사후 경매에 나와 서보가 사들였다.

▼중국인 슈퍼마켓 사장이 300달러에 사간 서보의 80호 〈원죄〉. 급히 친구 카메라로 찍은 사진.

1961년 파리, 어디서나 노래를 부르던 김신환 덕에 유쾌했던 날들.

이 생물학을 전공하라고 소르본으로 유학을 보냈건만, 신환은 노래가 좋다고 제 멋대로 음악으로 전향했다(김신환은 테너 성악가가 되었고, 세종문화회관 사장 · 한국오페라진흥회 대표 · 한국성악회 회장 등을 지내며 음악계에 중요한 공헌을 했다).

워낙 유쾌하고 성격이 좋은 그는 서보 집에 놀러올 때면 뭐가 그리 좋은지 6층 옥탑방까지 목청껏 노래를 부르며 올라왔다. 사람들은 서보가 노래를 부르는 줄 알고 매번 칭찬했고, 길게 설명할 언어가 되지 않으니 서보는 "메르시 보쿠merci beaucoup"로 얼버무리고 말았다.

파리 센강의 양편은 분위기가 많이 달랐다. '에콜 데 보자르Ecole des

Beaux-Arts' 미술학교가 있는 쪽이 전위적이었는데, 마침 르네 드르앙 Galerie René Drouin이라는 화랑이 그쪽에 있어 이일과 같이 가보았다. 미술비평가이자 시인이던 르네 드르앙은 장 뒤뷔페, 장 포트리에Jean Fautrier, 알프레드 볼스Alfred Wols 등의 작가를 키운 사람이다.

그는 자신이 엘리제궁 근처의 고급 동네에서 1950년까지 화랑을 했는데, 당시 그가 다루던 현대 작가들의 그림이 더럽고 흉하다고 사람들이 매번 화랑 유리창에 욕을 쓰거나 돌을 던져서 유리창을 늘 새로 갈아야 했다고 말했다. 프랑스 상류사회의 안목과 수준이 그것밖에 안 되었다는 사실에 서보는 놀랐다. 문화적으로 앞서 있는 이 나라에서도 새로운 예술에 저렇게 돌을 던지는데, 한국에서 현대미술을 한다는 것이 앞으로 무엇을 말할지 눈앞이 캄캄했다.

한편 전세금 나누어 가진 것을 다 써서 우윳값이 떨어진 명숙은 막내를 임신한 친정어머니의 산달이 가까이 오자 친정에 남아 있는 것이 점점 더 불편해졌다. 창열에게 연락해 자신을 도와달라고 사정하자 창열이 을지로 근처 '뉴스타일 양재학원'에 취직 자리를 알아봐주었다. 명숙은 승조를 안성의 할머니에게 맡기고 언니 집에서 신세를 지며 일을 하러 다녔다. 학원 강사가 옷을 디자인해서 이미지를 그려 '스타일화'를 넘겨주면, 그것을 등사판에 옮겨 인쇄를 해 학생들에게 교재로 나누어주는 일이었다.

하지만 서보의 귀국을 앞두고 방을 얻는 문제로 언니와 대판 싸우고 집을 나가게 되어 또 다시 앞일이 막막해졌다. 하는 수 없이 데면데면 지냈던 형부에게 전화해 몰래 돈을 빌려 급히 신당동에 월세방을 얻었다.

그동안 안성에 맡겼던 승조도 데려와 서보의 귀국 날을 기다리며 새 살림을 준비했다.

명숙의 소식을 들은 서보는 어서 빨리 좋은 성과를 들고 귀국해야겠다는 마음에 자꾸 초조해졌다. 10개월을 버틴 끝에 드디어 파리청년작가회의가 시작되었다. 각 나라의 젊은 대표 작가들이 모여 견학도 가고, 토론도 하고, 각자의 생각을 문서로 적어 발표도 했다. 통역관이 제공되지 않아 언어가 통하지 않자 사람들은 각자의 활발함과 적극성에 따라 손짓발짓 눈치껏 소통했다.

서보는 그사이 주워들은 몇 마디 프랑스 말로 사람들과 대화했다. 금방 친해진 아돌프와는 서로의 작품을 보면서 피드백도 오갔다. 그의 그림을 보고 "이쪽이 좀 소화가 안 되었어" 하고 말하고 싶으면 그 부위를 가리키며 "이씨 말Ici mal(여기 아파)"이라고 했다. 그 말을 잘도 알아듣고 아돌프는 자기 작품을 다시 쳐다보며 심각하게 고민했다.

서보는 파리에서 알게 된 미국 하버드대학 출신 유학생에게 한국 현대미술 운동에 대해 쓴 자신의 글을 영어로 번역해달라고 부탁했다. 파리청년작가회의에 제출한 글을 보면, 서보는 전통에 반기를 드는 것이야말로 전통을 제대로 이어가는 것이라고 생각하고 있다. 전쟁이 이성과 합리성의 종말을 고한 이상, 현대 작가들의 당면 과제는 기존의 사실이나 이념에 따라 작업하는 것이 아니라, "자기 내면의 현실"을 동기로 삼아 그것을 목표로 해서 나아가는 것이다. 인간의 본질은 자신의 삶과 인격을 만들어가는 그 사람의 태도에 있으며, 오로지 그 깨달음만이 유일한 진실이다.

1961년 파리청년작가회의에 참가한 각국 대표들. 왼쪽 맨 위가 아돌프, 오른쪽 아래가 서보.

　세상에는 알려져 있는 것보다 알려져 있지 않은 것이 많기 때문에 그 불가해한 미지의 것을 계속 탐구해가면서 동시에 자기의 내면을 깊이 들여다보면, 거기서 더 풍요로운 세상을 만날 수 있을 것이다. 서보는 화폭을 "신체적인 자기의 목소리로 채워진 자신의 내적 공간"이라고 여겼다. 결과가 아닌 '과정', 즉 그림 그 자체가 아니라 그리는 '행위' 자체에 초점을 두어 그 과정에서 새로운 인간 가치와 자신의 존재 이유를 찾아야 한다. 그는 "그림이 갖고 있는 진정한 드라마는 그림을 그리는 행위에 있다"고 믿었다.

1961년 파리청년작가회의 합동전에 출품한 〈원죄〉 앞에 선 서보.

　파리청년작가회의는 합동전과 콩쿠르를 같이 진행했다. 청년 작가들에게 숙식과 관광버스를 지원한 곳은 파리 근교의 신생 개발 지역인 샤르셀Sarcelles이었다. 그래서 콩쿠르에서는 샤르셀을 주제로 하는 작품 2점을 내고 합동전에는 1점을 출품하라고 했다. 서보는 틈틈이 제작한 〈원죄〉를 합동전에 내고, 콩쿠르에는 고급 종이에 유화로 풍경화 2점을 새로 그려 제출했다. 서보의 작품이 콩쿠르에서 1등과 3등을 했다. 두 작품 중 3등한 것은 무효 처리되어 4등을 한 아돌프가 대신 상을 탔다.

　서보가 한국으로 돌아갈 때 아돌프는 항공편을 빈Wien 경유로 바꿔 자기 집에 며칠 묵고 가라고 초대했다. 서보는 처음으로 사귄 외국인 친구 집을 방문해 그의 화가 동료들을 여럿 만나 인사했다. 그의 집에 묵는 내내 아돌프의 아내가 환대를 해주어 서보도 그 부부를 언젠가 서울에 초대하겠다고 약속했다.

서보는 귀국하자마자 제6회 현대작가초대미술전의 국제작가 초대부일을 맡았다. 아돌프와 그의 친구 오토 뮐Otto Mühl과 헤르만 니치Hermann Nitsch를 초대작가로 추천했다. 『조선일보』에 그들을 소개하는 글도 실었다. 평생에 단 한번, 한 달 간의 만남이었지만 아돌프와 서보는 계속해서 카탈로그와 책을 주고받으며 40년 이상 우정을 이어갔다.

그러던 차에 서보는 2007년 빈에 갈 일이 생겼다. 프랑스 디종Dijon에 있는 르 콩소르시움Le Consortium 현대미술관의 큐레이터들이 빈의 쿤스트할레Kunathalle에서 '융통성 있는 금기사항'이라는 전시회를 열면서 서보를 포함시켰다.[26] 작품을 몇 점 낸 서보는 오프닝에 참석해 아돌프를 깜짝 놀래주려고 서프라이즈를 준비했다. 그런데 아돌프 쪽에서 먼저 편지가 왔다. 봉투를 여니 까만 테를 두른 종이가 나왔다. 결국 서보는 오프닝에 가지 않았다. 나중에 그 전시회의 카탈로그를 받아 보니 아돌프가 자신이 보낸 『조선일보』 초청 공문을 잘 간직하고 있어 카탈로그 앞에 실렸다. 2000년부터는 형편이 나아져서 찾아가 볼 수도 있었는데, 더 일찍 가보지 않은 자신을 탓했다.

나중에 아돌프의 지인들에게서 에세이를 받아 그에 대한 책을 묶으려고 한다면서 프로너재단에서 원고를 요청해왔다. 젊은 날 낯선 땅에서 외롭지 않게 마음을 나누어주었던 친구에게 서보는 뒤늦게 자신의 고마

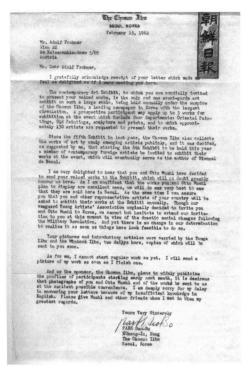

1962년 2월 15일자 『조선일보』 양식에 타이프라이터로 번역한
서보의 초청 공문.

움을 써서 보냈다.

가슴 한구석이 미어질 것만 같다. 깊숙한 곳에 자리 잡고 있던 그 무엇

인가가 자리를 박차고 떠나려는 모양이다.

1961년 가을, 유네스코 주최 파리청년작가회의에 한국 대표로 참가한

나는 오스트리아 대표인 아돌프 프로너를 만나 10년 지기처럼 의기투합

했다. 제2차 세계대전 중 일본은 식민통치를 받던 한국 학생들에게 영어를 가르치지 않았기 때문에 나의 영어는 상대의 엄청난 인내심을 구걸했다. 어떤 의미에서 나는 영어의 다다이스트Dadaist일지도 모른다. 그런 나와 작품 이야기를 하자니 아돌프의 속은 숯처럼 검게 탔음직하다. 그러나 그는 한 번도 내색한 적이 없다. 1개월간 그의 너그러움과 자상함은 두 사람 사이의 언어의 벽을 허물고 끈끈한 우정으로 묶어났다.

근 1년간의 파리 생활을 마치고 11월 5일 나는 귀국 길에 빈에 들렀다. 아돌프와 그의 처 에르나의 영접을 받았다. 빈에 머무는 동안 저녁이면 오토 뮐 등 많은 작가들과 어울렸다. 대화 중 나의 영어가 엉망이라 소통이 잘 안 될 때 그는 내가 무엇을 이야기하려 하는지 간파하고 통역관 노릇을 했다. 아돌프의 시골집에도 간 적이 있다. 기차에서 내려 그의 집으로 걸어가는데 마침 초등학교 수업이 끝난 탓인지 학생들이 줄지어 내 뒤를 따라왔다. 아돌프가 아이들을 쫓았다. 그리고 부끄럽다는 듯 '이곳에선 동양인을 만나기 힘들기 때문'이라고 설명했다. 그의 집에서 그의 부인 에르나와 젖먹이 아들(혹시 그 젖먹이가 재단 이사장이 된 스테판 프로너가 아닐는지?)을 만났다.

아돌프는 평생 자신의 생각을 드러내려고 했고, 나는 평생 동안 나를 비우기 위해 살았다. 서로 다른 목표를 향해 치달으면서도 우리는 늘 서로를 그리워했다.

이제 그는 우리 곁을 떠났다. 인연의 끈을 놔줘야 할 때인가 보다.[27]

서보가 파리 콩쿠르에서 1등 한 것이 신문에 보도되자 귀국하자마자

1980년의 아돌프 프로너.

인터뷰가 줄을 이었다. 당장 명숙이 형부에게 꿔간 돈을 갚을 길이 없자 서보는 대신 그림을 그려주기로 합의를 보고, 캔버스 6폭을 이어 붙여 명아가 원한 병풍을 만들어주었다. 피카소 그림처럼 으슬으슬한 분위기에 눈 한쪽만 있는 얼굴 등 무서운 추상이 되자 그림 주인이 질색해 병풍을 펴놓지 않았다. 한쪽 구석에 내쳐져 있던 것을 명숙이 마당에 펼쳐놓고 밑칠을 다시 해 서보가 다시 그려줄 때를 기다렸다. 하지만 아무 소식이 없자 스리슬쩍 그냥 갖다 버렸다. 서보의 파리행은 그의 이름을 알리는 데 분명 도움이 되었지만, 경제적 보탬으로까지는 연결되지 못했다. 물론 누구도 그러리라 기대하지는 않았다.

제3부

나만의
것을
만들다

나를 위한 친구, 김창열

—

1959년 3월 1일 『동아일보』에 「모던 아트의 신예들: 박서보군과 김창열 군—59년의 라이벌」이라는 기사가 실렸다.

    '현대미협'의 전초병 같은 역할을 하는 박서보군과 숨은 후군으로서 어 엿하게 좌표를 지키고 있는 김창열군은 이른바 화단의 '포호하는 세대' 를 대표하는 '모던 아트'의 신예들이다. 전투적인 공격형인 박군에다 진 중한 수비형의 김군의 성정이 좋은 '콘트라스트'를 이루지만 구상을 거처 앵포르멜맥佰 회화 이념을 지향하는 데는 공통. 그러나 두 사람이 적어본 다음과 같은 호평互評을 보면 현재 그들이 서 있는 지점이 장차 이룩할 분각선分角線과 작가의 거리를 측정케 한다.

▲ 김창열이 쓴 박서보 평: 외향성. 촉발적이고 부서지는 형태form. 단일한 감동과 방법이 정기적으로 계속하다가 완전 파괴를 감행한다. 발자한 생명력의 소멸을 우려하기 때문에 인문적인 일절의 교섭을 거부. 겉치레(의상) 멋을 부린다. '에고'가 강한 저돌형이며 민첩한 행동파. 신혼기 중.

▲ 박서보가 쓴 김창열 평: 내향성. 유동하고 응결하는 형태form. 감동의 질이 항상 움직이나 돌연변이는 없다. 지성의 결여에서 오는 상황 의식에 대한 불감증과 '스타일리스트'화를 우려하기 때문에 인문적인 교섭에서 지성의 도야陶冶를 꾀함. 겉치레는 수수한 편. '슬로모션'에 미혼.[28]

창열은 평안남도 맹산 출신으로 월남 가족의 장남이다. 서보보다 두 살 위 형이지만 말을 놓은 친구 사이가 되었다. 서울대 미술과에 들어간 창열은 3학년 되던 해 전쟁이 났고, 군대에 끌려가지 않기 위해 경찰전문학교에 지원해 제주도에서 근무했다. 그 뒤 환도 후 복학을 신청했지만 월북작가 이쾌대의 성북회화연구소를 다닌 것이 문제되어 학교에서 받아주지 않았다. 창열은 그냥 경찰로 남아 혼자 그림을 그렸다.

당시 가난한 화가들 사이에서 창열은 월급을 받으며 그림을 그리는 유일한 사람이었다. 그래서 창열은 늘 아낌없이 주머니를 털어 사람들에게 밥을 사고 술을 샀다. 동생 김창활의 회고에 의하면, 주머니에 돈이

1959년 3월 1일 『동아일보』 기사에 실린 창열과 서보.

남아 있는 한 창열은 집에 들어오지 않았고, 돈이 다 떨어지면 동네 가게에서 외상으로 술을 사서 친구들과 함께 집으로 밀고 들어왔다. 당시 남의 연탄공장을 운영하며 빠듯하게 살던 부모님이 외상값을 치러야 했기 때문에 늘 "실속이라고는 눈곱만큼도 차릴 줄 모르는 정신 나간 놈"이라는 욕을 대가로 들어야 했다. "주변에 사람이 모이는 격이 있는 사주"를 타고났다던 창열은 평생 사람들을 두루 넓게 끌어모아 격 없이 좋은 관계를 유지했다.[29] 그런 창열은 어떤 의미에서 서보에게 더없이 좋은 짝이었다.

물론 서보도 창열을 보완해주는 좋은 기운이었다. 창열이 사람들의 마음을 생각해 할 말을 못하고 결정을 미루면, 서보는 이쪽저쪽 화끈하게 끌어당기고 밀어붙이며 총대를 멨다. 서보는 "공격형"이자 행동 대장이었다. 그가 불도저처럼 추진해나가는 일에서 울퉁불퉁 돌이 튀면, 창열은 주변을 살피고 챙기며 벌어진 관계의 빈틈을 메워주었다. 자기 대신 격하게 소리내고 골을 넣는 서보 뒤에서 창열은 완벽한 "수비수"로 자신의 뜻을 이루어나갔다.

창열은 일부러 진급을 마다하고 만년 경위로 머물렀는데, 작업을 위해 시간을 비워두기 위함이었다. 경찰전문학교 도서관이라는 한직을 택한 그는 사복 근무를 하면서 늘 책을 가까이 했다. 생전 책과는 담을 쌓고 현장 체험으로만 깨닫는 서보와 달리, 창열은 늘 책을 끼고 공부했으며 지혜에 곰곰이 귀 기울이는 유형이었다. 도서관을 통해 미술잡지와 인문서적을 계속 구해볼 수 있었던 창열은 프랑스어와 영어 공부도 손에서 놓지 않았다.

신혼 여행지까지 따라가준 친구 부부가 잘 살고 있나 간간이 보러온 창열은 명숙의 표현을 빌리면, "애정이 담긴 작고 반짝이는 눈으로" 서보와 명숙을 빤히 지켜보다 가기도 했다. 그러던 그에게도 한눈에 마음을 빼앗는 여자가 생겼다. 서보의 학교 후배로, 서울대 수학과에 입학했다가 홍대 서양화과 1학년으로 편입한, 독특한 매력의 소유자였다.

서보 부부가 독립문 아파트에서 첫 살림을 꾸리고 있을 때 창밖에서 누가 "형! 형!" 하고 불러 명숙이 내다보면, 입술도 새빨갛고 손톱도 새빨갛게 칠한 그녀가 서보와 명숙을 보고 반갑게 손을 흔들었다. 신혼부부의 셋방에 거침없이 턱 들어와서는 줄담배만 피우다 갔는데, 명숙이 보면 한두 모금 빨다 끈 멀쩡한 담배가 재떨이에 수북이 쌓여 있었다.

그 후배를 창열에게 인사시켰을 때 "창열의 눈빛이 번쩍했다"고 서보는 기억한다. 그녀가 그림을 그리다가 흰색 유화물감을 빌려달라고 했을 때도 창열은 자기 집으로 급히 뛰어가 가져오는 적극성을 보였다. 버는 족족 돈을 다 써서 창열도 생활이 편치는 않았다. "빵구난 창호지 문에 수건이나 양말을 틀어막아 바람을 막고 있는 허술한 꼴"로 살고 있던 녀석이 서보가 달라고 했으면 절대 주지 않았을 흰색 물감을 그녀에게 떡하니 내준 것이다.

열렬히 쫓아다닌 끝에 창열은 마침내 그녀와 결혼했고 경찰 일도 그만두었다. 서보가 파리에 묶여 있을 때 결혼식이 치러져 서보는 가보지도 못했다. 그런데 그녀에게는 사랑이나 신의로 극복될 수 없는 심각한 감정 기복이 있었던가 보다. 혼자 끙끙 앓다가 결혼 생활을 정리하는 단계에야 창열은 친구에게 자신의 속사정을 털어놓고 눈물을 흘렸다.

아픈 상처를 안고 해외로 돌고 돌아 고생한 창열은 마침내 프랑스에 정착해 그의 시그니처인 '물방울'을 창조했다. 파리에 머물며 세계적으로 이름을 알리게 된 창열은 2016년 9월 제주도립김창열미술관 개관식을 지켜보았다. 오랜 친구 서보와 명숙도 옆에 나란히 앉았다. 명숙은 한국 여성보다 동양적인 느낌을 주는 창열의 프랑스 아내 마르틴 질롱 Martine Jillon을 늘 고맙게 생각하고 좋아했다.

하지만 미술관 건립과 관련해서 서보는 그다지 마음이 편치 않았다. 미술관이 있는 한경면 저지리의 문화예술인 마을은 서보가 10년 전부터 집을 지어놓고 자리를 잡고 있던 곳이다. 서보가 자신의 재단을 통해 미술관 건립을 추진해보려고 애썼던 곳 중 하나였는데, 친구에게 먼저 좋은 기회가 갔다. 미술관 기공식에 불려간 서보는 창열을 위한 축사 끝에 넌지시 자신의 속내를 비쳤다.

"혹자들의 입방아처럼 '굴러온 돌이 박힌 돌을 쳐냈다'고 수군거리는 말엔 신경 쓰지 마라. 나도 2006년에 굴러온 돌이니깐 말이네."

하지만 이제 다 끝난 일이니 서보도 진심으로 창열을 축하해주었다.

"오랜 친구 김창열의 미술관이 생겼다니 감격스럽습니다. 저나 나나 귀가 안 들려 서로 동문서답하는 처지가 되었으니 내가 하는 이 축사를 잘 알아듣기는 하려나 싶습니다."

귀가 거의 들리지 않는 창열을 보면서 서보가 젊은 시절 그랬듯 그의 이름을 크게 불렀다.

"창열아, 들리니?"

청중이 와아 하고 웃었다.

"우리 둘은 젊은 시절 일기를 쓰듯이 편지를 주고받았습니다. 그중 창열이가 저한테 보내온 젊은 날의 편지 일부를 여러분께 읽어드리겠습니다. 친구 김창열의 미술관 개관을 다시 한번 축하합니다."

돼지야, 늘 꿀꿀거리는 너의 편지 받을 때마다 살고 싶은 의욕이 번쩍번쩍 일어나는구나. 돼지야, 걸레만도 못한 너의 그림들 뚜드려 메우느라 똥창이 뒤집혔겠다. 시간으로 따지면 얼마만큼이나 우리가 자기 속에 몰입을 했겠냐. 지금 우리에게 필요한 건 나를 짓이기는 일이다. 하긴 그거면 다지.

뭉크가 그린 그림들 보면서 내 못 그린 그림들 괜히 다 찢어 없앴구나 싶었다. 그림 절대로 지우지 마라. 웬만큼만 됐으면 뒤집어 놓고 새로 시작해라. 나는 내 그림들을 갖고 슬라이드를 만들어 화랑을 한 바퀴 돌아볼 생각이다. 단돈 100불에라도 팔리면 네 비행기 표는 내가 보내줄 생각이다.

그러나 전혀 기대는 안 하고 있는 편이 속 편할 거다. 정신 바짝 차리고 그림 그려라, 돼지야.

『아트 인 컬처』와 『아트 인 아시아』라는 잡지를 발간하는 김복기는 김창열과 인터뷰를 할 때, 귀가 잘 안 들리는 데다 워낙 과묵해서 고개만 끄덕이던 그가 박서보 이야기만 나오면 반응을 해서 말이 많아지더라고 전했다. 하지만 이런 둘도 없는 친구도 해외 진출의 기회가 펼쳐지면서 본격적으로 꿈틀대기 시작한 국내 화단의 움직임 속에 감정적으로 크게 부딪힌 일이 있다.

좌충우돌 깃발 경쟁
—

1961년 파리에서 각 나라의 대표로 온 젊은 작가들을 보고 서보는 한국의 작가들이 국제적으로 결코 수준이 낮지 않다고 생각했다. 그래서 그해 열리는 제2회 파리 비엔날레에 어떻게든 동료들이 참가할 수 있도록 하려고 애썼다. 한국 대사관에 가서 젊은 영사 노영찬을 설득하고, 신영철과 이일을 대동해서 비엔날레 본부에 가서 사정도 했다. 1년 전부터 파리에 와서 작업 중이던 변종하가 그런 서보를 보고 넌지시 조언했다.

"도대체 왜 그러고 있는 건가? 한국에 서류 보내봐야 소용없네."

하지만 비엔날레 사무국에서 한국을 참가시키기로 결정했고, 주프랑스 대사관의 공사 참사관으로 있던 최완복이 파리에 체류 중이던 남관, 이응노, 변종하, 이성자와 서보를 불러 식사를 대접하며 그 소식을 알렸다. 변종하가 다시 국내 사정을 비평하며 나섰다.

"한국은 예산도 없고 맨날 싸움이나 하니 결국 참가는 물거품이 될 것이오. 그냥 파리에 있는 사람들이 알아서 해결합시다."

참사관도 실은 그게 걱정이라고 했다.

"비엔날레 참가를 위해 정부가 지원할 수 있는 예산이 하나도 없답니다."

서보는 이러다가 변종하의 말처럼 될까봐 얼른 끼어들었다.

"아시아재단에 요청하면 가능할 수도 있습니다. 일단 초청장을 한국에 보내 처리하게끔 합시다. 그들이 최선을 다할 것이오."

서보는 관련 서류를 창열 앞으로 서둘러 보냈다. 창열이 그것을 들고 대한미술협회를 뛰어다녀 방근택, 김병기, 김환기, 김영주, 권옥연을 선정위원으로 앉혔다. 처음에는 파리에 있는 서보와 변종하 포함 10명이 선정되었다. 나중에 4명이 2점씩 보내야 한다는 것을 다시 알게 된 뒤로는 김환기의 주장으로 김창열, 정창섭, 장성순, 조용익 등 4명으로 압축되었다. 자기는 이미 파리에 와 있으니 다른 친구들에게 고루 기회가 돌아가는 게 맞다. 하지만 김환기가 자기를 뺀 데는 혹시 남관이 쓴 편지가 영향을 끼치지 않았나 싶어 서보는 마음이 쓰였다. 파리에서 첫날 말실수로 노 화백의 노기를 건드린 서보는 남관이 김환기에게 서보가 그의 욕을 하고 다닌다는 편지를 써보냈다는 것을 한묵에게서 전해 들었다. 한묵이 전후 사정을 바로잡는 편지 세 통을 환기에게 써서 보냈지만, 환기에게서 아무 답도 듣지 못했다고 했다.

접수 마지막 날 서울에서 서류가 도착했다. 서보는 참가 서문이 빠진 것을 발견하고 화가 났다.

'이런 중요한 순간에 참가를 위태롭게 만들 서류 누락이 있다니, 서울에서는 도대체 일을 어떻게 처리하는 건가?'

변종하의 말대로 한심한 사람들은 제쳐두고 그냥 프랑스에 있는 사람들끼리 참가할까 싶었지만, 다시 마음을 고쳐먹고 급히 이일에게 타이프라이터를 가지고 오라고 했다. 이일이 책상에 앉아 서문을 작성하는 사이 서보는 대사관에 찾아가 여차저차 입을 맞춰놓았다. 그런 다음 비엔날레 사무국으로 뛰어가 서둘러 오느라고 깜빡 잊어먹은 것처럼 연기했다. 다시 뛰어가 얼른 가져오겠다고 호들갑을 떠니 프랑스 공무원이 다음 날 아침 꼭 가져오라고 당부하고 홀연히 퇴근했다. 예상대로 된 것에 안심한 서보는 이일이 밤새 쓴 참가 서문을 들고 다음 날 사무국에 유유히 서류를 접수시켰다. 제2회 파리 비엔날레 49개의 참가국 중 하나로 한국이 공식 참가 확정을 받은 셈이다.

한국의 현대미술이 해외로 진출하게 된 것은 1958년 미국 '신시내티 국제판화 비엔날레'부터다. 하지만 그것은 개별 작가의 참여에 불과했

1961년 9월 28일 제2회 파리 비엔날레 오프닝, 김창열의 작품 앞에서 주프랑스 대사 백선엽이 작품을 가리키고 있다. 왼쪽에는 서보와 이일, 오른쪽에는 노영찬 영사가 서 있다.

고, 국가 단위로 참여한 것은 이 파리 비엔날레가 처음이다.[30] 출품 작가를 선정하고 전시 기획을 담당하는 '커미셔너'라는 역할은 당시 이름도 생소했던 데다 아무도 그에 대한 경험이 없어 무엇을 해야 하는지 몰랐다. 첫 비엔날레의 커미셔너로 임명된 김병기는 카탈로그에만 이름을 올렸을 뿐 그 일 자체를 까맣게 잊고 살았다고 회고한다.[31] 다행히 파리청년작가회의의 시작 전인 9월 28일에 비엔날레 오프닝이 열려서, 서보는 이일과 함께 그 자리를 지켰다. 다른 사람들은 아무도 오지 못했다.

파리 비엔날레에 한국 작가들이 참가하자 1963년에는 제7회 상파울루 비엔날레에서도 초청장이 날아왔다. 그해 초 이제 막 통합된 한국미술협회의 임원을 다시 선출할 차례가 돌아오자 부이사장으로 있던 김환기가 조용히 서보를 불렀다. 상파울루 비엔날레에서 추상 작가들을 원하자 구상 회화를 하는 임원들이 서랍 속에 초청장을 넣고 공개를 안 하고 있다고 했다. 그 말에 분개한 서보는 자신이 주도하고 있는 '악뚜엘' 회원 24명을 선거에 전원 출석시켜 김환기가 이사장으로 선출되도록 힘을 썼다. 김환기가 한국미술협회 이사장이 되었고, 상파울루 비엔날레의 한국 커미셔너로도 임명되었다.

각 분과 위원장을 뽑는 자리에서 창열과 서보는 회화 분과에서 동점이 나오는 바람에 '형님 먼저 아우 먼저'를 하다가 창열이 먼저 임원직을 맡기로 했다. 창열은 1963년 제3회 파리 비엔날레의 커미셔너가 되었고 서보, 윤명로, 최기원, 김봉태를 출품작가로 선정했다. 그런데 갑자기 노老 화백 한 명이 얼굴이 벌게져 한국미술협회 사무실로 뛰어들어왔다. 대뜸 창열의 멱살을 잡더니 그가 주먹을 휘둘렀다.

"왜 국제전을 너희들 마음대로 말아먹는 것이냐?"

그때부터 화단에 난리법석이 일어났다. 나이 제한이 없던 상파울루 비엔날레가 특히 작가 선정을 두고 구설이 끊이지 않았다. 파리 비엔날레는 20세 이상 35세 미만의 청년 작가들만 허용하는 국제전이라서 기성 작가들과 상관이 없었다. 하지만 그 역시 입방아에 오르내리기는 마찬가지였다. 국내 매체에서 파리 비엔날레를 '파리국제청년작가 비엔날레', '파리청년전' 등으로 멋대로 이름을 갖다 붙여서 서보가 갔던 파리 청년작가회의와 헷갈리게 만든 탓이다.[32]

신문들이 외국 상황에 무지해 오정보를 남발한 탓에 누가 이응노에게 "서보가 파리 비엔날레에 나간 것처럼 거짓말을 하고 다닌다"고 일러바쳤고, 그 소리를 들은 이응노가 파리에서 서보를 심히 꾸짖는 편지를 보내왔다. 그 편지를 보낸 사람의 주동하에 108인의 미술가가 연대서명을 해 정부에 진정서를 내기에 이르렀다. 그들은 문교부가 한국미술협회에 위임한 국제전의 대표작가 선정이 이사장단을 중심으로 편파적으로 이루어지고 있다고 주장하면서 공모전을 통해 출품작을 뽑아야 한다고 주장했다.[33]

　정부에는 문화예술 관련 예산이 하나도 없었고, 나라 전체적으로는 경제가 여전히 어려웠다. 해외로 진출할 수 있게 돕는 제반 시스템도 없어 설령 국제전에 초청된다고 해도 제대로 일을 진행시킬 수 있는 형편이 아니었다. 모두 배고프고 미래가 불투명한 시절이었으니 너나 할 것 없이 해외로 진출할 기회를 얻으려고 치열한 밥그릇 싸움에 뛰어들었다.

　상파울루 비엔날레에 참가하려면 미술관과 미술협회를 갖추고 미술평론가협회도 있어야 했다. 우리에게는 아무것도 없었기 때문에 김환기가 덕수궁 국립중앙박물관을 미술관으로 대치시키고, '미술평론인회'를 서둘러 결성했다. 그해 미술평론가로 등단한 오광수의 회고에 의하면, 국립중앙박물관의 미술과장 최순우가 회장을 맡았고, 그의 사무실이 평론인의 연락처로 상파울루에 보낼 서류에 적혔다.[34]

　원래 커미셔너는 자기 작품을 내면 안 되지만, 김환기는 자신도 작품을 출품했고 그해 비엔날레의 명예상을 받았다. 김환기는 그 길로 바로 미국 뉴욕으로 떠났다.

"제 아무리 피카소여도 한국에 와 있어봐라, 제가 뭐가 되겠나?"

서보는 스승의 심정을 충분히 이해했기에 다시는 그가 한국으로 돌아오지 않기로 결단을 내렸을 때 그의 용기에 박수를 보냈다. 이후 미술평론인회는 몇 차례 모임을 가진 뒤 흐지부지되었다가 1965년에 다시 순수 비평가들이 모여 오늘날의 '한국미술평론가협회'로 재탄생했다.

신생 비엔날레와 해외 초대전은 이후에도 계속 생겼다. 국내 작가들에게 해외 진출의 기회가 멈추지 않고 생기니 그 과정에서 친구들끼리 상황을 곡해해 싸움이 나는 일도 더러 생겼다. 서보 역시 창열에게 자기를 배신하고 다른 사람들과 수작을 부렸다며 화를 내는 편지를 보냈다.

프랑스에서 편지를 받아본 창열은 이번만큼은 자신의 처지가 너무 비참하고 힘들었던지라, 그런 서보의 말을 더는 참지 못하고 그동안 쌓아둔 감정을 폭발시켰다. 워낙 편지를 쓰지 않던 김환기도 아내 김향안을 재촉해 그와 관련된 상황을 편지에 설명하게 했다. 그러고도 미덥지 않았는지 편지의 후미에 자신이 직접 펜을 드는 성의를 보였다.

무슨 일이 바빠서 그런지 편지 한 장 쓸 시간이 없네. 어느새 더운 여름이 왔고, 서보는 파리에 가 있겠다 생각하고 있었드니, 참 우리나라 일이란 그렇게도 어려운가 보이. 애초에 생각은 자네를 비롯해서 내가 존경하는 젊은 화우를 불러야겠다 맘먹고 그렇게 진행해오던 차, 서보는 파리에 간다는 정확한 소식을 듣고, 참 잘 되었다 생각하고 자네는 진행을 시키지 않았었네. 그 후 사세가 불여의하다면, 미국에라도 와보고 싶은 생각이 있으시다면, 빨리 구체적인 소식을 바래요. 좋은 그림 많이 하셨을 줄 알며, 나도 노력은 하고 있으나 정력이 미급이라 정말 힘이 드네.
그럼. 수화樹話.

(1965년 6월 10일자 김환기 편지)

그러고도 편지지의 빈 쪽에 추신을 붙였다.

나도 파리로 향할 심사일세. 언제 떠난다는 것은 아직 미정. 오늘의 미
술은 모두가 떠 있는 것 같애요. 세월이 가면 없어질 것들. 이것은 파리
도 마찬가지이지만, 그래도 발 붙이고 미술을 할 수 있는 장소는 아직도,
아직도 파리인 것만 같애. 나의 종착역은 역시 서울인가요? 수화 씀.

김환기는 서보에게 상황이 뜻대로 안 된 것이라면 록펠러재단 연구기
금에 다시 추천할 테니 얼른 답을 달라고 했다. 스승의 제안에 서보는 가
지 않겠다고 답을 보냈다. 이제 막 홍대 교수로 자리를 잡았는데 언어도
안 통하는 곳에서 또 다시 처자식과 떨어져 지낼 수는 없는 노릇이었다.
창열은 영국에서 파리에 갔다가 다시 김환기가 불러 뉴욕행 비행기에 서
둘러 올랐고, 거기서 서보에게 더없이 비통한 편지를 썼다.

결과적으로 네 말대로 너를 배신한 것이 되고 또 졸렬한 인간이 되고 말
았는데, 참 어처구니가 없는 노릇이다. 얼마나 놀라고 섭섭했는지 모른
다. 도대체 어떻게 된 영문인가 곰곰이 생각해봤다.

(1965년 6월 23일자 김창열 편지)

뉴욕에서 서울의 서보에게 보낸 김환기와 김향안의 편지(1965년 6월 10일자).

창열은 서보의 시각에서 사태를 이해해보려고 지난 상황을 애써 되짚어보았다. 원래 말이 없고 자기 심정을 고백하는 사람이 아닌데, 평안도 남자의 강한 자존심을 버리고 창열이 자신의 못난 기분과 상태를 다 뒤집어까서 친구에게 보여주고 있다. 비참한 현실에서 자기를 잘 봐달라고 사람들에게 '동냥질'도 못하는 성격인데, 일은 안 풀리는 중에 서보 혼자 의기양양 모든 게 다 잘 풀리는 듯 말하고 다니니 '저 놈은 천운을 타고난 놈이구나' 하고 생각되고 못난 제 마음만 달래던 차였다.

김환기의 제안으로 별 기대 없이 영국에 갔다가 프랑스로 왔을 때 창열은 서보만 미국행이 확정된 걸로 알고 있었는데, 갑자기 자기에게 록펠러재단 연구기금이 떨어질 수 있다는 소식을 듣게 된 것이다. 만사 제치고 도박하듯 뉴욕행 비행기를 타게 된 것인데, 그것을 두고 서보가 욕을 한 것이다.

나는 지금 못된 거지처럼 문간에 가서 벌러덩 누워볼 수밖에 없는 형편이기 때문에 모험을 무릅쓰고 가는 거다. 함께 어깨동무하고 땀 흘리며 큰일 하다가 별안간 시퍼런 칼을 잡아 둘러메는 놈이 그릇이 큰 놈인지 돼지처럼 배때기만 큰 놈인지 알 수가 없다. '너희들끼리'란 말은 무슨 개수작이냐? 형이야 아우야 하기까지 험한 길을 함께 걸어온 놈이 친하면 너하고 더 친하지 누구하고 살뜰해서 너를 돌려놓고 그 알량한 동냥질을 하려고 수군댄단 말이냐?

너희들 걱정할까봐 우는 소리 안 하고 미국에 간다 했는데, 내가 가서 접시닦기를 하면서 동냥질을 하겠다고 말해야만 속이 시원하고 고소하겠니? 네 놈 성질이 곧은 뱅이라 잘 불퉁거리는 걸 안다마는 그렇다고 대가리에까지 똥으로 꽉 차 있지는 않을 터인즉, 이번 일의 착오가 어디에 있었는가 짐작이 갈 거다. 그래도 내게 섭섭한 감정이 남거든 아주 단죄해버리고, 네가 경망했다고 생각되거든 엎드려 사죄해라.

네 편지 받은 이래 파리의 마지막 며칠 동안 얼마나 우울했는지 모른다. 그릇이 크다는 것은 도량 또는 아량이 크다는 뜻이다. 풀어서 말하면, 이해력과 정의감의 양을 일컫는 것인즉, 잘하고자 하는 너의 의욕은 가

상하나 놀부 같은 심통을 부려서는 순대밖에 커지는 것이 없을 게다. 돼지 같으면 잡아나 먹지. 생각해봐라. 네 배때기의 순대가 아무리 커본들 걸어다닐 때 무겁기나 하지, 그걸 무엇에 쓰겠는가.

앞으로 다시 못되게 굴면 단단히 혼내줄 테다.

훗날 서보는 자신이 무엇으로 창열에게 화를 내는 편지를 썼는지 기억해내지 못했다. 그 때문에 정확한 상황은 알지 못하나, 당시 왜 이런 오해가 벌어져 절친 둘이 싸우게 되었는지 자료들을 통해 전후 상황을 대충 꿰맞춰볼 수 있겠다.

편지가 오가기 6개월 전, 미국 워싱턴 현대미술관의 관장이자 전 미국 박물관협회장인 아들린 D. 브리스킨Adelyn D. Breeskin 여사가 미국에서 한국 현대작가 전시를 꾸며보려고 한다면서 1964년 연말 내한했다. 2주간 반도호텔에 묵으면서 서울대, 이대, 홍대 등에서 강연회를 했고, 한국 작가들의 화실을 방문해 작품을 보고 갔다. 여사는 방문한 작가들 중 유영국·김영주·권옥연·박서보의 작품들이 인상적이었다면서, "그들은 서양화의 방법을 쓰고 있으나 그 풍기는 분위기나 소재는 극히 동양적인 것"이라고 평했다.[35]

여사는 방문 작가들 중 7인을 골라 신문회관에서 1965년 2월에 일주일 동안 '한국 현대작가 7인전'을 개최하게 하고 난 뒤 귀국했다. 박서보, 유영국, 김흥수, 김영주, 권옥연과 조각가 최기원, 판화가 배융이 전시회의 주인공이었다. 여사가 보고 간 사람 중 몇 명은 빠졌는데 하필 그중에 창열이 있었다. 여사는 한국 현대작가 7인전의 작품을 모두 슬라이

드로 만들어 카탈로그와 함께 미국에 있는 자신에게 보내라고 했다. 그 자료를 갖고 미국에서 화랑과 교섭해 전시회를 주선하겠다고 했다. 당시 창열은 개인 사정으로 마음이 너무 심란해서 작업에 집중할 수 없던 차에 좋은 기회를 놓치자 실의에 빠졌다.

1965년 제8회 상파울루 비엔날레에 당시 한국미술협회 이사장이던 김병기가 커미셔너가 되었다. 어느 날 그가 서보를 불러 조용히 자신의 심중을 밝혔다. 여러 사람이 나가는 것보다 딱 3명만 추려서 내보내려고 하는데, 30대를 대표해서는 박서보, 40대는 권옥연, 50대는 이응노를 추천하겠다고 했다. 여러 가지로 상황이 안 좋은 창열이 거듭 실망할까봐 서보는 김병기를 설득하기 시작했다.

"이번 참가가 고작 두 번째입니다. 이렇게 많은 국내 작가를 두고 그렇게 처리하면 지난번 108인 서명 건도 있으니 다시 논란이 심해질 겁니다. 아직 시기상조인 것 같은데, 이번 한 번만 더 균형 잡히게 사람들을 보내는 건 어떨까요?"

의외의 제안에 김병기가 놀라 물었다.

"그래서 자네는 누구를 생각하나?"

"이세득, 김흥수, 정창섭, 김창열을 추가로 고려해보시는 게 어떨까 합니다."

김병기는 각 사람을 추가한 이유를 듣고 일리가 있다고 생각해서 결국 그렇게 처리했다. 외국에 나가 있던 김흥수는 운송비를 한국미술협회에서 처리해줄 수 없다고 하자 불참했고, 나머지 6명이 대표로 상파울루 비엔날레에 출품하게 되었다.

여기저기서 누락되고 배제되는 중에 자신감이 떨어져 있던 창열은 자기를 위해 애써준 서보에게 미안하면서도 자존심이 상했다. 비참한 기분을 떨구지 못하고 있던 차에 김환기의 주선으로 국제조형예술협회 영국위원회가 런던에서 주최한 청년작가회의에 서류 접수를 했고, 급히 영국으로 떠났다. 동생 창활이 전하는 말에 따르면, 창열이 영국에 갈 때 환전을 부탁했던 서울예고 학부형이 공항에 나타나지 않아 그만 빈털터리로 비행기를 탔다고 한다. 창열이 프랑스에서 다시 뉴욕으로 날아갈 때도 달랑 수중에 4달러가 전부였고,[36] 서보에게 편지를 쓴 것이 바로 그 비행기 안에서다.

서보는 승승장구하는 것으로 보였다. 하지만 사실 그해 가을에 열릴 제 4회 파리 비엔날레의 커미셔너 일을 진행하는 중 서보는 극심한 곤경에 빠졌다. 김환기가 편지에서 언급한 사실이 그 이야기였다. 창열은 외국을 도느라 그런 상황을 제대로 듣지 못했고, 서보로서는 모두를 위해 최선을 다해 애쓰고 있는데 도와주는 사람은 없고, 창열 혼자 좋은 기회를 얻어 말도 없이 가버렸다는 생각에 그만 절친에게 화풀이를 한 것이다.

출품작을 배편으로 파리에 보내야 하는데 나라에서 지원을 해주지 않았다. 아시아재단을 찾아갔으나 거기서도 지원을 못 해준다고 했다. 이리저리 끙끙대며 뛰어다녔지만 달리 방도가 없자 서보는 다시 아시아재단에 가서 사정사정했다. 일단 먼저 작품들을 보내놓으면 돌아오는 배편은 자기네가 어떻게든 책임져주겠다는 약속까지는 받아냈다. 일단 외상으로 작품을 배에 실어 보내고 서보는 어떻게든 돈을 마련해보려고 애썼다. 하지만 운송회사에서 운송료를 바로 지불하지 않으면 파리에 작품을 내려놓지 않고 도로 가져오겠다면서 고소장과 함께 각종 협박 공문을 서보 앞으로 보냈다(당시 운송료 편도는 7만 6,110원이었다).

서보는 하는 수 없이 출품 작가들을 불러모았다. 최만린, 정상화, 정영열, 하종현, 김종학, 이양노, 박종배에게 상황을 설명하고 운송회사에 얼마라도 만들어주자면서 1인당 1만 원씩만 내달라고 부탁했다. 당시 1만 원은 적은 돈이 아니었다. 아리랑 담배가 25원, 짜장면이 35원, 다방 커피가 30원 하던 때다(지금의 가치로 체감할 때 그때의 1만 원은 100만 원 정도였을 것으로 추정되나 정확하지는 않다). 다들 가난했던 시절이라 출품 작가들은 돈을 나누어내기를 거부했고, 사정을 들은 한국미술협회 이사장인 도상봉은 나몰라 하는 작가들의 태도에 격분했다. 그는 작품을 전부 회수하라는 공문을 커미셔너에게 보냈다.

어찌어찌 계속 뛰어다녀 결국 파리 비엔날레에 작품을 보낼 수 있게는 만들었다. 왜 그렇게까지 애썼냐고 서보에게 묻는다면, 이렇게 대답할 것이다.

"그래야만 한국 현대미술이 성장하고, 앞길이 막막한 작가들에게도 어떻게든 활로가 뚫리기 때문이다. 당신이라면 안 그러겠는가? 나 자신이 계속 작업하게 될 국내 상황이 좋아지고, 각자가 작업에 몰두해 좋은 작품을 만들 수 있다면 작업하는 데 더 신이 날 텐데?"

서보의 뜻은 한결같이 그러했고, 1970년대와 1980년대 역시 그러한 노력으로 열심히 뛰어다녔다. 뒤늦게 서보와 관련해 오해를 푼 창열은 뉴욕에서 파리로 돌아와 비엔날레 소식을 듣고 나서 서보에게 다시 편지를 썼다.

서보야, 미안하다. 외상으로나마 작품 실어 보내느라고 수고했다. 비엔날레 본부의 강경한 태도, 일邈이가 적어 보냈을 줄 안다. 할 수 있는 한의 일을 다 해라. 그리고 너무 심각하게 고백하지 말아라. 일이가 내 방에 들어서면서 서보 자식 불쌍해서 죽겠대나 하면서 나를 나무라는데, 이제 내가 백번 미안하다, 잘못했다 해야 소용없는 일이고, 그보다 엄청난 문제가 내게 있었다는 걸 너는 알고 있으니 그거 다 형님을 잘못 만난 탓이지 별수 있느냐?

(1965년 7월 10일자 김창열 편지)

각자 여유 없는 힘든 시기를 보내고 있었기 때문에 빚어진 해프닝이다. 창열은 록펠러재단 연구기금을 받게 되어 프랑스에 풀었던 짐들을 정리해 1966년 뉴욕으로 다시 돌아갔다. 그리고 미국으로 건너간 김병기와 함께 주요 도시 30군데를 방문하며 잘 짜인 프로그램과 지원으로 연수를 마쳤다. 1969년까지 뉴욕에 남은 창열은 온갖 잡일을 하면서 버텼고, 김환기와 같이 넥타이 공장에도 다니며 작업을 이어갔다. 동생 창활에 의하면, 그때의 뉴욕 생활은 "6·25사변 와중과 똑같이 힘들었다"고 한다.[37] 다시 프랑스로 돌아온 창열은 마구간을 빌려 작업실로 쓰면서 물방울을 발견할 때까지 죽어라 작업만 했다.

서보의 곁에는 끝까지 남은 속 깊은 친구가 많지 않다. 서보의 혈기지분血氣之憤에 치명적으로 다치는 일 없이, 그의 혈기가 더 생산적인 것을 향하도록 방향을 잡아주면서 젊음을 아낌없이 투자한 김창열은 현대미술의 불모지에서 서보가 제 일을 다 할 수 있게 하늘이 준비해준 선물 같은 친구였다. 물론 서보도 창열에게 이것저것 가릴 것 없이 제 속을 터놓고 흉 없이 지낼 수 있었던 편한 친구였고, 좋은 라이벌이었다. 둘은 서로의 작업을 지켜보고 격려하며 각자 자기만의 정체성을 찾아나가 훗날 한 사람은 물방울로, 한 사람은 묘법으로 서로 엄지손가락을 척 들어올릴 작품을 들고 다시 만난다.

아내를 함부로 하지 마라

—

명숙의 친정이 마침내 청주에서 올라와 신영극장(현재 CGV신촌아트레온) 뒤 언덕에 작은 집을 얻었다. 서양 기와집으로 손바닥만 한 마당에 방이 3개 있는 자그마한 집이었다. 명숙의 할머니와 여동생 3명에 남동생 1명까지 대가족이 모여 사는 그곳으로 비집고 들어간 서보네는 염치없게 사랑채를 빌려 썼다. 다행히 명숙의 부모는 신촌 로터리에서 서강대로 들어가는 길 입구에서 작은 문방구를 인수해 장사를 시작했고, 벌이가 나쁘지 않았다. 가족에게 폐 끼치는 것을 죽기보다 싫어한 명숙이지만, 친정 식구들과 같이 아이를 맡기며 살자 금방 안정감이 들었다.

모처럼 명숙의 제일 친한 친구가 청주에서 주말이라고 친구를 만나러 올라왔다. 둘은 소녀 시절처럼 재잘거리며 밥을 사먹고 영화관에 가서 한가하게 영화를 보았다. 그런데 밖에 나오니 어느새 깜깜한 밤이 되었다. 순간 가슴이 방망이질을 쳐 명숙은 친구에게 인사를 하는 둥 마는 둥 허겁지겁 집으로 뛰어 들어왔다. 방문을 딱 열자마자 서보의 주먹이 튀

1962년 봄 명동에서 폼생폼사 서보. 왼쪽에 김봉태, 오른쪽에 윤명로.

어나와 명숙을 쳤다. 다행히 빗나갔지만, 귀를 맞아 금방 퍼렇게 멍이 들어 퉁퉁 부었다.

재길은 꾸지람 한 번 안 하고 금지옥엽 키운 딸에게 손을 댄 천하의 개망나니를 당장 집에서 내쫓았다. 서보는 일주일 내내 집에 못 들어오고 학교에서 쪽잠을 자며 있다가 뒤늦게 장인에게 싹싹 빌며 용서를 구했다. 장인어른이 버르장머리를 조금은 고쳐놓았지만, 그 성미는 스스로 길들여 나가야 할 서보의 몫이었다.

서보는 장인 어른댁을 나갈 자금을 마련하기 위해 다시 열심히 일했다. 마침 홍대에 강사 자리가 났고 서보는 1962년부터 모교에 강의를 나가게 되었다. 돈을 아끼느라고 명숙은 날마다 학교로 도시락을 싸 가서 서보를 먹였다. 신촌에서 홍대로 들어오는 곳에 작은 다리가 있었고 그 아래는 온통 호박밭이었다(지금은 '경의선책거리'로 변했다). 밭 한쪽에 집 한 채가 달랑 있는 게 눈에 띄어 구경을 하니, 중간에 마루와 부엌이 있고 방이 2개나 되는 'ㄱ'자 집이었다. 명숙은 그동안 모은 돈을 다 끌어모아 전세금을 마련해 그 집을 얻어서 친정을 나왔다.

방이 2개라서 다시 동생 홍이 보따리를 싸들고 형 집으로 찾아왔다. 대학 강사라니까 제법 사는 줄 알고 둘째 시누이까지 서울로 올라왔다. 당시 안성 형편은 말이 아니었다. 안성읍에 있는 집 한 채가 전 재산이었

1962년 가을, 홍대 앞 호박밭에 둘러싸인 집. 승조(4세)와
명숙이 모처럼 차려입고 나들이를 나서고 있다.

는데, 홍의 대학 입학금으로 그 집을 팔고 난 후 남은 돈도 전부 등록금에 하숙비로 시나브로 사라졌다. 기매는 빈털터리가 되어 남의 집 곁방살이를 전전하고 있었다. 안 그래도 쥐꼬리만 한 강사료로 군식구 둘까지 밥상을 차리려니 명숙은 허구한 날 호박밭에서 딴 호박나물을 반찬으로 올렸다. 서보는 집안 돌아가는 상황을 모른 채, 해주는 밥을 먹으며 바깥 활동에만 열심이었다. 그래서 이사도 언제나 명숙 혼자 결정했고, 이삿짐도 늘 명숙 혼자 옮겼다.

승조를 고모에게 맡기고 명숙이 잠깐 친정 부모님을 뵈러 문방구에 갔다. 엄마 없이 지루해지자 승조는 고모가 한눈을 판 사이 혼자 길을 나섰다. 승조가 문방구 앞에 떡 하니 서 있는 것을 보고 모두 깜짝 놀랐다. 세 살배기가 궁둥이 터진 속내의를 입고 장난감 마차를 질질 끌며 한여름 뙤약볕에 신촌 로터리까지 홀로 찾아온 것이다. 그 길로 서보는 여동생을 질책하며 안성으로 내쫓았다. 홍도 졸업반이라 다시 제 갈 길을 찾아 떠났다.

다시 6개월의 계약이 끝나 명숙은 추운 겨울에 또 새집을 찾아나서야 했다. 신촌 굴다리 근처 삼표연탄 공장 옆에 방 2개에 화장실과 부엌이 따로 있는, 터무니없이 전셋값이 낮은 집이 있었다. 마당에는 주인집과 함께 쓰는 수도가 있었는데 물이 퀄퀄 나왔고, 이불 빨래를 할 수 있게 바닥을 시멘트로 발라 놓은 것이 마음에 들었다. 제법 넓은 마당에는 빨랫줄도 매여 있었다.

그런데 이사하고 보니 연탄가루가 온통 집안으로 날아들어와 빨래는 커녕 창문조차 열어놓을 수가 없었다. 바람이라도 부는 날이면 방바닥을 닦기 위해 젖은 걸레를 하루 종일 들고 살아야 했고, 저녁이면 온 식구의 코에 새까만 연탄가루가 가득찼다.

그 와중에 명숙은 매일 승조를 업고 신촌 굴다리에서 연세대 앞 동회까지 걸어가서 안남미와 밀가루 배급을 타왔다. 서보의 강사료로는 찬거리를 마련하기도 힘들었다. 허구한 날 칼국수 아니면 짜장면을 해먹였더니 영양 부족으로 어린 승조가 먼저 결핵에 걸렸다. 전쟁 중에 폐결핵에 한 번 걸린 적이 있던 서보도 병이 재발했다. 몸은 아픈데 치료 받을 돈은 없고 경제적으로 가장 노릇도 제대로 못하니 서보의 자격지심이 꼬일 대로 꼬였다.

파리 비엔날레 때문에 소송이다 뭐다 협박을 받으며 스트레스를 잔뜩 받고 있던 때가 아닌가. 아내가 동회에서 쌀 배급을 받고 있는지 어쩐지 알려고도 하지 않았지만, 자신이 바깥에서 무엇을 겪고 있는지 일언반구 이야기하는 법도 없었기 때문에, 부부는 서로의 고충을 이해하며 다독일 기회가 없었다. 괜히 명숙에게 트집을 잡아 하루가 멀다 하고 서보는 성질을 부렸고, 그래놓고는 또 아내가 도망갈까봐 의심병을 키웠다.

몇 번 크게 싸우고 난 뒤 명숙은 드디어 이혼을 결심했다. 함께 찍은 사진을 각자의 몫으로 나눈 뒤 서보와 그동안 주고받은 편지를 마당에 나가 전부 태워버렸다. 그리고 친정아버지를 찾아갔다. 헤어지겠노라고 결심을 밝히니 재길은 쌍수를 들어 이혼을 찬성했다.

"잘 생각했다, 헤어져라. 그놈이 그렇게 못된 놈인 줄 내 진작에 알았다."

아버지가 참고 살라고 하면 싫다고 고집을 부렸을 텐데, 막상 아버지가 사위를 욕하니 명숙은 자신의 선택을 꾸짖고 자기를 못났다고 말하는 소리처럼 들려 자존심이 상했다. 오기가 난 명숙은 다시 집에 돌아와 마음을 돌려먹었다.

'이 결혼은 내가 선택한 것이다. 내가 이 정도밖에는 안 되는 사람이었던 것이다. 이 사람이 아닌 다른 사람을 만났어도, 내가 가지고 꾸릴 수 있는 삶은 딱 요 정도였을 것이다.'

명숙은 서보와 살면서 자기 꿈을 이룬다는 것은 있을 수 없는 일임을 이해했다. 이제 그것은 완전히 포기했다. 하지만 이 남자만큼은 화가로 끝을 볼 사람이다. 명숙은 남편의 꿈을 자기 꿈처럼 이루리라 마음먹는 것으로 삶의 방향을 다시 정했다. 그 과정에서 편한 삶은 꿈도 꾸지 못할 테지만, 어차피 피난 생활에, 궁핍한 서울살이에, 6개월마다 작업실을 옮기고 살림집을 옮겨다니며 아이를 둘러메고 돌아다니는 것이 몸에 밴 명숙이다. 결핵도 비껴간 튼튼한 몸에, 일찌감치 할머니에게 부처처럼 앉아 멸치 똥을 다 딴다고 뚝심을 인정받은 그녀가 아닌가.

뭐든 질질 끌지 않는 성격인 명숙은 그날 바로 마음을 정리하고 서보와의 결혼을 자신의 '운명'이라고 받아들였다. 일찍 철이 든 데다 연애 한 번 해보지 않고 서둘러 결혼을 감행한 명숙은 남자와의 로맨스나 결혼 생활에 대해 아무런 환상이 없었기 때문에 길고 고된 그 결혼 생활을 끝까지 견딜 수 있었다. 명숙에게는 결혼 생활이 그냥 '생활'이었고, 고생스럽든 어쨌든 그냥 살아내야 할 '삶'이었기 때문에, 자기 생각대로 꾸역꾸역 맞춰가면서 긴 세월을 살았다.

유일한 어른, 김환기

누구나 바쁜 생활 속에 문득 묵은 기억을 들추어내면 생각나는 사람이
있게 마련이다. 비 오는 날 구접스런 대폿집에 앉아서, 아니면 묵은 엽
서를 뒤적인다든가, 한가한 저녁에 평소 아끼는 물건을 닦고 문지르면
서 문득 입가에 미소를 머금게 하는 그런 여러 가지 사연이 떠오른다.
그 사연마다 기억에 떠오르는 숱한 이름 중 지금은 타계하고 안 계신 수
화 김환기 선생님을 잊을 수 없다. 그분은 내가 지금까지 살아오는 동안
내게 가장 깊은 사랑과 평생의 교훈을 남겨주신 분이다.[38]

환기는 서보가 홍대를 졸업하자마자 프랑스로 가 작업했고 1959년에
다시 홍대로 돌아왔다. 서보가 파리에서 귀국했을 때 학부장이던 환기는
남관의 편지 때문인지 서보를 홍대로 바로 끌어주지 않았다. 하지만 공
예과장 유강열이 서보에게 강의 자리를 내줄 때에는 반대도 하지 않았
다. 이혼한 부인과의 사이에서 태어난 세 딸 중 장녀와 결혼한 윤형근을
홍대로 불러 교편을 잡도록 끌어줄 수도 있었으나, 그 대신 환기는 서보
를 곁에 두었다.

환기는 꿈도 많았지만 누구보다 작업에 진지한 작가였다. 환기와 서
보는 강의 시간 외에는 노상 교수 연구실에서 꼼짝 않고 그림만 그렸다.
환기의 방에서 대여섯 방 거리에 떨어져 있던 서보는 수시로 "박군!" 이
라고 부르는 선생님의 방으로 냉큼 뛰어가 캔버스 천을 틀에 메우는 일
을 도왔다. 붓도 빨아주고 차도 끓여 마시면서 서로 격의 없이 작품에 대

해 이야기를 나누기도 했는데, 같이 교단에 있어도 서보는 여전히 환기에게 그저 '박군'이었다.

그림을 그리다 말고 쉬고 싶으면 환기는 서보의 방에 들러 작업에서 손을 놓게 하고 그를 밀주집으로 끌고 갔다.

"됐어, 그만 그려. 자네 그림은 늘 보면 조금 지나쳐. 그게 자네 흠일세."

단골집 주인이 알아서 안주를 내오면 환기는 서보에게 노래를 시키기도 했다. 서보가 자신과 이름이 같은 박재홍의 〈울고 넘는 박달재〉를 구슬프게 부르면, 얼쑤얼쑤 맞장구를 치며 듣다가 문득 물었다.

"자네는 내 그림을 어떻게 생각하나?"

"외교적인 언사를 하길 원하십니까? 아니면 제가 하고 싶은 이야기를 해도 되는 겁니까?"

"자네의 솔직한 생각을 들어보세."

"그러면 한 말씀 올리겠습니다. 선생님은 너덕너덕 고운 색을 발라만 나가고 계시지 않습니까? 호흡이 너무 장식적입니다. 삶의 현장을 사는 사람 같지 않아요."

"그래서?"

"저 같으면요, 좀 긁어내겠습니다. 말라붙은 팔레트를 청소할 때 그 위에 불을 붙이고 지글거리면 나이프로 긁어서 떼어내지 않습니까? 그런 맛으로 그리셨으면 좋겠습니다."

환기가 귀 기울이자 서보는 더 구체적으로 설명하기 시작했다.

"긁어내고 싶은 데에 신문지를 오려 붙이고 거기에 석유를 부어 불을 붙이면 1년 이상 바른 두꺼운 물감이 지글거립니다. 그때 나이프로 쳐내면 됩니다. 하지만 꼭 바닥에 깔고 목장갑을 끼고 하셔야 합니다."

"그것도 한 방법이겠구만."

얼마 후 스승이 다급히 부르는 소리에 놀라 뛰어간 서보는 방안 가득 연기 속에 캔버스에 지글지글 불이 붙은 것을 보았다. 그 옆에서 환기가 손에 화상을 입고 쩔쩔매며 서 있었다. 이젤을 세운 채로 캔버스에 불을 놓아 뜨거운 유화가 캔버스를 타고 흘러내리자 그만 손에 화상을 입은 것이다. 서보는 불에 타고 있는 캔버스를 바닥에 내려놓고 수건으로 때려서 불을 껐다.

"자네 말 듣다가 그림만 태웠네 그려. 작품에 빵구가 나지 않았나!"

서보가 얼른 마대천을 오려 구멍 뚫린 뒷면에 오공 본드를 발라 조각 천을 붙이고, 불기운에 녹아 흐르는 유화물감을 살살 펴 발라 감쪽같이 복원해주었다. 서보가 농을 던졌다.

"선생님, 이 부분이 제일 좋은데요?"

"예끼, 이 사람! 사람 잡는 소리 그만하게."

그제야 안심이 되는지 환기도 환한 미소를 지었다.

환기가 늘 작업에 고민이 많다는 것을 알고 있었기에 서보는 그가 상파울루를 통해 미국으로 곧장 들어가 돌아오지 않았을 때, 왜 그런 선택을 했냐고 묻지 않았다. 예술원 회원으로서 충분히 보장 받는 안락한 노년기를 과감히 걷어차고 타국으로 떠난 데는 큰 용기와 인내가 필요했을 것이다.

한가롭게 달과 산을 그리고 새나 항아리를 탐미했던 그의 작품 세계가 거대한 현대문명의 첨단을 걷는 미국에서 겪어야 했을 소외감을 서보는 십분 이해할 수 있었다. 거추장스럽게 달라붙는 기억을 지우고, 이야기를 엮는 일을 뿌리치면서, 무수한 점으로 승화된 김환기의 만년 작품은 그가 얼마나 긴 고통의 시간을 뛰어넘어 훨씬 더 높고 맑은 경지까지 도달하고 있는지를 보여준다.

눈을 감으면 멀리서 학같이 걸어오던 스승의 모습이 떠오른다. 언덕 위 홍대 교정으로 불어오는 한강 바람에 헐렁한 바바리를 날개처럼 펄럭이며 8척 큰 키의 환기가 청바지를 입고 성큼성큼 걸으면 그 모습이 그렇게 멋있을 수 없었다. 그런 환기의 눈에 홍대 학생들의 옷차림은 한심하기 짝이 없었다.

"요새 미술과 학생들은 너무 멋을 몰라."

어느 날 환기는 서보를 데리고 을지로 반도호텔 1층에 있는 반도양복점에 가 홍대인을 위한 교복을 주문했다. 곤색 플란넬 양복에 금단추를 박고, 팔에는 한도룡 교수가 디자인한 로고를 수놓았다. 당시 미술과 학생들이 쓰던 배지를 가슴에 수놓고 학생과 교수 모두를 위한 교복을 제작해 입게 했다. 하지만, 가난한 학생들은 교복을 사 입을 형편이 못 되었고, 서보도 마찬가지였다.

사실 당시에는 모든 것이 돈으로 귀결되었다. 사회 초년생이었던 서보에게 좋은 어른의 역할을 해주던 훌륭한 스승 김환기도 돈 때문에 어쩔 수 없이 제자와 티격태격할 일을 만들고 말았다. 당시 미술을 하는 사람들이 돈을 만질 수 있는 경우는 중고등학교 미술 교과서를 제작하는 일이었다.

'어문각'이라는 출판사에서 김환기에게 제작을 의뢰했고, 환기는 서보에게 그 일을 맡겼다. 며칠 후 '친우문화사'에서 서보에게 교과서 개정판의 저자가 되어달라는 요청이 들어왔다. 한때 이봉상이 제작한 교과서 판매를 서보가 적극적으로 나서서 도운 것을 알고 있어 서보가 맡을 시 어느 정도 부수가 나갈지 계산이 서서 제안한 것이었다. 이봉상은 인쇄 품질이 더 좋은 '삼성출판사'의 제의로 이미 출판사를 옮긴 뒤였다.

형편이 어려웠던 서보는 스승의 것을 해드려야 하나, 아니면 자신의 이름으로 돈을 벌어야 하나 갈등했다. 형근이 고등학교 미술 선생으로 있어 대신 좀 하라고 말하니 장인이 서보에게 맡긴 일인데 왜 자기가 하냐면서 뒤로 빠졌다. 동료 교수들은 "당연히 제 것을 해야지" 하고 입을 모았고, 장인과 장모는 손해를 보더라도 스승을 돕는 게 옳다고 충고했다. 결국 서보는 친우문화사의 제안을 거절하고 스승을 돕기로 했다.

당시 교과서 제작 착수금은 10만 원 정도를 받으면 많이 받는 축이었다. 환기는 미국에 갈 계획이었기 때문에 출판사에서 50만 원을 받았다. 해외로 나가기 직전 환기는 서보와 어문각 전무를 불러 술을 사면서 말했다.

"나는 막대한 돈을 받아가니 교과서 저자의 이름은 서보로 바꾸고, 이후 수입은 모두 서보가 받는 것으로 합시다."

당황한 서보가 아니라고 극구 말렸다.

"나는 ㄱ자 하나 쓰는 게 없으니 서보 책으로 하는 게 맞네."

중간에 갈등한 것이 들킨 것만 같아 서보는 송구스런 마음을 적극적으로 표현했다.

"제가 사업이라도 해서 돈이 있으면 선생님의 여비를 손수 챙겨드릴 텐데, 이렇게 제 머리라도 짜내 여비를 만들어드릴 수 있으니 그것이 기쁠 따름입니다."

　50곳의 출판사가 제작한 것 중 7개가 문교부 검인정을 받았고, 그중 서보의 것이 포함되었다. 채택료는 형근이 받아갔다. 서보는 애초에 돈 욕심이 없다고 스승에게 말했던 터라 전혀 상관하지 않았다. 선정된 7개의 출판사 대표들은 한자리에 모여 많이 팔리건 적게 팔리건 수익을 1/N로 나누어 갖기로 합의를 했다. 판매 전략을 놓고 서로 싸우며 인력 낭비를 하지 않기 위함이었다.

　안 그래도 직접 학교 선생님들을 찾아다니며 교과서를 사달라고 청탁할 시간이 없던 차에 서보는 잘 되었다 싶었다. 타국에 있는 김환기에게 1/N의 수익이라도 자동으로 보내지면 좋을 것 같아 서보는 교과서의 저자들을 불러 이쪽도 같은 선택을 하는 게 어떻겠냐고 의견을 물었다. 결국 그 제안은 무산되었고, 몇몇 사람이 김향안 여사에게 서보가 출판사에 돈을 주고 김환기와 공동저자를 해버렸다는 이상한 말을 옮겼다.

　다짜고짜 김환기의 친척이 학교로 찾아와 서보의 멱살을 잡았다. 스승에게 못할 짓을 한 배은망덕한 놈이라고 오해한 것이다. 서보에게 채택료를 내놓으라고 윽박까지 질렀는데 형근이 돈을 받아간 사실을 적극적으로 해명해주지 않아 서보만 입장이 곤란해졌다.

　서보는 당시 조교로 있던 하종현을 증인으로 데려가 모두가 있는 데서 출판사 담당자와 담판을 지었다. 어문각 전무가 몹시 미안해하면서 환기가 떠나기 전에 했던 말을 그대로 옮겨 해명해주었다. 서보가 발로 뛰어야 책이 팔릴 것 같아 자기네 멋대로 공동저자로 이름을 올린 거라는 설명도 덧붙였다. 그렇다면 인세용으로 찍은 자기 도장은 도대체 어떻게 된 거냐고 서보가 묻자, 자기네가 막도장을 새겨 찍은 거라고 했다. 서보는 공동저자에서 자기 이름을 빼고 어긋난 모든 것을 되돌려 놓으라고 소리쳤다.

하지만 스승에 대한 서운함이 잘 되돌려지지 않아서 서보는 오랫동안 마음이 끌탕이었다. 좋은 마음으로 하는 일도 이상하게 서보가 하면 음해의 역동을 만들어냈다. 왜 자꾸 사람들이 자기에게 그러는지 서보는 이해가 되지 않았다.

묵묵한 그대 덕에

—

전후 서울에는 하룻밤 사이에도 뚝딱 무허가 판잣집이 장마철 버섯 피듯 음습하게 퍼졌다. 결혼하고 처음 4년 동안 정신없이 이사를 다닌 명숙은 1963년 처음으로 내 집을 장만했다. 하루에도 몇 번씩 화물기차가 지나는 신촌 철길 아래, 방 2개에 부엌 딸린 무허가 집이었다. 대지 20평의 작은 판잣집이었는데, 방과 방 사이에 부엌이 있고 손바닥만 한 마당에는 곧바로 하수도와 연결된 뒷간이 있었다.

좁은 틈으로 해서 집 뒤로 돌아가면 1미터 정도 떨어진 곳에 집 높이의 철둑이 완만한 경사로 벽처럼 둘러쳐 있었다. 야생초가 앞다투어 자라 둔덕을 넘어 아이를 데리고 가면 내 집 정원처럼 산책하기 좋았다. 집 바로 옆에는 쌍우물이 있었는데, 수질은 믿을 게 못 되었으나 여름에는 시원하고 겨울에는 미지근해서 동네 여자들이 곧잘 모였다. 건물 등기도 안 나고 집 주소도 없는 곳이었지만, 명숙은 집을 갖게 된 것에 그저 신이 났다.

이사하고 얼마 안 있어 홍대에 시간강사로 있던 서보가 전임강사가 되어 매달 월급을 들고 왔다. 고정 수입이 생기니 갑자기 안정감이 들면서 인생에 희망이 보이기 시작했다. 아마 그래서 시작된 일일 것이다.

어느 날 명숙은 뒤뜰을 쓸다가 철둑에서 흘러내리는 흙을 멈추려고 경사면을 조금 긁어냈다. 그런데 문득 그 자리에 꽃을 심으면 좋겠다는 생각이 들었다. 서보가 출근하고 나면 조금씩 흙을 긁어냈고 거기에 백일홍과 맨드라미를 심었다. 나라 땅에 함부로 그런 짓을 하면 안 되었지만, 돗자리 깔고 엉덩이 붙일 만큼 파낸 자리에 화초를 심고 보니 고추장 항아리를 놓을 자리가 필요했다. 고추장 항아리를 놓고 흐뭇하게 바라보는데, 그 옆에 김장독을 놓으면 아주 잘 어울릴 것만 같았다. 곧이어 김장독이 쌀독을 불러들였다. '바늘 도둑이 소 도둑 된다'는 속담처럼 호미로 긁어내던 것이 곡괭이질이 되고, 그러다 아예 삽질까지 하게 되었다.

그해 여름 밤새도록 장대비가 쏟아졌다. 다음 날 아침 일찍 뒤뜰을 보러 간 명숙은 화들짝 놀랐다. 둑이 무너져 내려 그동안 공들여 가꿔온 꽃밭이며 장독대가 흙에 묻혀버린 게 아닌가. 그때까지 뒤뜰에서 무슨 일이 일어나고 있는지 전혀 몰랐던 서보도 그 처참한 광경을 보게 되었다. 위험하게 이게 무슨 짓이냐고 묻는 서보에게 명숙은 둑이 무너진 것은 전적으로 비 때문이라 주장했고, 약간의 말다툼 뒤에 부부는 축대를 쌓기로 합의를 보았다.

명숙은 돈을 빌려 인부를 고용했다. 손수레로 흙을 퍼나르고 등짐으로 돌을 옮겨서 일사천리로 2미터 높이의 축대를 쌓았다. 요즘 같으면 구청에 민원이 들어가고 난리가 났겠지만, 그때는 아무도 뭐라 하는 사람이 없었다. 사실 순경이 딱 한번 왔다 갔다. 그도 그냥 혀만 내두르고 갔다. 축대를 쌓고 보니 그 위에 덩그러니 공터가 생겼다. 그것을 본 명숙의 머릿속에 다시 엉뚱한 욕심이 싹텄다.

'이왕 이렇게 된 거 남편의 작업실을 만들면 어떨까?'

발칙하게 명숙은 국토 훼손을 꿈꾸었다. 너도나도 닥치는 대로 일을 꾸미고 웬만한 일은 다 그냥 넘어가던 허술한 시절이었기 때문에 가능한 일이었다. 그렇게 해서 철둑 옆구리에 혹처럼 서보의 공간이 솟아났다. 그리고 그곳으로 예고나 예원학교의 여학생들이 찾아와 석고 데생 수업을 받고 갔다. 내친김에 명숙은 마당에서 수도를 끌어들여 부엌에 상수도를 설치하고 손바닥만 한 땅에 방 하나를 더 만들어 붙였다. 통이 커지자 아예 집주인 행세를 해보기로 여세를 몰고 간 것이다. 수리비로 빌린 돈은 방 하나를 세주어 금방 다 갚았다.

그제야 아이가 임신되지 않는 것을 걱정한 명숙은 병원에 갔다. 의사가 처방해준 호르몬약을 먹자 곧바로 둘째가 들어서 승조를 낳은 지 5년 만에 아들 승호를 낳았다. '기찻길 옆 오막살이 아기아기 잘도 잔다'는 노랫

◀1966년 신촌 기찻길 쌍우물 옆 무허가 집에서 승조와 승호.
▶1969년 막내 승숙의 돌잔치.

말 그대로, 4년 뒤인 1968년에는 막내 승숙을 또 낳았다. 열악한 환경인데도 아이들은 건강하게 자라주었고, 명숙은 이곳에서 나름 행복했다.

　그곳에는 자동차 한 대 간신히 들락거릴 좁은 골목을 사이에 두고, 고만고만한 형편의 가난한 서민들이 모여 살았다. 문만 열면 빤히 안이 들여다보이는 앞집의 신혼부부는 남편이 군의관이었는데, 승조가 밤에 자꾸 열이 나서 왜 그런지 물으니 육군병원으로 승조와 서보를 데려가 공짜로 엑스레이를 찍어주었다. 폐결핵임이 발견되자 육군병원에서 역시나 무료로 약을 지어주어 초등학교에 들어갈 즈음 승조는 완치되었다.

　군의관 부부는 제대 후 아현동 고가 밑 건물에 '국민병원'이라고 번듯

한 병원을 개업해서 이사했고, 명숙도 한동안은 그 병원에 다녔다. 다음에 이사 온 가족은 명숙이 그곳을 뜬 후 20년 넘도록 절친하게 지내는 사이가 되었다.

나만의 작업을 찾아서

—

반면 서보는 파리 세계청년작가회의에서 돌아왔을 때, 앵포르멜이 포화 상태에 도달했다고 인지하고 있었다. 서보는 한 인터뷰에서 추상이라는 하기 쉬워 보이는 예술에 너무 많은 사람이 덤벼들고 있기 때문에 이제 예술은 좀더 정신화되어 작가의 내적 정신생활의 표현이 됨으로써 차별화가 되어야 할 것이라고 내다보았다.[39] 추상이 사실 조금도 새로운 것이 아닌데, 추상을 한다는 이유에서 추상을 하고 있는 뭇 화가들의 작태를 비판하면서 서보는 자기 자신이 아닌 '양식'에 얽매여 그림을 그리는 것을 '위조' 회화라고 단죄했다.

작품은 무엇보다도 작업을 하는 그 사람 '자신'이 되어야 하고, 회화의 질質은 그림 뒤에 있는 그 사람의 정신적인 작용이 어떻게 드러나느냐로 획득되는 것이기 때문에 이제부터는 작가가 화면을 대하는 '태도'가 무엇보다 중요해질 것이다.

마티에르를 다루기만 하면 다 앵포르멜이 아니듯, 형태를 부정만 한다고 다 반反회화가 되는 것은 아니다. 작가의 내적 초현실이 물질의 성질로서 회화로 승화되어야만 진정한 반회화가 되는 것이다. 그렇게 되면 작가 자신의 '내적 풍토감'이 작품 속에 자연스럽게 반영되어 드러날 것이다.

서보는 작가들이 국제성을 막연히 따라 해서는 안 되고, 우리의 토착성을 먼저 정신적으로 분석해야 한다고 강조하면서 그 '토착성'은 성실하게 자기에게 귀의하다 보면 나올 것이니 우선 자기부터 시끄러운 화단 행적을 지양하고 작업에만 매진하겠노라고 선언했다.

그 약속을 실천으로 옮기기 위해 서보는 1962년부터 연구실에 틀어박혀 정말로 작업에만 몰두했다. 환기가 억지로 밀주집으로 끌고 가야 간신히 손에서 붓을 놓을 지경이었다. 여전히 살림이 어려웠던 때라 을지로에서 안료 가루를 사와 명숙까지 동원해 집에서 안료를 직접 개서 썼다. 린시드 오일이 떨어지면 안성 어머니가 짜서 보내준 들기름에 안료를 섞어 쓰기도 했다. 들기름으로 만든 물감은 시간이 지나면 누렇게 변하는 단점이 있었다.

서보는 여전히 전쟁의 경험을 그렸다. 아직도 눈을 감으면 무참하게 죽어나가던 사람들이 하나같이 "어머니!" 하고 부르던 것이 마음속에 떠올랐다. 숨이 끊어지는 중에 그들이 전력을 다해 절실하게 외쳤던 그 한마디가 자꾸만 되새김되어 서보는 그것을 그림으로 그려 털어내지 않으면 안 되었다. 서보는 그 시리즈에 '원형질原型質'이라는 제목을 붙였다. 복잡하고 다양하게 변하기 이전의 인간 본래의 모습이 무엇인지에 대해 서보 나름으로 질문하고 답을 한 결과였다.

그런데 그 작품들로 개인전을 하려니 마땅한 장소가 없었다. 지금의 롯데백화점 자리 중앙국립도서관에 안성초등학교 때 담임이던 최태호

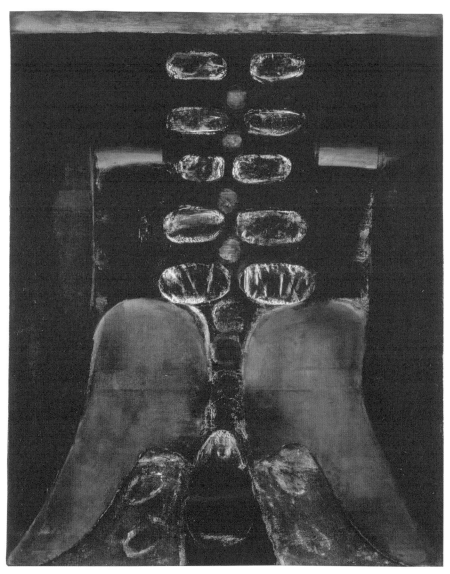

〈원형질 No.1-62〉, 캔버스에 유화, 161×131cm, 1962.

선생님이 관장으로 있었다. 서보는 선생님을 찾아가 도움을 청했고, 기꺼이 도와주신 덕에 1962년 10월 일주일간 중앙국립도서관 화랑에서 '원형질전'이란 타이틀로 작품 17점을 전시했다.

이봉상회화연구소 때부터 제자였던 김현태가 작품을 리어카에 싣고 신촌에서 거기까지 끌고 가 설치하는 것을 도와주었다. 작품 시리즈명으로 작가 자신을 브랜드화해서 전시회 타이틀을 삼은 최초의 시도였고, 서보의 첫 개인전으로 의미가 컸다. 예상은 했지만 작품은 하나도 팔리지 않았고, 마지막 날 밤 다시 리어카에 전부 작품을 싣고 집으로 돌아와야 했다.

어느 날 문득 서보는 10년도 더 지난 이 전쟁의 충격과 감성에 저 혼자 매달려 있는 것은 아닌가 하는 회의에 빠졌다. 여전히 그때의 장면과 감정이 서보의 기억에 생생했지만, 이제 그것은 자신의 실존적 상황이 아니었기 때문에 화석화된 내러티브처럼 괴리감이 생기는 것을 어쩔 수 없었다. 사회는 한 자리에 머무르지 않고 빠르게 발전하는데, 서보도 이제 과거를 떨치고 앞으로 나아가야 할 것 같았다. 1967년 8월 『대한일보』에 기고한 「감각의 시한성」이라는 글을 보면 탈바꿈을 하고자 하는 당시 서보의 욕구와 의지가 분명히 엿보인다.

여름이라고 해서 피서 가는 버릇은 거의 없다. 무취미한 탓인지, 아니면 뭇 사정들이 나를 그토록 무취미하게 만들어버린 까닭인지 굳이 따져볼 필요는 없다. 예나 다름없이 올 여름도 줄줄 땀방울이 맺혀 흐르는 것을 느끼며 짜증으로 한여름을 보냈다. 한밤중, 아직도 가시지 않은 지열이 어둠속을 파고든다. 열기에 지친 화실에서 원형질 시대의 구작들을 들추어본다. 어쩌면 그리 무덥고 어둡기만 한 밤과 닮아 있을까?

한때 나는 우리들을 전쟁 세대라 불렀고, 우리의 작업을 전쟁 미학이라 이름하여 주창했다. 그 소산인데도 지금의 나와 대화가 일치하지 않는다. 그 전쟁 체험이 이제는 실감할 수 없는 망각지대로 사라진 때문이 아니겠는가!

벌써 3년째 나는 변혁을 거듭하고 있다. 그것은 자신이 이룩한 것을 자신이 허무는 일의 연속이다. 이룩해놓은 세계를 허문다는 것은 이룩하는 과정의 몇 곱절의 진통을 겪어야 되는 일이다. 이것이야말로 덫에 걸린 나를 풀어주고 달아나는 나를 바라보는 심정이 아닐는지……. 그러나 전위 정신이 고갈되지 않았다면, 예술가 자신이 자신을 모방하는 위험성은 경계해야 하지 않겠느냐고 자문해본다.

예술은 여러 개의 샘을 동시에 파는 것이 아니라 하나의 샘을 깊이 파고드는 일인 것 같다. 그 샘이 너무 깊어 샘의 둘레만큼만 하늘을 볼 수밖에 없다는 것과 그 샘으로부터 뛰어나오지 못한다는 사실이 오늘에 와서 슬프게 받아들여진다.

이러고 보면 시대가 달라졌다는 것밖에는 느끼는 것이 없다. 왜냐하면 깊이를 더하는 것보다는 폭을 지닌다는 말로 그것의 의미가 바뀌어가기 때문이다. 오늘날 뭇 화가들이 새로이 나왔는가 하면 한쪽에선 어제의 화가로 몰리고 있다. 이 모든 것이 시대 변천의 속도가 빠른 때문이라고 한다면, 그것은 현실 감각이 급템포로 변화한다는 것과 아울러 감각의 시한성을 의미하는 것인지도 모른다. 시대 변천의 속도가 늦었던 저 옛

날의 화가들은 얼마나 행복했을까? 오늘의 한 세대가 옛날의 한 세기보다도 빠르니까 말이다.[40]

그런데 사람들의 역동에 휘말려 서보가 덜컹 학교에 사표를 내고 나왔다. 다행히 명숙은 무허가 판잣집도 제 집이라고 아끼며 동네 이웃들과 사이좋게 어울리며 아이들을 잘 키우고 있었다. 서보가 수입이 없다고 잔소리를 하지도 않았다. 서보는 자기만 잘하면 된다는 것을 알고 있었다. 어느새 승조는 초등학교에 들어갔고, 승호는 4세가 되었다. 이왕지사 학교에 나가느라 시간 낭비할 것도 없는데, 이럴 때 자기만의 것을 더 열심히 찾아봐야겠다고 생각했다. 하지만 아직은 어떤 것이 자기의 '내적 풍토성'을 그대로 드러낼 그림인지 확신이 들지 않았다.

앵포르멜 운동을 하고 있던 동료들도 자기와 똑같이 침묵을 지키고 있었다. 모두 '감각의 시한성'을 극복하려고 저마다 애쓰고 있는 중일 거라고 생각했다. 서보만 해도 2~3년 동안 작품 발표를 하지 않았다. 개인전을 하려고 준비해두었던 작품도 전부 밑칠을 다시 해서 지웠다. 그런데 그러고 보니 더 막막하고 어려워졌다. 현대미술에 대한 회의감마저 밀려왔다. 심지어는 '그게 뭐지?' 하는 의문까지 생겼다. 인간적 정서를 통해 예술이 성립되어야 할 텐데, 도리어 그것을 철저히 배제해버리는 예술 형태가 이어지고 있지 않은가. 종래에는 자신이 가장 새롭다고 생각했던 것들까지 벽에 부딪히는 느낌이 들었다. 열심히 달려오던 서보는 한순간 멍해졌다.

다시 마음을 울릴 단서를 찾아 이 책 저 책 닥치는 대로 빌려 읽기 시작했다. 하지만 서보는 곧 때려치웠다. 책을 읽는 타입이 아니기 때문이다. 머리에 들어오지도 않는 그런 텍스트는 공염불에 불과하다. 그래도 모처럼 집에 있으니 아이들과 보내는 시간이 길어져 그것은 나쁘지 않았다. 홍익초등학교에 입학한 승조는 벌써 2학년이 되었고, 숙제에 등교에 나름 바빠졌다. 승호는 형이 하는 것이 죄다 신기하고 궁금한지 늘 저도 해보고 싶어 했다. 하지만 형이 기회를 주지 않자 늘 뽀로통했다.

어느 날 형이 학교에 가자 승호는 형이 두고 간 방안지 공책을 몰래 펼쳐 글씨를 써보려고 했다. 호기롭게 연필을 들고 네모 칸에 글씨를 썼는데 생각처럼 잘 되지 않았다. 자음과 모음과 받침을 흉내냈는데 고사리 같은 손으로 삐뚤빼뚤 써서 그런지 칸 밖으로 글씨가 튀어나갔다. 형이 쓴 것과 비교해보더니 다시 시도했지만 여전히 잘 되지 않았다.

어린 것이 홧김에 쓴 것을 지그재그로 휘갈겨 덮어버렸다. 연필심에 걸려 종이에 구멍이 나자 울상이 된 승호는 형이 했던 대로 지우개를 들었다. 힘 조절이 안 되자 지우개질에 종이가 찢어졌고, 결국 어린 것이 와락 울음을 터뜨렸다. 방안지의 칸 속에 글자를 넣고자 하는 것이 목적이었는데, 그것이 안 되니까 체념과 포기를 하고 만 것이다.

그 모습을 흥미롭게 지켜보던 서보에게 그 옛날 수덕사에서 김일엽을 만났을 때 들었던 말이 섬광처럼 스쳐지나갔다.

'자신을 닦고 비워내라더니, 저렇게 내가 한 짓을 체념으로 다시 지우고 포기하면 나 자신이 닦이고 비워질 수 있는 것일까?'

서보는 당장 캔버스를 준비해 방안지를 그리고 그 위에 승호가 했던 것처럼 연필질을 했다. 아직은 인위적인 느낌이 나서 이게 맞나 싶었지

〈묘법 No.6-67〉, 캔버스에 유화에 연필, 64.8×64.8cm, 1967.

만, 일단 탐색을 계속해보기로 했다.

　서보는 아직 어느 것에도 확신이 없었다. 그래서 '승호 따라하기'는 그
것대로 시도하면서, 재미난 아이디어가 떠오를 때마다 닥치는 대로 탐색
하고 실험에 옮겼다. 한번은 캔버스를 벽에 걸어 어린 승호를 앞에 세운
뒤 환등기 불을 비춰 실루엣을 땄다. 무엇을 할까 하다가 띠를 둘러보니
사람이 토막 난 것 같아서 재미있다는 생각이 들었다. 곧이어 아내의 이
미지도 실루엣으로 그려 색띠를 두르는 작업을 했다. 그러다 점차 강렬

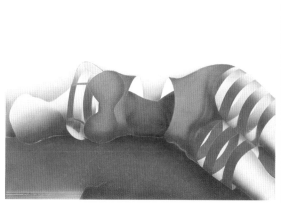
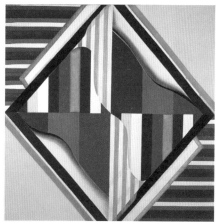

◀︎〈유전질 No.7-69-70〉, 캔버스에 유화, 91×116.5cm, 1969년 제작, 1970년 에어브러시로 재작업.
➡︎〈유전질 No.4-68〉, 캔버스에 유화, 128×128cm, 1968.

한 원색 줄무늬의 기하학적 화면 구성으로 그림이 바뀌었다. 그렇게 탄
생한 그림들에 '유전질遺傳質'이라고 이름을 붙였다.

그런데 참 이상한 선택이다. 항상 전통에 저항하는 자세로 살아온 서
보인데 갑자기 기존의 것을 물려받은 듯 제목을 붙이고 있다. 당시 서보
는 서양인들이 보면 야만적이라고 할 색동저고리의 서로 부딪고 뱉어내
는 과격한 색 배합이 유독 근사하게 눈에 들어왔다고 회고한다. 박정희
정부가 허구한 날 '한국적 민주주의'를 떠들던 때라서 자기도 모르게 세
뇌되었던 것 같다는 게 그의 설명이다.

유전질 작품은 1968년 일본 도쿄국립미술관 '한국현대회화전'에서
처음 발표되었다. 1970년 12월에는 서울화랑에서 1968~1970년까지 제
작된 작품 10점을 골라서 유전질 개인전도 가졌다. 그즈음 서보는 일본

의 다카마쓰 지로高松次郎가 그린 그림을 처음 접하게 되었다. 다양한 물체의 그림자를 그렸는데 실재는 없고 그림자만 있었다.

'본질은 어디로 갔나?'

그게 너무 인상적이어서, 서보도 인체는 사라지고 그 사람이 입던 옷만 한번 남겨보기로 했다. 입체에 처음 도전한 서보는 모델에 옷을 입혀 화학약품으로 굳히는 작업을 했다. 그런데 모델이 힘들다고 다음 날에는 꽁무니를 빼고 안 나왔다. 하는 수 없이 대충 손으로 옷을 구겨 일단 한 점만 만들어보았다. 1969년 제13회 조선일보 '현대작가초대미술전'에 그 작품을 냈다.

탁자에 마시던 콜라 병을 그대로 둔 채로, 옷만 남은 사람이 누군가와 대화 중인 포즈로 의자에 앉아 있다. 도판 사진에는 보이지 않지만, 방 안으로 보이는 공간의 한쪽 벽에는 전화기를 들고 있는 사람이 역시나 빈 옷으로만 그림으로 그려져서 액자에 걸려 있다. 조지 시걸George Segal의 석고상에서 영감 받아 '일상성'을 담아낸 작품이다.

시걸은 인체를 석고로 뜨고 말아 상상력을 제한시켰지만, 서보는 거기서 한 발 더 나아가 본질과 껍데기, 입체와 평면, 실체와 상像 등 다층적인 모순과 아이러니가 공존하는 작품을 만들려고 했다. 하지만 입체는 작품 회수 후 보관이 어려워 칼로 토막토막 잘라 버리는 번거로움 때문에 다시는 제작할 마음이 들지 않았다.

그해 여름 서보는 집에서 TV로 미국의 아폴로 11호가 달에 착륙하는 것을 지켜보았다. 뭐라 형언할 수 없는 감동이 쓰나미처럼 몰려왔다. 상상도 못했던 세계의 확장을 경험하고 나니 갑자기 좁은 시야가 탁 트이

➜다카마쓰 지로, 〈열쇠 그림자〉, 종
  이에 실크스크린, 40×30.5cm,
  1969.
➜〈허상〉, 실제 사람 크기의 의복에
  유화, 기타 오브제들, 1969.

〈유전질 No.16-70〉, 캔버스에 에어브러시, 116.5×90cm, 1970.

는 기분이 들었다. 자기도 문득 '무중력'이라는 것을 그림 속에 표현해 보고 싶었다. 그러려면 표현 방식을 새로 고민해야 하는데, 붓질로는 아무리 노력해도 손의 움직임이나 터치의 흔적을 완전히 없앨 수 없었다. 그 무게조차 없애려면 안료를 공기에 내뿜어 쏘는 편이 낫겠다 싶었다. 서보는 처음으로 에어브러시에 손을 댔다. 그렇게 허상이 그림으로 그려졌고, 유전질 작품 몇 개도 에어브러시로 다시 손을 보았다.

명숙이 만들어준 철둑길 무허가 작업실에서 작업했는데 콧구멍을 솜으로 막고 마스크를 하고 방독면을 써도, 작업이 다 끝나면 솜에 물감 물이 깊숙이 들었다. 결국 기관지가 상해서 더 지속하지 못했다. 작품 수가 많지 않자 새로운 시리즈명 없이 '유전질' 개인전 때 그 작품들도 같이 소개했다. 나중에 사람들이 그것들을 '허상 시리즈'라고 불렀지만, 실제 제명에는 유전질 작품 번호가 적혀 있다.

'현대작가초대미술전'에서 허체를 보고 간 김수근이 서보의 허상 시리즈를 '오사카 엑스포 70' 한국관에 걸었으면 좋겠다고 제안했다. 수근은 건축가인 김중업 교수 밑에서 일을 배우는 동안 그분 방에 걸려 있던 서보의 앵포르멜 작품을 좋아했고, 홍대에서 강사로 만나게 되자 동갑인 것을 반가워하며 금방 친구가 된 사람이다. 3년 전 캐나다 몬트리올 엑스포의 한국관 건축을 맡았을 때도 그곳에 서보를 초청해서 원형질 작품을 내게 했다.

건축과 미술의 협응協應에 관심이 많던 수근은 그 두 분야를 같이 다루는 월간 잡지 『공간』을 창간했다. 서보도 그곳에 글을 내며 수근이 꿈꾸는 새로운 조형 탐색에 기꺼이 동참했다. 수근은 오사카 엑스포 한국관

1964년 홍대 교수 연구실에서 건축과 강사 김수근과 공예과 교수 유강열과 함께.

설계만이 아니라 실내 전시 기획까지 담당했다. 그는 서보에게 거북선 형
태로 디자인할 미래관에 전시할 허체 작품들을 만들어달라고 했다.

서보는 수근의 요청에 따라 다시 입체를 만들었다. 지난번 작업과 마
찬가지로 모델을 구했는데, 아무도 끝까지 해주겠다는 사람이 없었다.
매번 한 번만 하고 도망가서 작업이 진행되지 않자, 제자 박승범이 총대
를 메고 나섰다. 그런데 역시나 그도 몸이 아프다는 핑계로 다음 날 나오
지 않았다.

서보는 하는 수 없이 직접 자기 몸에 대고 제작을 했다. 옷이 약품에 젖
어 몸에 딱 달라붙자 냉동실에 들어간 것 같이 몸이 얼어붙기 시작하더
니, 이번에는 살갗이 화끈화끈해졌다. '아, 이래서 모두 꽁무니를 빼고

1970년 3월 일본 오사카 만국박람회. 김수근이 설계한 거북선 모양의 한국관 앞에 앉아 있는 서보.

도망간 것이구나?' 그래도 어쩔 수 없어 서보는 10여 점을 자신의 몸에 대고 작품을 완성했다.

오사카 엑스포 70이 오픈했을 때, 허상 입체 수십 명이 미래 전시실을 가로지르며 하늘로 뛰어가듯 설치되었다. 일부는 뚜껑 없는 관에 묻힌 형태로 전시되었고, '유전 인자와 공간'이라는 타이틀이 붙었다. 전시장을 어둡게 해놓고 5와트의 붉은 등을 켜놓으니 허체의 목과 발에서 로켓 발사하듯 붉은 빛이 나와 한편에서는 무중력 상태로 높이 나는 우주비행사처럼 보였다.

한쪽 벽에는 중절모를 쓰고 양복을 입은 허상이 서류 가방을 들고 바

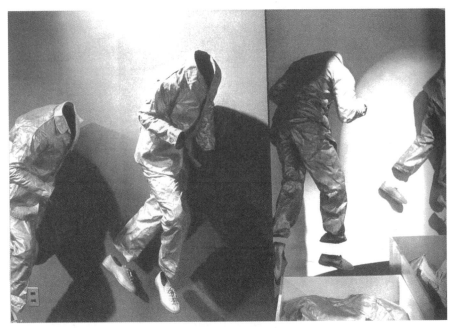

일본 '오사카 엑스포 70'의 한국관 미래전시실 현대미술 코너의 작품.[41]

삐 걷는 모습이 제작되었다. 그 작품은 한국에서 미리 오려온 스폰지를 본드로 벽에 붙이고 에어브러시로 물감을 뿌려 입체감 있게 만든 벽화였다. 사람들이 신기하다고 자꾸 손으로 만지고 꼬집어서 몇 번이고 다시 만들어 붙여야 했다.

그런데 엑스포를 보러온 주일한국 대사관 공사가 몹시 언짢아했다. 우리나라가 왜 저렇게 껍데기가 되어 관에 들어가고, 실체가 아닌 허상만 들뛰는 모습으로 표현되었냐고 비판했다. 다가올 미래에 모두 허물을 벗고 더 높이 비상하자는 의미였지만, 그는 한국의 이미지를 손상시

1970년 『한국일보』 주최 제1회 한국미술대상전에 다시 출품한 〈허상〉.

1970년 『한국일보』 주최 제1회 한국미술대상전 대상을 수상한 작품. 김환기, 〈16-IV-70 #166〉, 코튼에 유채, 233×172cm, 1970('어디서 무엇이 되어 다시 만나랴' 연작).

킨다고 철거를 요청했다. 결국 사진 한 장 제대로 남기지 못하고 작품이 치워져 서보의 온몸에 평생 남긴 피부병만 그 작품이 제작되었다는 것을 증빙하고 말았다. 그때 생긴 피부병은 20년이 훌쩍 지난 1994년 심근경 색으로 서보가 쓰러졌을 때 벗은 몸을 진찰하던 의사의 눈에 띄어 스테로이드계 주사를 맞고 간신히 치료했다.

서보는 아쉬운 마음에 엑스포 벽화였던 〈허상〉을 다시 제작해 그해 『한국일보』 주최로 열린 제1회 한국미술대상전에 출품했다. 김환기의 〈어디서 무엇이 되어 다시 만나랴〉와 경합이 붙었고, 서보 4표, 김환기 7표로 스승이 대상을 수상했다.

서보는 동시다발적으로 다양한 작품을 했던 1960년대 후반기를 "헛발질하던 시기"라고 회고한다. 서양미술의 영향을 받지 않았다고 자부했지만, 그러지 않으려고 노력한 것일 뿐 자신도 모르게 서양미술 속에 깊이 빠져 있었던 때였다.

다시 서보는 '나는 누구인가?'를 물으며 계속 반성하고 고민했다. 그러는 중에 '승호 따라하기'가 손에 익기 시작했다. 여러 방식으로 시도하면서 보니, 그것이야말로 자신의 생체 에너지가 손의 움직임을 따라 그대로 물성으로 체화되는 가장 자기다운 회화였다. 서보는 나중에 자기 고백이자 '체험적인 작업'에 이우환의 제안을 따라 '묘법'이라는 타이틀을 붙였다. 새로운 그림을 그리는 방식이라는 의미였다.

서로 필요했던 사람, 이우환

—

일본 도쿄국립근대미술관 부관장이자 미술평론가인 혼마 마사요시本間正義가 친구 이세득을 통해 '한국현대회화전'을 기획했다. 20명의 작가(변종하 · 최영림 · 정창섭 · 전성우 · 하종현 · 김훈 · 김영주 · 권옥연 · 이세득 · 이순재 · 남관 · 곽인식 · 이우환 · 유영국 · 김종학 · 김상유 · 이성자 · 유강열 · 윤명로 · 박서보)가 선정되었고, 1968년 7월부터 한 달 반 동안 전시가 이루어졌다. 서보도 그곳에 '유전질' 작품을 출품했다.

오프닝 전날에야 일본에 도착한 서보는 호텔에 혼자 남아 있던 윤명로의 방으로 찾아가 이런저런 이야기를 하면서 일찍 온 일행을 기다렸다. 술에 취한 L 화백이 이세득과 함께 들어왔다. 경북 사투리가 강해 평소에도 어감이 센 L 화백은 서보에게 다짜고짜 이렇게 말했다.

"여기 국적 불명의 애새끼가 있는데 두들겨 패주라!"

L 화백이 강조하려던 것은 '어떤 사람'이었지만, 서보는 그의 명령조에 기분이 나빠져 대들고 말았다.

"내가 깡패입니까? 두들겨 패게?"

둘이 싸움이 붙었고, 윤명로와 이세득이 간신히 뜯어말려 수습이 된 뒤에야 서보는 도대체 이게 다 무슨 일인지 윤명로에게 이야기를 들었다. 그날 아침 참가 작가들이 모여 토론을 했고, 이우환이라는 재일 작가가 L 화백과 논쟁이 붙었다고 한다.

"왜 한국 작가들은 논리적인 사고를 안 합니까?"

서보는 그의 당돌한 태도를 듣고 흥미가 생겼다. 처음 듣는 이름인데,

일본에서 유학 중인 김종학의 제안으로 곽인식과 함께 참여한 사람이라고 귀띔을 받았다.

다음 날 이우환이 전시회 오프닝을 위해 일행이 묵는 호텔로 왔다. 작고 마른 몸에 유학생활이 궁핍한지 옷소매가 낡아 있었다. 서보는 홍대 강사로 나가면서 깡마른 자신이 싫어 명숙의 언니가 '살찌는 약'이라고 구해온 환을 먹고 부쩍 살이 찐 터였다. 당시에는 지금과 달리 두둑한 살집과 윤기를 성공의 상징이라고 보았다. 너무 급격한 몸의 변화에 놀라 두어 달 만에 복용을 중지했는데, 알고 보니 위험하게도 호르몬 분비를 촉진하는 스테로이드계 약이었다. 인위적으로 뚱뚱해진 서보는 몇 년 전 자신의 모습을 보는 것 같아서 괜히 우환에게 마음이 갔다.

그런데 막상 이야기를 나누어보니, 우환은 한국 작가들과 어법이 많이 달랐다. 서보보다 다섯 살이나 어렸지만 무척이나 비범하고 특이했다. 서보는 우환에게 어느 학교를 나왔냐고 물었다. 경남 함안 출신으로, 1956년 서울대 미대를 한 학기 다니다 친척이 있는 일본으로 밀항했다고 답했다. 7년 전 그는 철학 전공으로 니혼대학日本大學을 졸업했다.

서보와 대화가 잘 통했는지 우환은 매일 호텔에 와서 서보를 만나 일본을 안내해주었다. 서보는 우환이 사는 집을 구경할 기회가 있었다. 다다미 6쪽짜리 좁은 집에 세 들어 살면서 어렵게 작업을 하고 있었다. 작업할 마땅한 공간이 없었고, 추측건대 집 밖 솔밭에 캔버스를 기대어 놓고 전깃줄을 끌어와서 에어브러시로 작업을 한 것 같았다. 분무기 같은 간단한 군용 브러시를 쓰고 있었는데, 서보도 에어브러시를 써봤던 사람이기 때문에 그의 부실한 도구가 못내 안타까웠다. 우환이 쓰고 있는 것으로는 입자가 절대 균일할 수 없다.

한국현대회화전 자체는 서보에게 전혀 신선하지 않고 흥미롭지도 않았다. 하지만 우환을 만난 일은 그에게 아주 중요한 사건이었다. 서보는 일본에서 돌아오자마자 대단히 똑똑한 사람을 만났다며 명숙에게 흥분해서 말했다. 1969년 2월 11일자 『한국일보』 인터뷰에서 서보는 일본 도쿄를 다녀온 소감을 이렇게 말했다.

"제 자신이 시골에 너무 오래 있었다는 반성이 들었습니다. 이제부터 철저한 논리 탐구가 필요하고 새로운 것과 부단히 접촉해야겠다는 생각이 드네요."

우환은 1968년부터 1973년 사이에 일본 모노하物派의 발전과 함께 성장한 작가다. 2015년 베니스 비엔날레의 병행 전시로 개최된 국제갤러리의 단색화전 좌담회에서 일본의 모노하에 대해 이우환은 이렇게 설명했다.

모노하는 현대문명의 소비주의와 대량생산에 대한 비판과 함께 종래의 체제 순응적인 미술을 거부하면서 종합적으로 나타난 것이다. 단순히 그에 반대만 할 게 아니라 '우리가 할 수 있는 것은 무엇일까?' 하는 자기 자각으로 탄생한 예술 형태라고 할 수 있다. 모노하는 회화에서 출발한 게 아니고, 회화가 완전히 부정당한 시대에 '표현'이라는 것이 무엇인가에서 출발했다. 그랬기 때문에 '물질'이라는 것이 중요한 소재였고, 물질이 어떻게 전환되었을 때 '표현'으로 볼 수 있는가가 고찰할 문제였다. 저 바깥 철공소에 있는 물건은 그냥 작품이 되지 않는다. 그것을 화

서보를 처음 만난 그해 여름, 우환은 일본의 조각가 세키네 노부오關根神夫와 알게 되어 자신의 철학적 사상을 바탕으로 비평계에 발을 막 들여놓은 상태였다. 서보는 수덕사에서 깨달은 것을 행위로 옮겨 그 궤적을 화폭에 담고 있었지만, 여전히 안개 속을 더듬듯 답답한 기분에 싸여 있었다.

그런데 우환의 명석한 언어와 개념을 접하니 갑자기 서보는 자신의 노선에 불이 환히 들어오는 것 같았다. 작업과 자기만 일체되는 게 아니라, 자신의 작업과 시대정신이 합치되는 느낌을 받은 것이다. 사람과 자연, 주체와 객체 간의 상호작용에 대한 서보의 이후 생각은 우환과의 교류에서 다듬어진 것이라고 할 수 있다. 서보가 한지를 만나 묘법을 이어나가면서 체험한 것이 그 생각을 궁극엔 믿음으로 키워냈다.

하지만 이런 우환이지만, L 화백의 말에서도 알 수 있듯이 그는 한국과 일본 양편 어디에도 확실히 속하지 못하는 존재였다. 일본에서 아무리 중요한 역할을 하고 있어도 결국엔 '조센징'이라는 배척을 받았고, 한국에서는 활동 무대를 일본으로 잡았다고 해서 자꾸 '일본 사람'이라고 밀렸다. 첫 만남 직후 우환이 서보에게 보낸 편지를 보면 그의 곤란한 입장과 고민이 느껴진다.

이곳 역시 아무도 협력적이 아니기 때문에 무엇이든 제가 나서서 해나

갈 수밖에 없습니다.……제가 1등이 안 된 것은(일본의 미술잡지 『미술수첩』의 제6회 미술평론 공모 결과) 제 실력도 부족하오나 소위 일본 놈들이 말하는 조센징 운운하는 데서 그렇게 된 점이 많다는 것을 선생님도 상상하실 수 있을 것입니다.……다만 제가 하고 싶은 것은 역시 작가로서 활동하고 싶은 마음이니, 어찌 될지……. 한국 화단의 움직임이나 한국 현대회화사에 관하여 앞으로 많은 지도가 있기를 바랍니다.

(1969년 3월 8일자 이우환의 편지)

서보는 우환의 간절한 당부에 바로 반응했다. 재주 많은 우환을 안타깝게 여긴 서보는 한국 사회에 그가 발을 들여놓을 수 있도록 적극적으로 활로를 터주었다. 홍대에서 모노하 특강을 여러 차례 열어주었고, 1972년에는 명동화랑에서 개인전을 할 수 있게 도와주었다. 한국미술협회에서 국제부 위원으로 있던 동안에는 국제전마다 우환이 한국 대표로 나갈 수 있게 추천했다.

일찍이 일본 현대미술에서 중요한 사람으로 활동했음에도 똑같은 배척을 받던 곽인식도 우환과 함께 1969년 제10회 상파울루 비엔날레에 한국 대표로 나가게 힘썼다. 1970년 한국미술협회 부이사장이 된 뒤로는 다음 해 열린 제7회 파리 비엔날레에 한국 대표로 우환을 보냈고, 제8회 파리 비엔날레에는 그를 커미셔너로 활약하게 선정했다.

서보와 우환은 작가로서 사실 정반대에 서 있는 사람이었다. 우환은 개념 미술을 했고, 항상 차분하고 서늘한 미술 비평과 이론으로 두각을 나타냈다. 반면에 서보는 책상 대신 화실 바닥에서, 머리가 아닌 몸과 마

1972년 경복궁미술관에서 열린 제1회 앙데팡당전 개막식 날 테이프 커팅. 왼쪽부터 한국미술협회 부이사장 박서보, 파리 비엔날레 커미셔너 이우환, 한국미술협회 이사장 이마동, 문화공보부 예술국장, 국립현대미술관장.

음으로 화폭에 자기를 뜨겁게 던지는 작가였다. 둘의 작업 온도는 달랐고, 미술에 대한 접근도 애초부터 같지 않았다. 그렇지만 둘은 네트워크를 공유하며 현실적으로 서로를 도왔다. 한 사람은 지식과 논리로, 한 사람은 감성과 직관으로 부추기면서 정신적으로도 강하게 유대했다.

그러한 친밀감을 바탕으로 우환은 1968년 이후 서울에 올 때면 항상 서보를 찾아갔다. 서보가 장인의 집에 얹혀 살 때는 식사밖에 대접할 수 없었지만, 창전동 개천가로 이사한 뒤로는 우환이 서보의 집에서 묵었다. 근 11년 동안 우환은 서보의 집을 자신의 집처럼 방문했고, 명숙이 기억하는 우환은 늘 그녀 살림의 변천사와 함께 떠올려지는 사람이다.

개천에서 들키다

—

명숙의 친정 부모님은 신촌에서 집을 넓혀가면서 서보와 명숙을 불러 같이 살자고 했다. 1969년 겨울, 명숙은 정들었던 첫 집을 팔고 아이 셋을 데리고 친정집 건넛방으로 들어갔다. 지금의 신촌 성결교회 옆에 공간을 빌려 미술연구소도 다시 운영했다. 곧이어 이마동 교수가 학생들의 요청을 받아 서보를 다시 홍대로 불렀고, 1970년 5월 서보는 미술학부 부교수로 승진하면서 다시 홍대에 입성했다.

'금성출판사'에서 교과서 제작 의뢰가 들어와 착수금을 주는 바람에 명숙은 그동안 저축한 돈을 모두 합쳐 1971년 창전동 개천가에 가옥을 샀다. 주소지가 등록된 첫 번째 주택이다.

집 맞은편 건물 2층도 임대해서 서보의 작업실도 옮겼다. 언제나 그렇듯 이사는 명숙의 몫이어서 리어카에 석고와 이젤을 싣고 혼자 열심히 날랐다. 건물주가 여자 혼자 이사한다고 업신여겼는지 보증금을 안 주고 약을 올려서 길바닥에 앉아 엉엉 울기도 했다. 하지만 아이 셋을 낳고 본적지가 생긴 명숙은 더는 20대의 어린 처녀가 아니다. 벌써 그녀 나이 33세, 주부 13년차의 노련함을 무장하고 있다.

그 시절 신촌에는 서강대교로 뚫린 지금의 서강로를 따라 하천이 흘렀다. 홍대 뒤로 와우산이 내려와 개천을 바라보는 자리에 허름한 집들이 이어져 있었고, 그중 하나가 명숙과 서보의 집이었다. 마당에는 4인용 그네가 있고, 장독대가 제법 컸다. 수돗가에는 커다란 시멘트 탱크가 있어 아이들이 그곳에서 자석으로 낚시 놀이를 했다. 개천을 내려다보는

◀1971년 창전동 개천가 집에서 엄마를 돕는 승숙(4세).
▶1971년 마루 입구에 앉은 승호, 승조, 승숙.

담벼락에는 해바라기가 심어져 있어 씨를 까먹는 재미도 있었다.

신촌시장은 가깝고 서보의 작업실은 개천만 건너면 코앞이라서 부부 모두 동선이 짧아졌다. 명숙은 친정아버지의 도움을 받아 대문 아래에 발을 집어넣어 툭 치면 문이 열리는, 나름 자동 시스템도 장착했다. 한 손에는 네 살배기 딸의 손을 쥐고 한 손에는 무거운 시장바구니를 들고 그렇게 자동문을 열고 집으로 들어왔다.

딱 한 가지 이 집의 흠이라면 개천에서 악취가 나는 것이었다. 무더운 여름이면 더 심했고, 폭우에는 작은 나무다리가 끊겨 통행에 어려움을 주었다. 낮은 담으로 넘어 보이는 개천 아래에는 종종 개를 멍석에 말아 몽둥이로 때려서 나무에 걸어놓고 불을 지펴 개고기를 구워 먹는 남자들이 있었다. 서보의 집은 아무나 훌쩍 넘어 들어올 수 있게 담이 낮았고, 좀도둑도 많던 때라서 각 방 창에는 쇠창살을 달았다. 현관문 대신이

기도 했던 마루의 다다미 유리창에는 '자바라'를 쳐서 자물쇠를 잠그고 살았다.

개천가로 이사한 지 얼마 되지 않은 어느 여름날, 서보는 설사병이 났다. 작업실에서 그림을 그리다 말고 복도 밖 화장실로 연신 뛰어다니느라 문을 잠그는 것을 잊었다. 평소 새로운 변화를 가질 때면 서보는 해오던 작업과 새로 시도하는 작업을 3~5년 정도 겹치게 작업하는 습관이 있다. 어떤 작업이든 발표 전까지는 남에게 작품을 공개하는 법이 없다.

몸과 마음이 따로 놀지 않고 재료와 삼위일체되어 절로 작업이 되는 느낌이 들 때까지 죽어라 작업만 하고, 어느 순간 모든 게 무르익었다는 느낌이 들면 '이제 되었다'며 사람들에게 잘 선별된 작품만 골라 보여준다. 그런 서보의 습관을 잘 아는 창열은 "서보는 어떤 종류의 그림을 그리든 완성도가 높다. 어정쩡한 그림은 내놓는 법이 없다"고 말했다. 그래서 늘 작업실 문을 잠가놓고 작업했는데, 그날 따라 200호와 500호 대작을 하고 있는 중에 화장실을 들락거리게 된 것이다.

예정된 시간보다 일찍 서울에 온 우환은 새로 이사한 작업실로 서보를 찾아왔다. 문이 열려 있자 조심스럽게 안으로 들어갔다. 대작이 펼쳐져 있었다. 뒤늦게 바지춤을 올리며 뛰어온 서보를 뒤돌아보면서 우환이 물었다.

"선생님, 그동안 놀라운 발견을 하셨군요?"

우환은 서보가 20호나 30호에 연필 긋기를 시도하던 것을 알고 있었다. 당시에는 선을 채워넣는 식이었고 그것도 충분히 흥미로웠기 때문에 그 작업에 자신 없어 하는 서보에게 계속해보라고 격려도 한 터였다.

1970년 한국미술대상전 이후 서보는 이전 작업들은 손을 놓고 있었다. 그런데 이제 보니 서보가 그사이에 선긋기를 선 지우기로 바꿔놓았다.

"왜 그동안 말씀을 안 하셨습니까?"

"아직 확신이 없어서⋯⋯."

"아니에요. 너무 좋습니다. 이거 일본에서 먼저 전시하도록 하세요. 국내에서는 가치를 알아보는 사람들이 없을 겁니다. 제가 도쿄 무라마쓰화랑에 말해둘게요. 당장 내년에 발표를 하시죠?"

무라마쓰화랑村松畵廊은 유력한 평론가들이 전시를 보러 자주 들르는 곳으로, 도쿄화랑東京畵廊으로 진출하기 전 작가들이 으레 거쳐가는 곳이라고 알려져 있었다. 대관료를 내고 장소를 빌려도 무라마쓰화랑 정도면 내년 전시 일정이 다 잡혀 있을 텐데, 다른 사람을 제치고 그 사이에 끼어들기는 싫었다. 게다가 서보는 조금 더 시간이 필요했다. 아직 완전한 확신이 없었다. 그래서 우환에게 1973년쯤 하는 것으로 계획을 세워보겠다고 말했다.

서보가 묘법과 씨름하던 사이, 우환은 1971년 제7회 파리 비엔날레에 출품할 입체 작품 때문에 고민하고 있었다. 두꺼운 유리를 돌로 깨서 유리 파편 위에 그 돌을 올려두는 작품이었는데, 프랑스에서 직접 돌을 구해야 해서 서보가 창열에게 급히 편지를 보냈다. 당시 창열은 집안의 반대를 무릅쓰고 집을 나와 사랑 때문에 고생길을 자처한 마르틴과 동거하면서 마구간 작업실에서 한창 물방울을 탄생시키고 있던 참이었다.

바쁜 와중이었지만 창열은 서보의 편지에 놀라 한걸음에 우환을 보러고 달려왔다. 한 번도 누구를 칭찬해본 적이 없던 서보가 도대체 누구를

교토국립근대미술관에서 1969년에 발표하고 1971년 파리 비엔날레에서 재연한 이우환 작품, 〈현상과
지각A 개제 관계항現象と知覺A 改題 關係項〉, 1969.

보고 그러는지 궁금했다. 창열은 탈탈거리는 낡은 자동차로 사방팔방
돌아다니며 그를 위해 자연석을 찾아 돌아다녔다. 마땅한 돌이 없어 결
국 서로 망을 봐주며 공원에서 몰래 돌을 훔쳐 작품을 완성시켰다. 그때
의 인연으로 우환은 프랑스에 갈 때마다 창열과 만나 교류했고, 1972년
부터 물방울 그림으로 파리에서 본격 데뷔한 창열의 성공 과정을 서보
대신 목격한 사람이 되었다.

　서보와 우환은 이제 작업실에서도 함께 작업을 하기 시작했다. 우환
은 1972년 8월 명동화랑에서 개인전을 할 때 캔버스 위에 전구를 끼우고

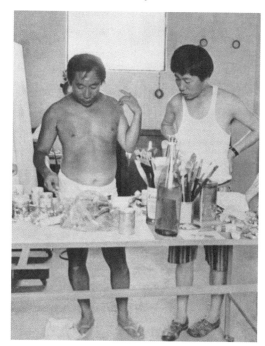

1972년 8월, 창전동 개천가 맞은편 2층 작업실에서 이우환의 서울 개인전을 준비 중인 서보와 우환.

에어브러시로 회색 그림자의 농도를 점차 빼 불이 들어온 것처럼 보이게 작품을 제작했다. 우환이 에어브러시에 익숙하지 않자 허상 시리즈로 단련된 서보가 대신 스프레이 작업을 도와주었다. 자기와 관련된 중요한 것들을 시시콜콜 기록하는 서보의 일기장에는 우환과 함께한 작업 기록이 쓰여 있다. 성역 같던 자신의 작업실에 서보가 우환을 들이고 작업을 함께했다는 것만 보아도 우환이 얼마나 중요한 사람인지 보여준다.

1973년 서보는 묘법의 첫 개인전을 무라마쓰화랑에서 열었다. 홍대에

〈묘법 No.55-73〉, 캔버스에 흰색 물감과 연필, 195.4×290.5cm, 1973.

서는 교수가 학기 중에 해외에 나가지 못하게 막아서 성적을 다 내놓고 오느라 전시를 6월 우기로 잡았다. 화랑을 찾는 사람들이 적은 비수기였으나 어쩔 수 없었다. 우환이 일본 화랑들에 서보를 적극적으로 소개해준 덕에 눈도장을 찍은 도쿄화랑의 야마모토 다카시山本孝가 화랑에 와서 직접 작품 거는 일을 도와주었다. 무라마쓰화랑의 사장 가와시마 료코川島良子도 방 하나 값에 두 개의 공간을 쓸 수 있게 선심을 써주었다.

전시장에 작품을 걸고 시간이 남은 서보는 골목 뒤에 있는 화방을 찾았다. 한국과는 비교도 할 수 없는 다양한 미술 재료에 눈이 휘둥그레져 신나게 구경하는데, 문득 8B와 9B 연필이 보였다. 서보는 그때까지 4B

1975년 명동화랑에서 열린 묘법 개인전. 왼쪽에 신영철과 오른쪽에 명숙.

가 세상에서 가장 진한 연필인 줄 알고 있었다. 깜짝 놀라 냉큼 그 연필 들을 집어온 서보는 곧장 3미터짜리에 작업을 해보았다. 그렇게 힘차고 진한 연필은 처음 보았다. 서보는 완전히 흥분해 작업했고 결과에도 굉장히 만족했다. 다시 같은 해, 그 작품들을 포함해 명동화랑에서 묘법을 선보였다.

그런데 서보의 귀국전을 보러온 우환이 그 작품들을 보더니 "너무 까맣네요" 했다. 도쿄화랑의 야마모토 다카시도 수긍하듯 고개를 끄덕였다. 풀 죽은 서보는 잔뜩 사온 연필을 어쩌나 생각했다. 평소에는 연필심을 45도 각도로 잘라 썼지만 너무 까맣게 되지 않도록 연필심을 뾰족하게 갈아 다시 한번 작업을 해보았다. 연필이 뾰족해지니 쥐는 것부터 달랐다. 연필이 캔버스 천 속으로 막 파고들어 더 까맣거나 덜 까만 부분이 생겼고, 그 바람에 전체적으로 연필선에 변화의 폭이 커졌다. 그것을 본 사람들의 반응이 또 신통치 않았다.

서보는 우환과 야마모토 다카시가 관심을 보이지 않은 8B와 9B 작품들을 비닐로 꽁꽁 싸서 "다시는 햇빛을 못 볼 줄 알라"며 오랜 세월 구석에 처박아 놓았다. 그런데 먼 훗날 이 작품을 아트 인스티튜트 오브 시카고Art Institute of Chicago 미술관에서 연필선의 느낌이 더 직감적이라 좋다며 사갔다. 블룸 앤드 포Blum & Poe 화랑에서도 이 작품에 관심을 보였다. 국제갤러리에서 '단색화전'을 할 때도 이때의 그림들을 내보이니 솔로몬 구겐하임Solomon Guggenheim 관장이며 다른 스태프들도 이 그림들이 좋다고 사갔다. 2015년 이후의 이야기다.

자고로 예부터 예술 작품은 적당한 익숙함과 적절한 낯섦 사이에서 늘 새롭게 평가되고 받아들여져왔다. 묘법을 한창 그리던 1970년대에는 그것이 어떻게 현대미술계에서 받아들여질지 자신이 없었기 때문에 서보는 자꾸 남의 말에 휘둘렸고, 우환과 야마모토 다카시의 의견에는 더욱더 그럴 수밖에 없었다.

모순 속 총화단결
—

서보와 우환이 긴밀하게 유대를 다지는 중, 명숙은 개천의 썩은 냄새에서 벗어날 궁리를 다시 하기 시작했갈. 홍대와 가까운 합정동 정원 넓은 2층 벽돌집이 매물로 나왔다. 박정희 정부의 '새마을운동' 일환으로 농촌에 현대식 주택이 도입될 때, 도심에는 '불란서 주택'이라고 부른 집이 많이 지어졌다. 중국집 짜장면이 그러하듯, 막상 프랑스에 가면 존재하지 않는 정체불명의 우리 양식이다. 나중에는 전후 가난에서 벗어나려고 발버둥 치던 도시 중산층 사람들이 잔뜩 겉멋을 부려 지은 집이라고 비난을 받았고, 똑같은 모델로 쉽게 따라 지은 '집장수 집'이라고 폄하도 되었다.

하지만 당시에는 보기 드문 신식 집이어서 명숙은 퇴근한 서보를 데리고 함께 집 구경을 갔다. 복덕방 아저씨의 입담에 홀리기도 했지만, 거실 한가운데 현란하게 반짝이는 샹들리에에 홀랑 빠져 덥석 그 집을 계약해 버렸다. 당시 '일조각'에서 준 교과서 대금이 꽤 되어 개천가 집을 판 돈에 저축한 돈을 합쳐 구입했다.

물론 낮에 가서 다시 보니 샹들리에는 밤에 본 것과 달리 조잡했다. 그래도 '미니 2층집'이라고 불린 그 집은 다양하게 활용할 공간이 많았다. 1층 주차장은 작업실로 쓸 만했고, 그 옆에 붙은 방은 작품 소장고로 사용하기 좋았다. 그동안 전전하고 다닌 달동네 집이나 연탄가루 날리는 철길 옆방, 시궁창 썩는 냄새가 진동하던 개천가 집과는 비교도 할 수 없는 대궐이었다. 절두산 성지로 가는 대로변에 반듯이 세워진 그 집 주변으로는 온통 으리으리한 집들뿐이었다.

1974년 3월 말, 합정동으로 이사갈 준비를 하고 있던 와중에 우환은 개천가 서보네 서재에 묵고 있었다. 저녁 밥상을 치우고 평소보다 일찍 불을 끄고 모두 자리에 누웠다. 그런데 갑자기 기르던 개가 컹컹 짖었다. 마루문을 열고 자바라를 흔드는 소리에 깜짝 놀란 서보가 나가 보니, 중앙정보부에서 왔다며 웬 남자들이 문을 열라고 소리쳤다. 서둘러 자바라를 열자 시커먼 양복을 입은 남자 3명이 신발을 신은 채 마루로 성큼 올라섰다.

"당신이 박서보요? 이우환은 어디 있소?"

주섬주섬 옷을 입으며 일어나는 우환의 멱살을 잡아끌고 그의 가방까지 전부 압수해 밖에 세워둔 차에 태웠다. 서보도 끌려갔다. 남자들은 우환과 서보의 뒤통수를 우악스럽게 손으로 눌러 고개를 들지 못하게 처박고는 다짜고짜 차를 출발시켰다. 순식간에 일어난 일이라서 명숙은 너무 놀라 말리지도 못했다. 뒤늦게 아는 사람들에게 전화를 돌리는 명숙 옆에서 영문도 모른 채 겁에 질린 아이들이 빽빽 울어댔다.

그날 밤 중앙정보부 6국 지하로 연행된 서보와 우환은 각각 다른 방으로 끌려갔다. 담당자가 테이블 맞은편에서 심문을 시작했다. 끝 방에서 누구의 소리인지 모를 비명 소리가 새어나왔다.

'여기가 바로 그 유명한 남산인가?'

서보는 오만 가지 생각이 들어 머리가 복잡했다. 안 그래도 이마동 교수는 서보가 신문에 기고한 글들을 보고 지금이 어느 때인데 그런 글을 쓰냐며 말 좀 가려 하라고 조심시켰다. 올 것이 왔구나 생각했다.

작년에 '문화예술상'을 두고 벌어진 해프닝 때문에 너무 화가 난 서보는 대통령, 국무총리, 감사원장, 국회의장, 중앙정보부장, 문화공보부 장관 할 것 없이 모두에게 진정서를 낸 일이 있다.

'혹시 그것 때문인가?

평소 서보를 미워하던 권력자 한 사람이 신청 마감이 다 끝났는데 뒤늦게 남관을 추천해서 서보와 같이 투표를 받게 되었다. 계속 엎치락뒤치락하면서 결정이 나지 않자 문화공보부의 심사위원들이 예술원으로 넘겨 다시 투표를 받게 만들었다. 예술원에서 서보에게 한 표가 더 나오니 과반수를 받지 못했다면서 그냥 둘 다 무효 처리를 해버렸다. 서보는 문화공보부에서 이미 내정해둔 사람이 있다는 이야기를 들었다.

서보는 대통령이 늘 총화단결하라고 부르짖는 와중에 공무원들은 법에도 없는 짓을 하며 도리어 총화를 해치고 있는 것이 아니냐는 긴 항변의 글을 써서 여기저기 뿌렸다. 나중에 그 건으로 중앙정보부 과장이 보자고 연락이 왔다. 따로 남산 근처에서 만났을 때, 그는 사건 냄새를 맡고 전화한 신문사 기자들에게 서보가 진정서를 낸 적이 없다고 시치미를 딱 뗀 것까지 알고 있었다.

"글도 잘 쓰시고, 싸움도 좀 할 줄 아시네요?"

그때는 그렇게 빙글빙글 웃고 말더니, 왜 이제 와 한밤중에 이러는 것일까 하고 서보는 생각했다.

안 그래도 겁먹고 있는데 심문을 담당한 계장이 서보에게 무시무시한 말을 내뱉기 시작했다. 그들은 일주일 넘게 서보의 집 근처에서 명숙이 자동문을 열고 집 안으로 들고 나는 것을 지켜보고 있었다. 서보가 출근을 서두르며 안경을 쓰고 신발을 신는 것까지 보고 있었다.

"눈이 나쁘신가 보더라고요?"

"색안경입니다."

"그래요? 그런데 부인께서는 어떻게 알고 언론인 조경희 씨한테 전화를 했을까요?"

도청 장치가 되어 있는지 명숙이 그날 밤 도움을 청할 곳을 찾아 여기저기 전화를 건 사람들과 통화 내용까지 속속들이 알고 있었다. 서보는 이들이 처자식에게 무슨 짓을 할지 몰라 더럭 겁이 났다.

비명과 울음이 복도를 울리며 점점 커졌다. 이제 자기도 얻어맞을 차례구나 싶어 두 눈을 꼭 감았다. 그런데 담당자가 언성이 높아진다 싶으면 책상 위의 전화가 울리고, 또 따져 물으며 손이라도 들면 전화가 또 와서 계장을 방해했다.

"고위층에 아는 사람 있습니까?"

중앙정보부와 관련 있는 학부형 중 한 명이 급히 떠올라서 서보는 얼른 그 이름을 대보았다.

"그 사람은 그만둔 지 이미 오래되었고……. 여기, 진술서를 쓰시오."

계장이 책상에 턱 올려놓은 종이에 서보는 자신의 이력, 학력, 성장 과정, 외국 여행 경력, 우환을 처음 만난 경위, 이후 외국과 국내에서 둘이 언제 어디서 만났는지 등을 시키는 대로 자세히 썼다. 계장에게 들으니, 우환이 과거 일본에서 단짝 친구와 '재일본조선인총연합회'에 들어가 그림을 그리고 글을 쓰는 아르바이트를 한 적이 있는데, 그 친구가 북한으로 넘어가는 바람에 의심을 받는 것 같았다.

진술서를 다 끝내자 계장은 서보를 풀어주었다. 그제야 지프차 안에서 정신이 든 서보는 우환이 개인적으로 야당에 대해 정치적 비평을 했던 말을 두서없이 떠올리며 열심히 그를 변호해주었다. 집 앞에서 내려주겠다는 것을 혹시라도 홍대 학생이 볼까봐 신촌 못 미처 내려 집까지 걸어왔다. 벌써 새벽 동이 떠오르고 있었다. 다리에 힘이 풀린 서보는 비틀비틀 집 대문을 간신히 넘어 곧장 방으로 들어와 뻗어 잤다.

우환이 아직 돌아오지 못한 사이, 서보와 명숙은 일단 예정대로 합정 동으로 이사했다. 그런데 이삿짐을 나르는 일꾼들이 자꾸 부부를 보며 이상한 미소를 지었다.

"저를 못 알아보시겠어요?"

잘 보니 서보가 남산에서 본 사람들이었다. 그들은 아직도 서보의 동태를 살피고 있었다.

"책이 많으시네요?"

서보가 읽는 서적까지 하나하나 살피는 그들을 보고 서보는 소름이 끼쳤다.

벌써 일주일이 지났다. 우환은 심한 고문과 폭행으로 이러다 내가 죽겠구나 생각했다. 그 순간 남산에서 풀려났다. 떠나기 전 중앙정보부 사람이 여러 장에 빼곡히 볼펜을 꾹꾹 눌러쓴 달필의 편지를 보여주었다. 서울에서 우환의 행적을 일일이 해명하며 우환이 세계적으로 얼마나 중요한 예술가이며 한국에 없어서는 안 될 사람인지 구구절절 호소하는 서보의 탄원서였다.

세상에 자기편이 있다는 벅찬 감정을 안고 우환은 서보의 새집으로 왔다. 복잡한 생각들을 정리하며 서보의 집에서 며칠 동안 명숙의 도움을 받아 몸조리를 했다. 서보와 우환 둘 다 남산에서 있었던 일에 대해 입을 다문다는 각서를 쓰고 나왔기 때문에 어디에도 하소연을 하지 못했다.

얼마나 무서웠냐, 아팠냐, 가혹했냐 서로 묻지도 못했고, 위로도 해줄 수 없었다.

1974년 서보는 프랑스로 가서 9년 만에 창열을 다시 만났다. 창열이 서보가 남산에 끌려간 사실을 알고 있어 깜짝 놀라 물으니, 중앙정보부의 중수부장으로 있던 창열의 사촌이 서보를 알아보고 심문실에 계속 전화를 걸어 해명을 해주었다고 했다. 행여 손찌검이라도 받을까봐 계속해서 전화를 걸어 막아준 것이었다. 서보는 너무 고마워 눈물이 핑 돌았다.

이응노도 프랑스에 살 때 월북한 아들을 보러 북한을 방문한 적이 있다. 전처와의 사이에 자식이 없어 흔히 그랬듯 형제의 아들을 양자로 들였고 끔찍이 아끼며 키웠다. 그런데 똑똑해 자랑이던 그 아들이 그만 6·25전쟁 중에 월북해버렸다. 상심이 컸던 응노는 늘 아들을 그리워했고, 마침 북한에서 아들을 내세워 응노를 초청하자, 얼굴 한 번 보려고 감히 북한 땅을 밟았다. 동베를린에서 출발해 북한을 경유해갔다는 것이 여권에 안 찍히도록 북한 측에서 잘 처리해주었는데 그 정보를 파악하고 있던 미국이 한국 정부에 그 사실을 알렸고, 1967년 귀국 길에 응노는 동베를린에서 중앙정보부 요원들에게 잡혀 한국으로 끌려왔다.

당시 중앙정보부는 독일과 프랑스로 건너간 194명의 유학생과 교민이 동베를린의 북한 대사관을 통해 간첩 활동을 했노라고 주장했다. 일명 '동베를린 사건' 혹은 '동백림東伯林 사건'이라고 불린 그 일로 응노는 고문을 받았다. 순식간에 죄수 취급을 받은 스승이 감옥에서 밥알을 붙여 조각을 하며 버틴다는 소식을 듣고 서보는 한걸음에 달려가 보려고 했지만, 휘말리면 똑같은 처지가 된다고 주변에서 하도 뜯어말려서 가보지도 못했다. 나중에 응노는 석방되어 프랑스로 돌아갔고, 그때의 고문으로 몸이 많이 상했다고 했다.

서보의 친구 하인두도 간첩인 줄 모르고 형의 친구 한 명과 가깝게 지냈다가 간첩방조죄로 걸려 검찰에 송치되어 재판까지 받았다. 1948년 이승만 때 이미 정부는 국가보안법을 제정해서 반동 단체와 사상 불순자들을 족족 잡아 처단했다. 일제가 한국 독립운동가를 처벌하고 감시하기 위해 만든 치안유지법을 그대로 모방한 것이었다.

박정희는 한 술 더 떠 정권을 잡자마자 '군사혁명위원회'를 설치했고, 1961년 6월 산하기관으로 중앙정보부를 발족했다. 다음 해에는 중앙정보부를 정부의 직속기관으로 만들어 수사 업무와 경찰·검찰을 지휘하는 업무를 담당시켰다. 중앙정보부는 점진적으로 대공과 정보 수집으로 영역을 확장했고, 서보와 우환을 잡아갔던 때에는 이미 무시무시한 힘을 발휘하고 있었다. 일본으로 돌아간 뒤 우환은 여전히 말을 아끼며 편지를 보냈다.

집에 돌아와 저의 작품 앞에 조용히 눈을 감고 생각해도 제가 왜 죄인 취급을 받았는지 마냥 눈물이 가셔지질 않았습니다. 우리나라나 제가 놓인 환경에 조금 더 신경을 쓰지 못한 것은 대한의 아들로서 부끄러웠던 것이 사실이고, 그런 의미에서 이번의 경험은 저로 하여금 많은 것을 깨닫게는 하였으나, 어쩌자고 저 같은 사람을 그런 식으로밖에는 봐주지 않는지 딱하고 서글픈 마음 그지없습니다. 물론 그렇다고 조금도 우리

정부를 탓하고 싶지는 않아요. 좀더 저로 하여금 화가로서 국제적으로 크게 활약하도록 말 한마디라도 따뜻이 건네주었으면 하는 아쉬움에서 섭섭했다는 얘기이지요. 어쨌든, 앞으로는 더욱 대한민국의 예술가다운 긍지에서 좋은 작품 많이 발표하며 조금이라도 우리 미술계에 플러스가 되도록 힘쓰겠습니다. 박 선생님, 무엇이든 저의 부족한 점을 깨닫게 해주시고 늘 채찍질해주시기 바랍니다.

(1974년 4월 10일자 이우환의 편지)

가난한 화가의 아내로 살기 위해 명숙은 계속해서 알뜰살뜰 돈을 아끼며 저축했다. 소비 억제와 저축을 강조하던 박정희 정부의 정책과 명숙의 생활 태도가 서로 이가 잘 맞아서 명숙은 점진적으로 살림을 불려갈 수 있었다. 서보는 결혼 초부터 월급을 봉투째 명숙에게 건네고 용돈을 받아썼다. 1974년 당시 서보의 용돈은 하루 1,000원이었다(당시 차관급 평균 용돈이 하루 2,000원, 의원들은 하루 1만 원이 평균치였던 것으로 볼 때, 서보의 용돈이 많은 것은 아니다).[43]

합정동에서 12년 동안 서보는 1층 주차장과 학교 연구실을 작업실로 쓰며 왕성하게 작업했다. 이때부터는 화실 운영이 홍대 교칙에서 금지되었다. 전시에서 작품이 팔리지는 않았지만, 그래도 월급이 따박따박 들어오고 이런저런 기타 수입들도 있어서 부부의 생활은 전보다 훨씬 여유가 있었다. 하지만 집이 커진 죄로 명숙은 서보의 손님들을 끊임없이 접대해야 했다.

술을 좋아한 서보는 거나하게 취해 친구들을 끌고 집으로 들이닥칠 때가 많았다. 군소리 없이 손님 접대를 치렀지만, 안주인의 소리 없는 아우성은 문 앞에 세워둔 말없는 빗자루로 표현되었다. 빗자루를 문 앞에 세워두면 손님이 나간다는 속설 때문에, 명숙이 행여 까먹으면 딸이 빗자루를 대신 내놓았다.

상황이 그렇다 보니 명숙은 의도치 않게 서보의 친구들의 자잘한 버릇과 기질에 대해 알게 되었다. 물론 그중 우환이 명숙에게는 가장 흥미롭고 어려운 손님이었다. 우환의 인상적인 습관은 그의 식사 매너라고 할 수 있다. 명숙이 검소한 예산으로 손님을 위해 차려놓은 상에 우환은 허리를 꼿꼿이 세우고 양반다리를 하고 앉아 단정하고 깨끗한 태도로 음식을 신중히 씹고 삼켰다. 명숙이 특별히 마음먹고 장만해 굴비를 구워내면, 살점 하나 없이 깨끗이 발라먹고 생선 대가리와 가시를 접시 위에 그림처럼 가지런히 놓았다. 삼계탕을 끓여내면 역시나 깨끗이 발린 닭뼈만 대접 위에 소복이 쌓였다. 때때로 우환은 공손한 말투로 그녀에게 음식 조리법을 물었고, 어떤 특별한 향료와 양념을 썼는지 물은 뒤에 이해했다는 듯 뒷맛을 음미했다.

우환은 1975년 서울 전시를 앞두고 서보의 집에서 몇 차례 작품을 준비한 적이 있다. 명숙은 전쟁터를 방불케 하는 서보의 작업 과정만 보다가 우환의 작업 방식을 보고 몹시 신기하게 여겼다. 우환이 작업을 하려면 일단 온돌방 바닥에 온기가 미지근해야 한다. 바닥에 캔버스를 펼치고 줄자로 꼼꼼히 마름질을 하고 표시를 남긴다. 접시에 안료와 납작한 붓이 준비되면 일단 준비 완료다. 안료로 쓰는 석채石彩는 고가의 동양화 재료라 조심스럽게 다룬다. 작업에 들어가기 전 우환은 숨을 고르고, 잠시 정적이 감돈다. 일단 시작하면 그는 망설임 없이 처음부터 끝까지 고르게 점을 찍어 나간다.

명숙은 우환의 작업 과정이나 식사 모습이 하나의 경건한 의식을 보는 듯했다고 회고한다. 명숙은 우환이 쓴 책도 즐겨 읽었다. 우환은 음식을 고르는 그의 스타일대로 단어도 신중하고 까다롭게 골라 썼다. 그가 빨래를 내놓을 때는 이부자리 한옆에 냅킨 접듯 가지런히 속옷을 접어두었다.

하지만 사람은 역할과 입장에 따라 전혀 다른 모습도 갖고 있다. 1976년 여름방학을 이용해 우환은 아내와 두 딸을 데리고 서울 나들이를 나왔

1976년 여름방학 때 합정동 집에 와 묵으면서 같이 그림을 그리고 노는 우환의 딸 미나, 수나와 서보의 딸 승숙.

이우환, 〈Dialogue〉, 2009.

다. 당연히 서보의 환영을 받았고, 명숙은 우환의 가족을 위해 제 집 안 방을 내주었다. 그런데 여러 날 함께 지내다 보니 가장과 아버지로서 우환은 개인 손님으로 보았을 때와는 또 다르게 엄격하고 권위적이었다. 일본 문화를 잘 몰라 명숙이 이해 못한 것도 있지만, 우환의 부인은 남편에 대한 절대적인 존경심을 갖고 있었다. 어린 두 딸 역시 당시 초등학교 2학년이던 서보의 딸과 같은 또래였지만 태도가 반듯하고 예의 바르며 조용했다.

자유분방하게 키워져 아무 때나 노래하고 춤추며 까부는 딸 승숙을 우환의 두 딸은 신기하게 쳐다보았다. 하지만 아이들은 금방 동화되어 집에 갈 즈음에는 다 같이 꺅꺅 소리를 지르며 신나게 놀았다. 합정동 집 마당에는 물장구를 치고 놀 정도의 작은 연못이 있었는데, 그 여름 우환의 두 딸은 서보의 세 아이들과 반라로 그렇게 뛰어다녔다.

서로 교감하는 데 문제는 없었지만, 그래도 두 집의 아이들 사이에는 언어적 장벽이 있었다. 우환과 서보도 서로 속해 있는 사회가 다르고 문화가 달라서, 가까웠지만 또 미처 생각지 못한 거리가 존재했다. 원하고 서로 기원해주었던 만큼 각자 제 자리에 우뚝 서게 된 뒤, 도리어 두 사람은 서먹해졌다. 제3공화국에서 제4공화국으로 정권이 바뀐 때이니 그럴 만도 했을까?

시그니처를 작성하다

—

1975년 서보는 도쿄화랑에서 열린 '한국 5인의 작가, 5가지 흰색전'에 권영우, 서승원, 이동엽, 허황과 함께 작품을 출품했다. 훗날 이 전시는 '단색화'라는 이름으로 해외에 이름을 알리게 된 한국 화가들의 첫 해외 소개로 미술사에서 중요한 의미를 갖게 된다.

이 전시를 준비하면서 야마모토 다카시는 사석에서 서보에게 이런 말을 한 적이 있다. 조선총독부에서 조선인의 생활에 대해 조사 연구한 비공개 문건을 어떤 경로로 읽게 되었는데, 조선의 시골 아낙들이 흰색에 대해 아주 특이하고도 낯선 반응을 하더란다.

우리나라에서는 아궁이 재를 물에 걸러 받아 그 물에 몇 번씩 광목을 삶았다. 강물에 그것을 헹구고 삶고, 돌로 두들겨 빨고, 또 삶고를 반복했다. 지금과 같이 표백제도 없고 때가 깨끗이 빠지지도 않던 때였으니, 광목 본래의 누런색이 남은 희끄무레한 색에 만족하며 어느 순간 빨래를 멈추었다. 그런 생활에 익숙한 탓인지 한국 사람들은 백자를 만들 때 일본처럼 새하얗게 만들지 않고 일부러 유백색을 냈다. 다양한 흰색 중 순백색이 아닌 중간 어딘가의 흰색에 한국인의 정서가 녹아 있는 것 같다는 게 야마모토 다카시의 생각이었다. 서보가 색과 관련해서 '풍토성'에 대해 더 예민하게 생각하게 된 계기다.

그 전시에 출품했던 서보의 묘법 4점이 모두 판매되었다. 야마모토 다카시는 1년 반만 지나면 서보가 세계적인 작가의 반열에 오를 것 같다며 뉴욕으로 가서 작업할 것을 권했다. 하지만 서보는 영어 울렁증이 있었

43년 만에 일본 도쿄에서 재연된 '한국 5인의 작가, 5가지 흰색전'. ●

다. 영미권 세계에 대한 이상한 두려움도 있었다.

제2차 세계대전이 한창일 때 미군의 맹폭을 받은 일본군이 떠들고 다
닌 소리 때문일 것이다. "미군이 승리해서 한국을 점령하면 너희들은 다
죽는다. 너희들 뼈를 가지고 목걸이와 팔찌를 만들고 피리를 만든다."
어려서 들었던 그 소리가 머리에 깊이 각인되어 그런지 서보는 미국이
괜히 무섭고 꺼려졌다. 신토불이를 주장하는 것만은 아니었지만 내 나
라 내 땅에 뿌리박고 싶다는 생각도 강했다. 그래서 서보는 그의 제안을

● 일본 도쿄화랑의 야마모토 다카시가 사망한 후 둘째 아들 다바타 유키히토田畑幸人가 그의 '도쿄화랑
+BTAP'에서 아버지의 전시를 추억하며 2018년 3월 10일부터 4월 28일까지 다시 그 전시를 재연했
다. 서보도 그 전시에 동참했다.

따르지 않았다.

1970년대에 서보는 엄청나게 작업했고 많은 전시에 출품했다. 서보의 작업은 노동에 가까웠다. 캔버스를 만드는 것부터 힘이 들었는데, 묘법 작업은 바닥에 놓고 하는 데다 계속 선을 긋는 일이기 때문에 바짝 조여서 탱탱하게 만들지 않으면 프레임에 연필이 걸렸다. 그래서 화방에서 파는 것을 그냥 갖다 쓸 수 없어 일일이 나무틀부터 만들어 캔버스를 제작해야 했다. 돈이 있으면 일본에서 뒤틀리지 않게 잘 쪄서 나오는 가구용 향나무를 구입할 텐데, 형편이 넉넉하지 않으니 건축용 나무를 구입해 바람에 말려 썼다.

직접 만들다 보니 작품마다 호수는 같아도 실사이즈는 제각각이었다. 캔버스 천은 값싼 마대를 사서 쓰거나 국산 캔버스 천을 구입해 썼다. 질 좋은 일제 캔버스 천은 공항 검색대에 걸려 사들여올 수가 없었다. 그래서 일본에 나갈 일이 생기면 제일 먼저 캔버스 천을 사서 숙소 옥상에 펼쳐놓고 잭슨 폴록Jackson Pollock처럼 물감을 뿌려 아무렇게나 말린 뒤 그리다 가져온 거라고 꼼수를 부려 무사통과 들고 온 적도 있다.

나무나 천의 질이 좋지 않아 세월이 흐르면서 문제가 생기면 피할 방도가 없었다. 싸구려 나무틀은 시간이 지나면 휘거나 뒤틀렸고, 구부정한 틀이 캔버스에 닿으면 나무 독이 올라 그림이 변색되는 일이 발생했다. 하는 수 없이 삼각 졸대를 다시 박아 캔버스 천이 틀에서 살짝 떨어지게 띄워놓아야 했다. 천을 고정시키느라 나무틀 뒤에 박은 타카taka도 산화되면 기대어 놓은 다른 작품의 앞면에 녹을 묻히거나 독을 옮겨서 얼룩을 만들었다. 서보는 캔버스의 나무틀에도 제소gesso를 바르기 시작

1977년 합정동 주차장 작업실에서 묘법 작업 중인 서보.

했다.

캔버스가 완성되면 밑칠을 여러 차례 했다. 마르면 바닥에 캔버스를 눕혀 놓고 특별 제작한 바퀴 달린 작업대를 걸쳐놓고 그 위에 올라가 무릎을 꿇고 엎드려 몇 시간씩 연필을 그었다. 철근으로 만들었어도 작업대가 워낙 길다 보니 서보의 무게를 못 이겨 늘 출렁출렁했다. 서보는 신들린 사람처럼 무릎걸음으로 옮겨다니며 출렁대는 리듬에 맞춰 캔버스 위에서 손을 움직였다.

학교에 출근하고 한국미술협회 일을 하면서 사람들과 어울려 폭음하는 날도 많았지만, 서보는 작업에 단 한 순간도 소홀한 적이 없다. 당연히 체력은 딸렸고, 밤을 새워 작업해도 시간이 부족했다. 서보는 방학 때만이라도 작업에 집중하고 싶었다. 마침 그림 한 점이 팔려 파리에 가서 작업을 하고 오겠노라고 명숙에게 말했다.

1974년 여름, 헤어진 지 9년 만에 창열과 서보는 파리 공항에서 다시 만났다. 순식간에 성공해 세계 주요 화랑의 주목을 받게 된 창열은 유명세에도 예전 그대로였다.

"너, 늙지 않았구나?"

"잘 왔다. 건강하네?"

벅찬 감정을 평범한 인사로 때우고 두 친구는 예약해둔 호텔로 이동했다.

"너 잠시 체류한 후 돌아가려고 왔냐, 아니면 파리에 있으려고 왔냐?"

"돌아갈 거다."

"파리의 1급 전위 화랑에 계약이 된다면, 있겠느냐?"

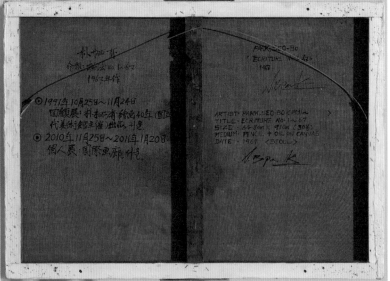

◄〈묘법 No.1–67〉, 캔버스에 흰색 물감에 연필, 64.8×81cm, 1967.
➤〈묘법 No.1–67〉, 직접 제작한 캔버스 뒷면, 1967.

"여기 남으려고 온 거 아니다."

서보는 호텔에 짐을 풀어놓자마자 바로 미술 재료 파는 곳으로 가자고 졸랐다. 창열이 며칠 쉬고 하라고 말렸지만 소용이 없었다. 서보는 몽파르나스 언덕의 '리베리아'라는 호텔에 묵었다(이후 오텔 데 자카데미 에 데 자르Hotel des Academies et des Arts로 명칭이 바뀌었다). 월세를 내고 밥을 해 먹는 게 가능한 호텔이라서 일본 화가들이 오래 머무르며 작업하는 곳으로 유명했다. 나중에 일본 정부에서 자국의 예술가들을 위해 공헌을 많이 했다고 문화훈장도 받았다. 서보에게 파리는 완전 천국이었다. 뭐라 하는 사람도 없고, 정신을 산만하게 만드는 일도 없으니, 자기만을 위해 세워진 공화국과 같았다.

그해 창열은 아들 시몽과 오언을 데리고 부인과 함께 첫 바캉스를 떠났다. 집이 비니 와서 그림을 그리라고 해서 서보는 작업 여건이 좋은 창열의 집으로 옮겨갔다. 건물 3층에 있던 창열의 집은 방이 3개였는데 그중 2개를 작업실과 그림 창고로 사용했다. 작업실은 채광이 좋고 통풍이 잘 되는 데다, 창고로 쓰는 방은 수백 점의 그림이 들어갈 정도로 컸다. 벽이란 벽에는 온통 물방울 그림이 걸려 있었다.

서보는 창열의 조그마한 물방울 그림들을 좋아했다. 생마대에 스프레이를 사용해 물방울을 그리고 하이라이트를 찍었는데, 물방울이 겉으로 도드라지지 않고 바탕으로 흡수되어 스며들 듯 표현된 것이 '정신적'으로 느껴져 놀라웠다. 밖에서 맺힌 물방울이 아니라 생마대천에서 솟아오른 물방울 같았다. 여기저기 얼마나 그림이 많이 걸려 있는지, 벽에서 물방울들이 일시에 흘러내리기라도 하면 화실은 온통 물바다가 될 것이었다.

　서보는 꼬리곰탕을 잔뜩 끓여놓고 창열이 오기 전까지 미친 듯 작업해 24점을 완성했다. 너무 몰아치게 작업해서 잠을 안 잤더니 옷을 벗다가 옆으로 고꾸라져 그만 유리창에 머리를 박고 말았다. 두꺼운 커튼 덕분에 머리가 찢어지거나 하는 불상사는 면했지만, 그만 친구네 집 유리창이 박살나버렸다. 창열네가 오기 전에 어떻게든 복원하려고 사방팔방 뛰어다녔지만, 인부를 구할 수 없었다. 서보는 죄지은 사람인 양 자동차 소리만 나면 창밖을 내다보며 온 집안을 반질반질 광이 나게 청소해놓았다. 마침내 창열이 돌아왔고, 서보는 얼른 소매를 잡아당겨 친구를 한쪽으로 데려갔다.

　"마누라한테 말하지 말고 나랑 둘이 처리하자."

　창열은 서보가 보여주는 유리창은 쳐다보지도 않고 친구부터 살폈다.

　"다친 데 없냐?"

　"……."

　"다친 데 없냐고?"

　"커튼이 엉켜 살았다."

　안심한 창열이 곧바로 아내를 불렀다.

　"여보, 서보가 쓰러져 유리를 깰 정도로 열심히 그림을 그렸네!"

　마르틴 역시 뛰어와서 서보를 살피며 걱정해주었다.

　이후 5~6년 동안 서보는 거의 매년 한 번씩 방학을 이용해 파리에 나갔다. 리베리아 호텔에 장기 투숙하다가 방학 때 자국에 돌아가는 일본인 작가나 유학생의 방이 나온 게 있으면 미리 싸게 빌려서 들어갔다. 동

김창열, 〈25. 물방울〉, 캔버스에 유채, 195×113cm, 1974.

생 창활은 서보가 파리에 갈 때마다 김포공항에 상자를 들고 나와 형에게 전해달라고 물건을 전달했다. 냉면사리였다. 창열은 겨울에도 얼음을 가득 띄운 냉면을 만들어 먹었다.

서보가 춥다고 "나는 온면을 다오" 하면, 촌놈이라고 구박하면서 이북식 냉면을 강제로 먹였다. 창열의 음식 솜씨가 좋은 건지, 타국에 나와 먹어서 그런지, 그때 서보는 한겨울 냉면에 돌이킬 수 없는 맛을 들였다. 창열이 양배추로 담근 김치도 서울에서 먹는 배추김치보다 맛이 있었다.

창열은 서보를 데리고 다니며 파리의 화랑들과 연결시켜주려고 애를 썼다. 화랑들은 서보의 그림에 흥미를 갖다가도 프랑스에 사는지부터 물었고, 아니라고 대답하면 그 뒤로 별 말이 없었다. 답답해진 창열이 서보에게 한국으로 돌아가지 말고 파리에 남아 그림을 그리자고 설득했다. 이제부터 몇 년이 제일 중요한 시기인데 까짓것 학교에는 사표를 쓰라고 했다. 하지만 서보에게는 학교 일도 중요했다. 막 시작한 한국미술협회의 일도 중요했다. 게다가 무엇을 믿고 자신이 타국에 가족을 데려와 고생을 시킨단 말인가? 그렇다고 또 혼자 떨어져나와 외롭게 지내기도 싫었다. 창열의 걱정과 마음 씀씀이를 알기에 서보는 일부러 큰소리를 쳤다.

"너는 물방울을 죽자 사자 밀어라. 그 세계는 절대로 오리지널하다. 나는 묘법을 통해 해탈에 이르마."

서보가 남기고 간 작품들을 기회가 날 때마다 계속 화랑에 보여준 창열은 좋은 소식이 생기지 않자 편지를 못 쓰고 있다가 오랜만에 펜을 들었다. 현재 유럽에서는 추상 작가들을 두고 '누가 누구를 모방했네, 누가 먼저네'로 시끄럽게 싸우고 있는데 상황이 이러니 좀더 시간을 두고 자신과 궁합이 잘 맞을 화랑을 기다려보자고 위로했다(1975년 5월 12일자 김창열 편지).

창열은 서보의 묘법이 정확히 언제부터 시작된 것인지 알지 못했다. 적극 관심을 보인 화랑 사람의 질문에 서보의 첫 개인전 연도로 대충 어림짐작해 1971년부터 그렸다고 말했다가 그 사람을 놓친 이야기도 전했다. 처음엔 "진짜authentique" 작품이라며 엄청 칭찬하더니 1971년이라니까 갑자기 1963년경부터 흰색 모노크롬 작업을 한 로버트 리만Robert Ryman이라는 미국 작가가 먼저 있어 안 되겠다고 관심을 돌려버렸다는 것이다.

시작 시기를 잘못 뱉은 것만으로도 순식간에 '진짜'에서 '가짜'가 되는 미술시장이 펼쳐진 것이다. 아방가르드avant-garde라는 말 자체가 먼저 치고 나가야 하는 맨 앞줄의 부대를 의미하는 전투 용어가 아닌가. 아방가르드 예술가들은 자기 자체로 평가되기보다는 늘 상대적 위치로 자리매김될 수밖에 없다. 애초에 현대미술이 '혁신'과 '혁명'의 이미지를 달고 있으니 어쩔 수 없지만, 작가들의 독창성과 고유함이 외양으로만 판가름 난다면 누가 누구의 영향을 받았네, 따라 했네 같은 구설수와 싸움에 끊임없이 휘말릴 수밖에 없다.

그 옛날 파리에서 비엔날레 참가 서문을 쓰면서 이일이 비판했던 바지만, 서구 사람들은 언제나 자신들을 중심으로 해서 생각하는 버릇이 있다. 타국의 사람들이 자기네들에게 영향받은 것처럼 항상 자신들과 비교하며 평가한다. 서보는 그것이 마음에 들지 않았다. 왜 전 세계 문화의 기준을 자신으로 보는 것일까? 서보는 도리어 오기가 났다.

'내 죽어도 한국 땅을 떠나지 않고 열심히 작업해서 너희들이 한국 작가들을 거꾸로 우러러보게 만들고 말겠다.'

하지만 자신의 작품이 양식이나 방법론의 문제가 아니라, 서보라는 사람의 정신성과 관련이 있는 것임을 어떻게 서구에 알릴 수 있을까? 이제부터는 모든 것이 그것에 달려 있을 것 같았다. 우환과의 교류로 더 분명해진 생각이지만, 서보는 동양과 서양이 서로 다른 자연관을 갖고 있어 발상법에 큰 차이를 보인다고 생각했다.

서보는 선비처럼 살고 싶어서 그 옛날 동양화과로 진로를 택했다. 선비가 과거에 등급하면 어쩔 수 없이 특정 유파에 속하게 되고, 자신과 반대되는 쪽 사람들을 개인적으로는 존경해도 어쩔 수 없이 부딪혀 싸우게된다. 제 뜻을 관철하는 긴 과정에서 상대를 귀향 보내거나 사약을 내릴수도 있다. 하지만 선비의 양심이 있으니 집에 오면 당연히 갈등하기 마련이다.

서보는 선비들이 그 갈등을 사랑방에서 먹을 갈아 그림을 그리며 가라앉힌 데 주목했다. 좋은 먹은 오래 갈아야 먹색이 짙어지는데, 먹을 갈다보면 감정적으로 들떠 있던 마음이 가라앉는다. 선비들은 참으로 지혜로웠다. 그렇게 속 끓이는 감정과 생각을 가라앉히고 붓을 들어 글씨를쓸 때는 세계적인 서예가가 되려고 하는 것이 아니다. 쓰는 행위를 통해고민스런 자기를 떠나보내려는 것이다.

바로 이 점이 서양화 재료로 풀어나가는 서보의 '묘법'이었다. 선비가사랑방에서 글씨를 쓰고 사군자를 치듯, 스님이 부처 앞에서 몇 만 배의

절을 하고 목탁을 두드리듯, 서보도 무언가를 그리겠다는 목적 없이 그냥 자신을 닦듯 그렇게 작업실에서 행위를 반복한 것이다. 그 부수적 결과물로서 그림이 완성되어 있는 것이고 말이다. 이것을 어떻게 말로 설명하면 좋을까? 설명하면 알아듣기는 할 건가?

서보는 서양처럼 인간중심적인 해석과 표현을 하고 싶지 않았다. 자기를 강하게 드러내는 것도 이제는 싫었다. 그래서 선택한 것이 백색과 연필이었다. 순백은 그것대로 자신의 성격을 강하게 드러내는 것 같아서 그 순수성마저 한차례 숨을 죽여 야마모토 다카시가 '한국적'이라고 했던 '희끄무레한' 백색을 쓴 것이다. 마르지 않은 백색의 물감과 검은 연필이 서로 밀고 지우며 서로의 성격이 드러나지 않는 지점까지 행위를 반복한 과정은 그에게 일종의 자기 수양이었다.

보이는 그림을 그리려고 한 것이 아니었다. 이 점이 자신의 그림과 비슷해 보인다는 서양의 그림과 다른 점일 것이다. 서로 밀고 덮으며 죽여서 하얀 바탕 위에 그어지는 선은 이미 선의 성격을 뛰어넘고 있다. 이 땅과 이곳의 한국인 박서보의 정신성이자 풍토성이 물성으로 고스란히 드러난 것인데, 그것을 도대체 서구인들은 어떻게 이해할 것인가?

1977년 프랑스 카뉴쉬르메르Cagnes-sur-Mer에서 9번째 국제회화제가 열렸다. 서보는 한국 대표로 연필 묘법 시리즈를 출품했다. 국내 일정과 맞지 않아서 작품만 창열 앞으로 보냈고, 그것을 차에 싣고 창열이 식구들을 대동해 직접 카뉴쉬르메르에 가서 작품을 진열했다. 창열은 서보의 작품이 사이 트웜블리Cy Twombly의 작품과 발상과 철학에서 차이가 있다는 것만 밝혀주면 완성도 하나만으로도 대상감이라고 여겼다.

그때 심사위원으로 이일이 파리에 와 있었다. 창열은 이일이 서보의 묘법을 위한 이론적 뒷받침을 제대로 해줄 것을 기대했다. 그래서 일부러 다른 심사위원들과 이일이 만날 수 있게 저녁식사 자리를 계속 만들었다. 그런데 낯가림이 심한 이일이 제 역할을 제대로 해내지 못했다. 그렇다고 창열이 나설 수도 없고 속이 탔다.⁴⁴

그러고 있는 사이 서보는 일본 진출을 적극적으로 도모하기 시작했다. 어려서 배운 일본어 덕분에 일본에서는 자기 자신을 변호하고 설명하는 데 아무런 제약이 없었다. 그리고 무엇보다 일본은 같은 동양권으로 서구인들보다 정서적으로 가까웠다.

1978년 서보는 도쿄화랑에서 개인전을 열었다. 도쿄화랑은 일본 구체파具體派 운동을 지원 육성한 곳으로 모노하 작가들도 모두 거쳐간, 미술사적으로 영향력과 중요성이 큰 화랑이다. 야마모토 다카시는 골동품에 유독 관심이 많아 한국의 백자며 민화 등을 수집한 훌륭한 컬렉터였다. 비슷한 관심과 취미를 갖고 있어 서보와 이야기도 잘 통했다. 야마모토 다카시의 적극적인 추천으로 서보는 일본 미술관들에서 전시할 기회를 계속 얻었다.

서보는 이제 묘법에 물이 올라 점점 더 큰 대작을 원했고 대작만 그렸다. 그러다 보니 합정동 작업실로 사용하던 차고가 점점 비좁게 느껴졌다. 중앙대학교 안성 캠퍼스에 교수로 재직 중이던 이승조의 권유로 서보는 그동안 모은 돈을 탈탈 털어 경기도 안성시 공도면 마정리 대림동산에 450평의 땅을 샀다. 역시나 중앙대학교 건축과 교수로 있던 동생 홍이 설계에 나서서 작은 침실에 거실과 부엌 딸린 별장 개념의 집을 짓

◀1978년 도쿄화랑 개인전. 왼쪽부터 평론가 나카하라 유스케, 야마모토 다카시와 장남 야마모토 호즈와 그의 부인, 사이토 요시시게 화백, 오른쪽 맨 앞에 서양인과 같이 서 있는 사람은 도쿄화랑의 상무.

▶이우환과 야마모토 다카시.

◀야마모토 다카시의 장남 호즈와 인사하는 서보.

▶무라마쓰화랑의 가와시마 료코와 서보.

고 1981년 작업실을 옮겼다. 양쪽 벽에는 캔버스를 꽂을 수 있게 스틸로 된 수납공간도 만들어 창고 역할도 하게 했다. 주말과 방학이면 명숙이 만든 반찬을 바리바리 싸들고 안성 작업실에 내려간 서보는 서울을 벗어나 자연 속에 자기만의 공간이 생기자 더는 파리에 가지 않았다. 그는 토종 한국인답게 고향 땅에서 자기만의 공화국을 새로이 열고 닫았다.

현대미술 운동을 하다

가족의 변화

—

서보의 작업실이 경기도 안성으로 옮겨지자 합정동 집의 주차장이 비게 되었다. 명숙은 얼른 그곳을 살림집으로 수리해 연로하신 친정 부모님을 모셨다. 명숙의 장남과 두어 살 차이밖에 안 났던 막내 여동생은 홍대 미술과를 다니고 있었고, 바로 밑 여동생은 학교 선생으로 지방에 내려가면서 친정 부모님에게 제 어린 아들을 맡겼다. 여전히 막내와 어린 조카를 돌봐야 하는 노부모를 위해 명숙은 생활비라도 보태려고 연탄광 한쪽을 확장해 조촐한 미용실을 냈다.

평소 좋아하던 월트 휘트먼Walt Whitman의 시를 따라 미용실 이름을 '풀잎'이라고 지었다. 배운 적은 없어도 늘 아이들과 남편, 동생들의 머리를 잘라주었던 명숙은 미용 교육을 조금만 받으면 미용사로 직접 돈도 벌 수 있지 않을까 생각해서 속성으로 학원도 다녔다. 당당히 미용사 자격증을 땄지만 막상 손님을 받으려니 손이 너무 떨려서 결국 미용사를 한 명 두고 사장으로 물러나 앉았다. 그래도 동네에서 자리가 잡히자 친정 식구의 생활비 정도는 손수 벌어 보태줄 수 있었다.

합정동 집은 이전에 살던 집들과 구조가 완전히 다르고 넓어 가족 구성원 모두의 필요에 맞춰서 공간을 분배할 수 있었다. 사랑채 겸 서재가 따로 있어 서보가 뿜어대는 담배연기를 식구들이 같이 마시지 않아도 되었다. 아이들마다 각자 방을 얻었으며, 거실과 주방에 TV를 두어 채널 싸움도 하지 않게 되었다. 주방 옆 다락방에는 신혼 때부터 끌고 다니던 재봉틀을 두어 아이들의 옷부터 커튼과 테이블보까지 전부 만들어 썼다.

안방에는 침대를 두어 부부의 공간을 확보했지만, 새벽마다 삼형제의 도시락을 싸느라고 명숙은 주로 주방 아랫목에서 잤다. 가파른 계단을 타고 올라가는 삼각 지붕 밑 다락에는 오만 가지 잡동사니를 가지런히 보관했고, 쥐가 있다는 이유로 아무도 못 올라가게 해서 명숙만의 고유 공간으로 만들었다. 다락에서 나가는 작은 테라스에는 철마다 고추를 말리고 시래기에 무말랭이 등을 내놓았다.

현대식 주택 구조는 명숙을 명실상부 '안주인'으로 등극시켰다. 주말이면 안성에 내려가고 방학 때는 몇 개월씩 돌아오지 않는 서보는 툭하면 현대미술 운동을 한다고 평일에도 지방 출장을 가서 명실공히 '바깥

1979년 모계 중심으로 가족 구조가 바뀌어가던 합정동 집. 명숙의 친정 식구들과 서보네 가족.

사람'이었다. 명숙은 못질을 하고 전구를 갈아 끼우는 것부터 목욕탕과 보일러 수리까지 혼자서 모든 일을 했기 때문에, 지붕 끝부터 지하 골방까지 집은 그야말로 명숙의 소관이었다.

그 안에서 벌어지는 소소한 모든 일도 명숙의 관리 사항이었다. 명숙의 주방 아랫목은 친정 식구와 아이들과 친구들이 모여드는, 새롭게 부상하는 모계 중심의 가족 공간이었다. 한여름을 제외하면 그 아랫목에는 항시 이불이 깔려 있었고, 늦게 밥을 찾는 사람들을 위해 묻어둔 공기밥처럼 늘 화기애애한 웃음이 식지 않았다.

승조가 그 집에서 서울대 미대 입학의 첫 테이프를 끊었다. 홍대를 가면 학비가 면제되었지만, 명숙은 두 아들을 모두 서울대에 보냈다. 아버지 밑으로 들어가면 친구를 사귀는 데 문제가 생길 수 있고, 서보와 같이 끊임없이 구설수에 오를 것이라서 그 정도 학비는 자신이 댈 수 있다고 우겼다. 당시 서보는 한국미술협회에서 임원이 되어 권력이 생기자 '가난한 깡패 화가'의 이미지를 벗고 '박서보 사단'이라는 유명세를 타고 있었다.

'바깥사람' 서보는 바깥에서 돌다가 집에 들어오면 여전히 명숙부터 찾았다. 행여 집에 없으면 버럭버럭 소리를 지르는 것도 여전했다. 현관문을 열고 헐레벌떡 들어오는 명숙의 습관도 한결같았지만, 아이들을 학교에 보내고 남편을 출근시키면 명숙은 이제 자기만의 시간을 가졌다.

◆1979년 YMCA에서 수영 초급반에 들어온 아랫동서에게 상급반 실력을 보여주고 의기양양한 명숙.
➡다시 시작한 유화 작품을 부끄럽게 들고 있는 명숙.

YMCA 수영반에서 진급할 때마다 성취감을 느꼈고, 넓어지는 어깨만큼 뱃심도 길러져 점점 더 대담해졌다. 그림도 다시 그리기 시작했다. 입학 동기들 사이에 끼여 홍대 동문전에 정물화도 냈다. 재경在京청주여고 동창회의 초대 회장직도 맡아 첫 동창회를 서보의 안성 작업실에서 보란 듯 크게 열었다. 안주인으로서 그럴 수 있는 시간과 돈이 생기자, 명숙도 제 인생을 조금씩 찾아가는 것 같았다.

박서보 사단

—

하지만 서보는 고민이 더 깊어졌다. 해외 작가들과 어깨를 겨루려면 나라 전체에서 현대미술에 대한 이해와 수준이 먼저 높아질 필요가 있다. 서보 자신도 마찬가지였지만, 앞으로 나올 젊은 작가들이 배고픔에 쓰러지지 않고 작업을 계속하려면 그들이 새로운 그림을 그릴 수 있게 격려하는 제도적 장치가 필요하다. 현대미술을 이해하는 고객의 눈이 커져야 그림을 취급하고 팔아주는 화랑이 많아질 것이니 일반인들에게 현대미술을 알리고 이해시키는 노력도 게을리하면 안 된다.

한국에서 그렇게 작업하고 먹고살 수 있어야 외국으로 빠져나가는 인재들이 생기지 않는다. 김환기도 이응노도 친구 창열도, 다들 이 나라를 떠나지 않았는가. 일단은 작품이 좋아야 현대미술이 자리를 잡으니 젊은 작가들을 계속 채찍질해서 작업에 매진하게 이끌고, 이론적으로도 자신의 작품을 올바로 설명하고 방어할 수 있게 무장시킬 필요가 있다. 그렇다고 서구 미술만 공부시키면 끊임없이 모방론과 영향론에 휘말릴 테니, 우리만의 '한국적인 현대성'이란 무엇인가에 대해 계속 탐색하게 가르쳐야 할 것이다. 창열이 파리에 남으라고 잡을 때 단호하게 거절했던 것도 서보가 이런 비전을 마음에 품고 있었기 때문이다.

1970년부터 서보는 한국미술협회의 부이사장으로 일했다. 8년의 연임 후 1977년에는 이사장이 되었다. 지금도 서보가 "목에 칼이 들어와도 꼭 해야 했던 운동"이었다고 회고하는 세 가지를 그때 실천했다. 한국 현대미술을 전국 단위로 널리 확산시키고, 재능 있는 신인을 제대로 발굴하며, '현대미술이란 무엇인가?'에 대해 작가들에게 올바른 가치관을 확립시키는 일이었다. 그중 제일 먼저 한 일은 1972년 한국미술협회를 통해 '앙데팡당'이라는 새로운 전시를 개최한 것이다.

앙데팡당은 19세기에 프랑스에서 살롱전에 낙선한 작가들과 아카데미즘에 반대한 화가들이 모여 심사나 시상식 없이 소정의 참가비만 내면 작품을 대중에게 선보인 전시 형태를 말한다. 서보는 국전의 시작부터 지금까지 참가 작가를 뽑을 때 사람들이 작품은 보지 않고 이름값만 보고 작가를 선정하는 작태를 비판해왔다. 그렇게 되면 이름이 알려지지 않은 젊은 친구들은 전시에 나갈 기회를 평생 얻지 못할 수 있다. 더욱이 심사위원의 안목과 이해 수준에 따라 당락이 결정되니 위험하다.

그래서 서보는 우리도 프랑스처럼 누구나 참가비를 내면 전시를 할 수 있게 문을 활짝 열어주자고 주장했다. 국제전에 참가시킬 대표를 뽑는 과정도 늘 말이 많았으니, 앙데팡당전에서 사람들의 주목을 받는 작가가 있으면 나이나 경력에 상관없이 국제전에 대표로 뽑아주자는 제안도 같이 냈다.

참가비만 낼 수 있으면 작품을 내걸 수 있으니 전시회의 수준은 보장할 수 없어도 문턱이 낮아진 것은 분명하다. 하지만 '108인 부대'까지 등장시켰던 국제전 참가 작가의 선정 문제를 앙데팡당전과 결부시킨 것은 여전히 위험해 보인다. '주목을 받는 작가와 작품'이라는 것에 여전히 객관적인 기준이 없기 때문이다. 현대미술에 대한 소양이 적고 이해력이 딸리는 한국 대중을 상대로 현대미술 운동을 해야겠다고 마음먹고 있는 서보인데, 일반 대중의 반응을 믿고 작품을 고를 리 만무하다.

그렇다면 도대체 누구의 주목과 반응에 따라 국제전 참가 작가를 뽑는다는 것일까? 그것을 객관화시킬 구체적 방도가 없이 한국미술협회의 국제위원과 국내위원들이 최종 선택을 하는 것이니, 결국 똑같은 폐단의 여지를 안고 있는 셈이다.

그래도 젊은 작가들을 위해 기회의 문은 열렸다. 서보는 작가들이 아무리 의미 있는 혁신적 시도를 해도 결국 사람들의 인정을 받지 못하면 좌절해 작업을 그만두게 된다는 것을 잘 알고 있었다. 국전에 작품을 내 입선이라도 하면 이름 석 자가 신문에 올랐다고 부모가 격려를 아끼지 않지만, 허구한 날 '새로운' 작업이나 한다고 그러고 있으면 주변의 지원도 끊기고 만다. 젊은 작가는 견디다 못해 국전용 작품을 만들어 시류에 영합하고, 그런 자기를 철저히 합리화하지 못하는 작가는 자신의 이중성에 괴로워하다가 정신적으로 망가지게 된다.

서보는 그런 불행은 막아야 한다고 생각했다. 그래서 학생이어도 국제전에 출품할 수 있도록 기회를 제공하고 지속적으로 그들이 뻗어나갈 길을 한국미술협회에서 마련하려고 애썼다. 그 결과 홍대 4학년 학생이 국가 대표가 되어 1975년 제13회 상파울루 비엔날레에 작품을 출품하는 이례적인 경우가 생겼다.

분명 서보는 학연이나 지연에 매여 사람들을 고르지 않았다. 나이에도 상관하지 않았다. 그는 아무하고나 뜻이 맞으면 친구가 되었고, 어느 학교 출신이든 가리지 않고 도왔다. 좋은 작가를 골라내는 안목도 있었고, 그런 사람을 밀어주고 싶은 마음도 순수했다. 그래서 심문섭이 제 고향 부산에 '혁爀'이라는 동인회가 있는데 내려와서 한 말씀만 해달라고 부탁했을 때도 마다하지 않고 달려갔다. 그런데 막상 가보니 부산 작가들이 패기가 없었다. 미래가 안 보이니 공연히 시간이나 축냈고, 전람회가 있을 때 한두 점 작업하고 마는 식이었다.

서보는 한 명 한 명에게 매서운 피드백을 던지며 그들을 자극하고 격려했다. 그중 가능성이 보이는 한 작가를 발견했을 때는 국제전에 출품할 수 있도록 지명도 해주었다. 그렇게 출품한 김홍석은 1978년 제4회 인도 트리엔날레에서 대상을 받았다. 그 경력을 기반으로 해서 그는 작업에 더 매진했고, 후에 부산미술협회 이사장으로 활동하며 지역 미술의 위상을 다진 영향력 있는 인물이 되었다.

서보는 서울만이 문화의 중심지가 되어서는 안 되고, 모든 지역의 도시가 제각각 중심지가 되어야 한다고 생각했다. 문화연방체제화의 구축을 위해 1973년 서울현대미술제를 개최하면서 다른 지역에도 미술제를 주최할 수 있게 적극적으로 일을 도모했다. 그 결과 대구, 광주, 부산, 강원, 전북에서 현대미술제가 하나둘 열리기 시작했다. 서보는 전국으로 발품을 팔고 돌아다니며 강연회를 열었다.

처음에는 성과가 없었다. 1976년 광주 현대미술제만 해도 라디오 방송에 나가 3시간이나 현대미술을 설파했는데도 사람들이 관심을 보이지 않았다. 서울 사람이 내려와 현대미술에 대해 일방적으로 떠드는 것은 아무래도 소용이 없어 보였다. 지역민의 자긍심을 북돋워주지 않으면 남의 행사처럼 여겨 계속 나몰라라 할 것이 뻔했다. 서보는 다시 지역 유지들을 운영위원과 행정 주체로 끌어들이고, 그 지역 출신 작가들을 일일이 만나러 다니며 참여를 설득했다.

"이 미술제는 당신의 형제들이 한 것이오."

그제야 조금씩 전람회를 보러 오는 사람들이 생기기 시작했다.

같은 지역인데도 도시들이 힘을 합치지 못하는 것도 문제였다. 전라북도의 전주는 전통 양반 도시인데 반해 군산은 일제강점기 물자 수탈기지로 급성장한 신생 도시다. 서로 태생적 차이가 있으니 어떤 면에서는 관계가 남만도 못했다. 그래서 서보는 전라도의 경우 한 해 한 해 개최지를 바꿔 미술제가 열리도록 조절했다. 자기네가 주최할 때 도움을 받으려면 타 도시가 주최할 때 나서 주어야 하니 자연스럽게 논의와 협조가 이루어졌다.

이제 서보는 현대미술을 정신적으로 집약시킬 차례라고 생각했다. 현대미술의 가치관을 확립하기 위해 매해 새롭게 임명된 커미셔너가 자신의 생각을 분명히 하면서 기획부터 초청까지 책임을 지고 전시회를 만들게 하는 게 좋겠다고 생각했다. 그러면 여러 사람의 시선을 따라 자연스레 '현대미술이란 무엇인가?' 그리고 그 속에서 '한국적 고유성이란 무

◀군산시장과 군산교육감과 함께 강연회를 기다리는 서보.
▶1977년 군산시청 강연회 '현대미술 어디까지 왔나?'

엇인가?'를 새로운 언어로 도출해낼 수 있을 것이다. 한국미술협회에는
앙데팡당전이 있으니 이것은 개인적으로 끌고 가야겠다고 생각했다. 서
보는 이 특별한 전시를 '에콜 드 서울Ecole de Seoul'이라고 불렀다.

　그런데 장소가 마땅치 않았다. 1975년 첫 전시부터 5회까지는 국립현
대미술관을 빌렸지만 계속 그렇게 끌고 갈 수는 없었다. 마침 관훈동에
서 입시학원을 크게 운영하던 윤형근의 친구 권대옥이 서보의 이야기를
듣더니 학원 자리를 무상으로 내주겠다고 했다. 권대옥은 1979년 학원
자리에 관훈미술관을 개관하고 '에콜 드 서울'을 지속적으로 지원했다.

1975년 제1회 에콜 드 서울에 참가한 작가들.

친구 영철 못지않은 평생의 은인으로 서보에게 기억되는 사람이다.

서보는 앙데팡당전을 먼저 열고 일주일 뒤에 '에콜 드 서울'을 열도록 일정을 조정했고, 그사이에 외국 평론가를 초대해서 두 전시회를 모두 보고 가게 했다. 그렇게 한국을 다녀간 사람은 조지프 러브Joseph Love, 미네무라 도시아키峯村敏明, 히코사카 나오요시彦坂尚嘉 등이었다. 서보는 경주박물관 등으로 그들을 안내하며 한국의 문화 예술의 역사가 얼마나 오래되었고, 미의 수준이 얼마나 높은지 구경시켰다. 한국 현대미술이 그러한 전통에서 나온 것임을 제대로 이해시키고 싶었다.

하지만 서보가 추진한 일들은 지속되지 못했다. 앙데팡당전은 서보의 뒤를 이어 1981년 한국미술협회 이사장이 된 조각가 김영중이 바로 없앴다. 에콜 드 서울은 커미셔너를 할 인재가 부족하자 매번 '그 나물에 그 밥'이 되더니 한국 현대미술을 새롭게 정의내리지 못한 채 전시회의 성격까지 흐리멍덩해졌다. 한 명 두 명 매너리즘에 빠져 다시 옛날처럼 친분으로 끌어주고 생색만 내서 서보는 24년 만인 1999년에 에콜 드 서울을 해체시켜버렸다.

서보가 현대미술 운동을 한다고 이렇게 동분서주 뛰어다니는 사이, 화단에서는 '박서보 노이로제'가 생겨나고 있었다. 어디서나 박서보, 매사에 박서보라서 화단에서 그의 이름을 안 들을 수 없으니 불만이 커져가는 것 같았다. 분명 좋은 취지로 시작된 일이지만 진행 과정에서 크고 작은 문제가 발생한 것은 분명해 보인다. 물론 서보의 강한 말투와 배려심 없는 성격도 불평을 만들어내는 데 한몫했으리라. 하지만 그보다 큰 문제는 서보의 남다른 '가족주의'였을 것이다. 그의 강력한 울타리 의식은 높은 지위와 힘을 갖고 있는 사람에게는 위험한 성향일 수 있다.

사실 서보의 울타리 안에 들어와 한 가족으로 무한 지지를 받는다는 것은 그 사람의 입장과 성향에 따라서는 부담스러운 일이 될 수도 있다. 졸업도 하기 전에 그의 눈에 들어 상파울루 비엔날레의 출품 작가가 된 제자 김용익의 고백을 보면 알 수 있다.

나와 나의 작품에 대한 선생님의 총애는 각별한 것이 아닐 수 없었다. 그 이후로 나는 국내외의 이렇다 하는 전람회에 속속 초대되어 70년대에 가장 왕성한 활동을 하는 작가 중의 한 사람으로 성장하게 되었으니 이것이 모두 박서보 선생님의 덕이자 곧 나의 선생운이 좋은 탓이다. 에콜 드 서울전은 올 10회에 이르기까지 한 회도 탈락되지 않고 계속 초대 되었으며, 도쿄에서의 '한국 현대미술의 단면전', 후쿠오카에서의 '아 세아 현대미술전', 타이페이에서의 '한국현대화전' 등 아세아 일원에서 열린 국제전에 거의 빠짐없이 초대되었다. 박 선생님의 나에 대한 총애 와 신임은 대단했었다. 나는 졸업 후 1년 반 동안 청주에 내려가 청주상 업고등학교에 미술 교사로 재직했었는데 그것도 박 선생님이 중간에서 연결을 해주어서 그렇게 된 것이었다. 그 후 다시 서울로 와서 대학원에 입학했다. 여기서 나는 박 선생님과 대학원 학생으로서 다시 2년간 만나 게 되었다. 나는 대학원 실기 수업을 거의 받지 않았다. 당시 학부의 조 교로 근무하고 있었기 때문에 수업을 빠진 것이 아니라 박 선생님이 첫 시간 수업에 나더러 "자네는 내 수업을 듣지 않아도 학점을 받을 자격이 충분하므로 들어오지 않아도 좋다"고 말했기 때문이었다. 그리고 어느 좌석에서나 나의 총명함을 거리낌 없이 치켜세웠고, (학부 시절 가시 돋힌 독설로 따끔하게 충고한 뒤 현대미술로 방향을 틀게 만든) 그 첫 수업의 충격 이 내게 끼친 영향과 그 결과를 두고두고 학생들에게 말했다. 요즈음은 어떤지 몰라도 내가 대학원을 졸업하고 나서도 대학원 신입생들은 박 선생님의 실기 수업 시간에 김용익이란 이름을 들었다고 한다.[45]

물론 서보가 아무나 자기 품에 들이지는 않는다. 가능성이 있어 보이 고 실력이 있으면 받아들이고 밀어준다. 하지만 박서보와 그의 친구들이 국제전의 '단골손님'이라는 비아냥과 단색조로 치우친 '획일성'에 대한 사람들의 비난은 반박하기 어려워 보인다. 1960~1970년대 국제전의 참여 빈도를 살피면, 박서보 10회, 김창열·심문섭·이우환·하종현 7회, 서승원·윤명로·정영열·조용익 6회, 서세옥·정창섭·최만린·최명영·윤형근 5회로 추상작가 14명이 거의 독점하고 있다. 그중 서보의 울타리 안에 있지 않았던 사람은 서세옥, 최만린, 당시에는 친하지 않았던 정창섭 정도다.[46] 김용익은 서보가 종종 원칙을 어기면서까지 자기 사람을 챙겼다고 회고한다.

결국 화단의 중론은 '박서보 집단'을 무너뜨려야 한다는 것으로 귀결되었다. 한국미술협회 임원으로 근 10년간 서보와 같이 일했고, 예전처럼 의견이 달라도 티격태격하지 않고 잘 지낸 친구 하인두마저 "현대미술의 획일화 경향과 세력화로 치닫는 그 일사불란의 집단의식이 싫어서" 서보를 몰아내자는 쪽으로 돌아섰다. 물론 서보와 그의 동지들이 일으킨 국제적 경향에 대한 집단적이고 실험적인 발전은 나무랄 수 없는 공적이라고 높이 샀지만, 그래도 화단은 여러 가지 복층적 구조로 병존해야 된다는 게 그의 생각이었다.[47]

마침내 서보는 이사장 선출에서 고배를 맛보았다. 세상은 박정희에서 전두환으로 권력이 넘어가고 있었다. 똑같은 쿠데타 방식으로 똑같이 군부의 힘을 빌려 말이다. 하지만 이번에는 시민혁명의 힘을 타고 흐름을 잡은 것이 아니라 시민혁명을 무참하게 짓밟으면서 피 위에 올라선 경우였다. 다시 한번 대한민국은 크게 바뀔 것이라고 예고되었다. 그 옛날 서보가 예견했던 '감각의 시한성'은 더욱 짧아지고 또한 더욱 덧없어졌다.

제 4 부

색을
발견
하다

최
루
탄
과

함
성

속
에
서

한지를 만나다

—

한국미술협회의 수장 자리에서 내려온 서보는 "내 시대는 끝났다"고 선언하고, 이후 협회 일에는 일절 관여하지 않았다. 그 대신 안성에 새 작업실을 짓기 시작했다. 30~40만 원이면 불도저로 밀 수 있는 산등성이였지만, 서보는 일부러 인부들과 새까맣게 얼굴을 태우며 삽질을 해서 땅을 정리했다. 땅에 애착심도 키우고, 서울에서 있었던 일들도 고된 노동으로 모두 다 잊고 싶어서였다.

공사 중에 최명영이 안성에 들렀다. 퇴계 이황이 나이 50세에 낙향해

지은 정자 이름이 한서암寒栖巖인데, 서보도 같은 나이에 고향으로 돌아와 작업실을 짓고 있으니 그렇게 이름을 지어보라고 제안했다. 자기 예명에 '깃들일 서栖' 자가 들어 있고, 뜨겁고 열정적인 자기를 차분히 해줄 것 같은 이름이라서 서보는 명영의 제안대로 '한서당寒栖堂'이라고 현판을 만들었다.

　1981년 봄 작업실이 완공되어 서보는 지인들을 불러 입주 파티를 벌였다. 가급적 학교 수업은 모두 주초로 몰고 주중에 일찍 안성에 내려와 일요일까지 작업하고 집으로 돌아가는 생활을 반복했다. 일부러 작업실에는 전화를 놓지 않았다. 세상과 차단되어 완전한 고립 속에 모든 것을 처음부터 다시 생각해보고 싶었기 때문이다. 반체제적인 발언을 조금만

1981년 안성 작업실.

안성 작업실의 거실과 침대방.

해도 학생과 교수를 마구 잡아가던 전두환 정권 초기였으니 연락을 끊고 학교 밖으로 멀리 피신 오는 것도 나쁘지 않은 선택으로 보였다.

시작은 호기로웠으나 적막한 환경에서 오는 공포감이 서보를 덮쳤다. 소나무 사이로 부는 바람이나 정체를 알 수 없는 동물의 울음소리는 인가 하나 없는 허허벌판에서 들을 때 머리털이 쭈뼛 설 정도로 무서웠다. 반 년 정도 지나서야 낯선 환경의 충격이 조금씩 가라앉았다. 하지만 다음에는 떨쳐내기 어려운 고독감이 몰려왔다. '인생이 무엇인가'를 알 만한 나이에 자신과 정좌하고 앉아 있으니 그 침묵이 너무 아리고 차가웠다. 하지만 그 또한 시간 속에 흘러 어느 순간 마음이 평화로워졌다.

당연히 작업에 큰 차이가 생겼다. 수시로 작업 중에 문 밖에 나와 자연의 공기를 마시니, 호흡이 길어져 연필 동작이 더 리드미컬해졌다. 자연 채광에서 컬러톤을 봐가며 작업을 한 덕에 흰색이 더 밝고 경쾌해졌다. 합정동 주차장 형광등 밑에서 그린 묘법은 안성에서 보니 전반적으로 톤이 침울하게 가라앉아 있었다.

그런데 안성 작업실에 수장되어 있던 작품들이 사람이 있다 없다 하고 추위와 더위가 오락가락하는 중에 표면이 조금씩 갈라지기 시작했다. 어떤 환경 변화에도 터지고 갈라지는 일 없이 오랫동안 불변할 성질의 재료가 어디 없나 고민하기 시작했다. 그때 TV에서 '견絹은 500년, 종이는 1,000년'이라는 말을 듣게 되었다.

1966년 경주 불국사에서 도굴꾼이 손상시킨 삼층석탑(석가탑)을 수리하느라 전문가들이 돌층을 해체했다. 2층 탑신의 몸돌 앞면에 부처님의 사리를 모신 사각형의 공간이 나왔다. 그 안에서 유물들이 나왔는데, 놀랍게도 닥나무 종이에 인쇄된 불경이 크게 손상되지 않은 상태로 발견되었다. 지구상에 현존하는 가장 오래된 목판 인쇄물로 판명되어 국보 제126호로 등재되었다. 불국사가 세워진 것이 751년이니까 못해도 족히 1,215년은 된 셈이다. 서보는 그만 입이 떡 벌어졌다.

그 길로 인사동으로 달려간 서보는 옛날 종이를 잔뜩 사왔다. 물에도 불려 보고, 찢어도 보고, 긁어도 보면서 종이의 질과 강도를 실험하기 시작했다. 동양화과를 선택했을 때 서보가 좋아했던 화선지는 먹의 번짐이 가장 아름답게 드러나는 종이지만 물질의 존재감은 약했다. 서보는 닥지가 제일 마음에 들었다. 질긴 섬유가 서로 강하게 잡아당기며 엉겨 있는 조직의 틈새로 공기가 들락거려서 종이가 숨 쉬는 것이 느껴졌다.

해방 전 초등학교를 다닐 때 펄프로 생산하는 양지洋紙가 이미 보급된 터라 서보는 방바닥에 깐 장판과 문에 바른 창호지 정도로만 한지를 경험했다. 하지만 서보가 자란 안성 보개면에는 예부터 한지가 유명해 궁에 종이를 납품하는 제작소가 있었다. 겨울이면 종이를 떠서 황토흙을 바른 벽에 내걸어 말리던 것을 서보도 얼핏 본 기억이 있다. 그때는 '나라 한韓' 자를 쓰지 않고 '찰 한寒' 자를 써서 한지라고 했는데, 겨울에 만드는 종이가 질이 더 좋아 그렇게 불린 것 같다.

서보는 2~3년 전 도쿄화랑에서 기획한 '종이 작업' 전에 신문지에 드로잉한 작품을 출품한 적이 있다. 방학 때마다 파리에 가서 그림을 그릴 때 호텔 옆방 사람이 버리려고 내놓은 신문을 주워서 붓을 닦는 데 쓰다가, 흰색이 칠해진 위로 신문 활자가 드문드문 올라온 느낌이 좋아 거기에 연필로 그은 작품들이다.

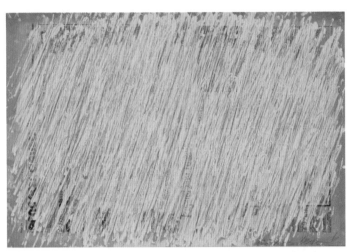

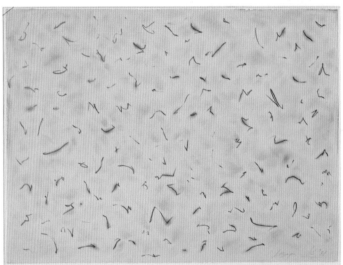

↑1977년 프랑스 신문지에 그린 연필 묘법.
↓1988년 아르슈지에 그린 연필 드로잉.

1982년 한지에 그린 연필 드로잉.

　그때쯤 드로잉을 재조명하는 열풍이 불었다. 서울의 견지화랑과 진화
랑에서도 '종이 작업전'이 연달아 열렸다. 1980년 뉴욕의 브루클린미술
관 큐레이터가 '한국 현대 드로잉'전에 출품할 작가들의 작품을 고르기
위해 한국에 왔다. 로스앤젤레스의 아트코어 미술관에서도 비슷한 전시
회가 열려 서보는 아르슈arches라는 이름의 수입지에 연필로 드로잉해놓
은 작품을 출품했다.

　서보는 비슷한 드로잉을 한지 위에도 시도해보았다. 양지에서와 달리
한지에서는 연필이 자신의 신체를 도드라지게 드러내지 않았다. 그 느
낌이 좋아 서보는 흰색 제소를 묽게 타서 바탕을 밝게 만든 뒤 그 위에
드로잉을 했다. 물감이나 잉크를 뱉어내지 않고 깊이 머금고 흡수하는

성질의 닥지를 보고 서보는 그것이 한국의 자연관에 가깝다는 생각이 들었다. 대작도 가능할까 싶어 한지 업체에 물으니 제일 크게 제작되는 종이가 100호 사이즈라고 했다.

안성 작업실에 틀어박혀 자신의 행위를 물감으로만 자꾸 덮고 있으니 자기를 너무 부정하고만 있는 것이 아닌가 하는 허전함이 들던 터였다. 자기라는 사람이 좀더 살아 있다는 것을 느끼고 싶었다. 균일한 반복이 아닌 좀더 자유롭고 즉흥적인 '손맛'에 대한 욕구도 늘었다. 서보의 손짓에 밀려 제 몸을 세련되게 드러내줄 새로운 화면으로 닥지가 최적이라는 생각이 들었다.

1981년 가을, 일본의 판화가이자 교토 세이카대학의 교수 구로사키 아키라黑崎彰가 서승원, 최명영, 이인화의 안내를 받아 안성 작업실에 불쑥 찾아왔다. 자신이 집행위원으로 있는 일본국제종이회의에서 '종이와 현대 조형'에 관한 토론을 할 계획인데, 서보가 아시아 대표로 그 토론에 동참해주길 바란다고 했다. 그와 관련된 행사로 미국 작가들이 교토국립미술관에서 종이 조형전을 개최하는데, 한국과 일본도 비슷한 전람회를 공동 개최해보면 어떻겠는지 의사를 물었다.

"종이 위에 무언가를 그리면 그것은 종이 위에 이미지를 얹어놓는 것에 불과하오. 그러면 나무나 유리나 돌 위에 그리는 것과 하등 다를 게 없지 않소? 그러지 말고 우리 종이의 특질을 드러내는 조형 쪽으로 초점을 맞추도록 합시다. 그럼, 내가 한국 쪽 일을 추진해보겠소."

구로사키 아키라는 서보의 파격적인 제안에 놀랐지만, 깊이 수긍하며 돌아갔다.

1981년 9월 안성 작업실에 찾아온 구로사키 아키라와 서승원과 서보.

서보는 국립현대미술관 관장이던 이경성과 논의해 전시회를 준비했다. 출품 예정자 33명을 관장실에 부른 서보는 작업의 핵심을 설명했다.

"주제가 종이이기 때문에 우리는 한지를 쓴다. 종이 위에 이미지를 그리는 것은 안 되고, 종이를 표현의 주체로 삼아 물질적 재료로 쓴다. 종이의 특질이 전면에 드러나게 할 방법을 제각각 찾아본다."

구로사키 아키라가 강원도의 한지 제작자 한 명을 소개해주었기 때문에 서보는 일군의 작가와 함께 원주시 단구동에 있는 김영연이라는 장인의 공장을 방문했다. 원주에는 원래 한지 공장이 많았는데, 1970년대 들어 새마을운동으로 옛 가옥이 없어지자 창호지 문은 유리창으로 바뀌고 장판은 비닐로 바뀌어 하나둘 도산해버렸다. 조선대학교에 있다가 한지에 반해서 원주까지 들어와 그 제조법을 배운 김영연은 1968년에 한지 공장을 차려 일본과 미국, 영국 등에 한지와 닥펄프를 수출하면서 원주 한지의 맥을 잇고 있었다. 그곳에서 며칠 동안 닥지 만드는 것을 보고 실습도 해본 서보는 김영연에게서 3겹지를 주문해 받기 시작했다. 닥 껍질이 김 조각처럼 박힌 거친 갈색지와 하얀 닥지 두 종류를 받아서 썼다.

서보는 일단 한지로 바닥지를 만들어보았다. 방의 온돌을 뜨끈하게 해놓고 한지를 원하는 폭으로 접어 물칠을 해서 찢었다. 한 장 한 장 오공본드를 칠해 3겹지 3장을 배접하고 따끈한 온돌에 잘 펴서 말렸다. 안료 색이 강조되는 것이 싫어 자연스런 발색發色이 가능한 재료를 고민하다가, 을지로 시장에 산더미처럼 쌓아놓고 파는 곰방대에 넣고 피우는 '장수연長壽煙'이라는 담배를 사왔다. 금연시대인 지금으로 치면 황당한 이름인데, 아무튼 장수연을 물에 끓여서 액을 냈다. 안성 작업실 주변에서 뽑은 쑥도 삶아 물을 내 그 두 액을 큰 통에 섞고 먹물을 뿌려 물감 대신 써보았다. 먹을 직접 갈지 못하고 먹물을 사다 썼더니 나중에 썩은 냄새가 났지만 색감은 좋았다.

서보는 준비된 바닥지에 한 번 더 오공본드를 바르고 3겹지 한 장을 담배 혼합물에 적셔 그 위에 다시 얹었다. 그런 다음 하얀색 호분胡粉을 붓으로 털어서 뿌렸다. 동양화 재료인 호분은 풍화된 대합이나 굴 등의 조개껍질을 빻아 만든 것으로 피복력被覆力이 좋기 때문에 종이 위에 자칫 막을 형성한다. 종이 속으로 잘 스며들게 하려면 손바닥으로 톡톡 두들겨주어야 한다. 준비가 다 끝나면 종이가 마르지 않게 분무기로 계속 물을 뿌려가면서 젖은 상태에서 연필로 선을 긋는다. 아래 방향으로 힘이 들어가니 종이가 찢어져 뭉쳤는데 그 느낌이 나쁘지 않았다.

어느 날 김수근이 합정동 집에 놀러 왔다가 서보의 새 작품들을 보고 놀랐다.

"또 이리 작품이 많아졌네? 서보처럼 열심히 작업하는 사람은 이 세상에 없지."

김수근은 자신의 월간 잡지 『공간』에 서보의 특집을 꾸미게 하고 공간화랑에서 열 '종이와 묘법'전을 기획했다. 평소의 서보였으면 발표를 더 오래 있다 했을 것인데, 한지 묘법은 일찍 확신이 왔다. 한지 전지로 제작한 30호 소품 위주로 김수근의 화랑에서 1983년 개인전을 열었다.

한지 작품은 손에 들고 비행기를 탈 수 있어 해외 전시에 출품할 때도 운반비가 들지 않았다. 1983년 일본 전시 때 서보는 직접 출품작을 들고 갔고, 타이완 스프링갤러리에서 열린 종이 조형전에 참가할 때도 작품을 들고 비행기에 올랐다. 하지만 도쿄화랑의 야마모토 다카시가 캔버스에 붙이지 않으면 종이 작품은 수채화값밖에 받지 못한다고 귀띔해 주었다. 서보는 하는 수 없이 캔버스에 한지를 배접하는 작업을 병행하기 시작했다.

돈이 없어 캔버스는 기성품을 사지 못하고 생마대천을 사서 아교를 발라 사용했다. 아교는 동물의 가죽이나 뼈, 어류의 껍질이나 부레를 원료로 해서 만든 전통 접착제다. 물에 넣고 장시간 가열하면 점성이 있는 액으로 변하고 그것을 건조시켜 막대 형태, 가루 형태, 액상 형태 등 다양한 형태로 판매하는데, 서보는 막대 아교를 사서 집에서 직접 끓여 썼다. 아교를 얼마나 바르는지에 따라 캔버스의 팽팽함이 달라진다. 너무 걸

〈묘법 No.202-82〉, 한지, 담배와 쑥과 먹물 혼합액, 호분, 연필, 135×72.4cm, 1982.

쭉하면 표면에 균열이 가므로 적당히 연하게 두서너 번 묽게 발랐다. 마대는 한지 위로 굵은 올이 올라오기 때문에 3겹지 한지를 세 번 배접해 썼다.

손가락은 종이를 너무 넓게 밀기 때문에 서보는 항상 도구를 사용해 작업했다. 연필은 파버 카스텔에서 나온 천연 흑연 연필을 썼고, 3B는 종이를 찢을 만큼 강해서 보통 6B를 애용했다. 캔버스에 한지를 붙여 작업하니 바닥이 더 탄탄해져서 철물점에서 사온 공구 세트에 다양한 크기의 심을 끼워 드라이버로 밀 수가 있었다. 타이완에서 가져온 대나무를 펜촉처럼 깎아 쓴 적도 있다.

마침내 1982년 말 국립현대미술관에서 '종이의 조형전: 한국과 일본' 전이 개최되었다. 일본 교토에서는 다음 해 초 미국 작가들의 전시와 때를 맞춰서 교토시립미술관에서 '종이의 조형전: 일본과 한국'전을 열었다. 세미나에 한국 대표로 참석한 서보는 미국의 로버트 라우션버그 Robert Rauschenberg, 영국의 데이비드 호크니David Hockney, 일본의 이다 쇼이치井田照一와 함께 종이와 종이 조형에 관해 토론을 벌였다. 서보는 양지와 한지의 특성을 비교하며 물성을 그대로 받아들여 흡수하는 한지 작업이야말로 한국의 자연관과 정신성을 담고 있는 고유한 작업이라고 주장했다. 그랬더니, 한국의 미술을 잘 알고 있다고 자신을 소개한 한 미국인이 서보에게 질문을 던졌다.

"그동안 한국의 현대미술 발전사를 유심히 지켜보았습니다. 한국 미술은 금욕적인 면이 강해 보입니다. 혹시 박정희 정권의 독재에 영향을 받은 것은 아닌가요?"

서보는 절대 그렇지 않다고 대답했다. 하지만 30년이 지난 어느 날 서보는 미국인이 지적한 그 금욕성이 그 시대를 표현했던 자신들의 문법이었는지도 모르겠다고 뒤늦게 수긍이 되었다.[48]

홍대에 발이 묶여

———

서보가 홍대 산업미술대학원장으로 있던 1985년 5월 대학생들은 서울 미문화원을 점거하고, 6월에는 구로동맹파업, 1986년 5월 3일에는 인천 항쟁을 일으켰다. 미문화원 점거 때는 서울 지역 5개 대학의 학생 73명이 '광주 학살'에 대한 미국의 사죄를 요구하며 미문화원을 점거해 농성을 벌였다. 신촌에서는 연세대와 서강대 학생들이 참가했으며, 홍익대생들도 그 영향을 받아 술렁이기 시작했다.

하지만 각 가정에서는 이러한 사태의 심각성을 전혀 몰랐다. 명숙은 서보가 학교 일이 너무 바빠지자 다시 서울 작업실을 확보하고 집도 늘릴 궁리를 하고 있었다. 막내 여동생은 시집을 갔고 친정 부모님은 남동생이 모시고 갔다. 서보가 다시 합정동 집 주차장을 작업실로 썼는데, 오래 버틸 수 있을 것 같지 않았다. 명숙은 지도를 펼쳐놓고 중앙정보부에서 사상범을 물색하듯 홍대 반경 1킬로미터 내 동네를 샅샅이 뒤지기 시작했다. 보물찾기 놀이처럼 신나고 흥분되는 일이어서 피곤한 줄 몰랐다. 발이 부르트게 돌아다니다가 복덕방 아저씨가 주저하며 데려간 곳을 보았을 때 명숙은 한눈에 딱 임자를 알아보았다.

어설프게 집 장사나 해볼까 하고 대출을 받아 헐값에 그 집을 산 주인이 계획대로 되지 않자 집이 경매에 넘어가기 일보 직전이었다. 명숙은 당장 법무사를 데리고 왔다. 시간에 쫓겨 사색이 된 주인 여자와 얼떨떨해하는 복덕방 아저씨를 끌고 은행과 법원으로 뛰어다니며 얽히고설킨 문제를 모두 해결했다. 그리고 즉석에서 시세보다 싸게 매매 계약서를 작성했다.

이상하게 명숙은 집과 관련해서는 치밀하고 과감한 데다 평소와 다르게 영악하기까지 하다. 다섯 가구나 되는 세입자를 어르고 달래서 내보내고, 마침내 명숙은 그 집을 온전한 자신의 집으로 만들었다. 동교동 마당 넓은 2층 주택의 대문을 활짝 열고 개선장군처럼 당당히 걸어 들어갔을 때 최루탄이 명숙의 입장을 축하하듯 폭죽처럼 터졌다.

그러나 막상 명숙을 반겨준 것은 배고픈 바퀴벌레 부대였다. 보는 족족 잡거나 약을 뿌리는 것으로는 절대로 소탕할 수 없는 아주 막강한 세력이다. 명숙은 약국에서 붕산을 여러 통 사서 온 집안과 마당에 뿌렸다. 붕산 가루가 몸에 묻기만 해도 생식 기능이 파괴되어 수개월 뒤에는 바퀴벌레의 씨가 마른다고 했다. 대량 학살을 꿈꾸며 명숙은 수리하기 위해 뜯어낸 벽 속 구석구석까지 물대포를 뿌리듯 흰 가루를 살포했다.

그다음에는 팔을 걷어붙이고 집수리를 시작했다. 서보가 아는 인테리어 전문가한테 일을 맡겼는데 지지부진 요령 없이 시간만 흘러갔다. 그래서 그냥 손해를 감수하고 손을 떼게 한 뒤 명숙이 몸소 공사에 나섰다.

소개받은 목수는 골격이 건장하고 인물이 훤한 70세 베테랑이었다. 임시 목공실이 된 주차장에 들어서면 나무 먼지와 함께 소나무 향기가

◀동교동 집 마루.
▶동교동 집 서재.

풀풀 피어오르고 날렵한 소리를 내며 대패가 리드미컬하게 춤을 추었
다. 그 모습을 보는 것만으로도 명숙은 영감을 받았다. 그 덕분에 망설이
지 않고 집 뼈대만 남기고 온 집을 싹 다 벗겨내고 명숙은 자신이 원하는
대로 공간을 만들어 붙이며 수리를 진행했다. 거대한 소조 작품을 제작
하는 듯했다.

그녀 작품의 이번 주제는 '붉은 벽돌과 소나무 목재의 콤비네이션'이
었다. 손가락자국 무늬가 든 얇고 날렵한 테라코타를 지인을 통해 저렴
하게 대량 구입했다. 재료비보다 인건비가 2배나 더 비쌌지만 덕분에 외
관이 아주 독특하고 훌륭하게 잘 뽑혔다. 종로 개발 시 한옥 요정으로 유

명한 명월관이 헐릴 때 그곳의 소나무 목재를 홍대 미대 목공예과에서 구입했다. 서보가 그것을 일부 다시 사들여 명숙이 나무 재목으로 썼다.

반지하에는 서보의 작업실을 만들었다. 칸칸이 막힌 벽을 트고, 쇠기둥을 버팀목으로 박은 뒤에 층고를 높이기 위해서 바닥을 팠다. 서보가 좋아하는 벽난로도 근사하게 만들었다. 출입구가 담벼락에 가까워 캔버스를 넣고 뺄 각도가 나오지 않자 하는 수 없이 마당 쪽 벽에 가로로 길게 창을 내서 작품을 눕혀 이동할 수 있게 처리했다.

수리를 시작한 지 3개월 만에 동남향의 밝고 환한 붉은 벽돌집이 완성되었다. 바퀴벌레도 완전 소탕되었다. 거실 창문 밖에는 소나무를 심고,

1985~1990년까지 살았던 동교동 2층 주택. 왼쪽의 석탑 뒤 개집이 있는 곳에 서보의 지하 작업실 창이 가로로 길게 나 있다.

대문 양옆으로는 꽃사과나무와 감나무를 심었다. 주차장 위에는 장독대를 만들고, 그 벽 쪽으로는 정원석을 쌓아 철쭉과 영산홍을 갈피마다 끼워 넣었다. 마루와 방 유리창에는 격자무늬 미닫이문을 달았고, 창살에는 한지를 발라주었다. 손잡이 부분에는 말린 꽃잎을 덧붙여 창호지가 은은하게 아침 햇살을 걸러주게 만들었다.

물론 이 집의 평화와 아름다움은 대문 밖으로 한 발짝만 나가면 바로 깨졌다. 신촌 전역에서 툭하면 데모가 나서 온 가족이 치약을 가방에 상비하고 최루탄이 터졌다 하면 눈과 코 밑에 한 줄 짜 바르며 도망 다녔다. 당시 승조는 대학원을 다녔고, 승호는 나중에 아내가 된 대학 동기

여학생과 풋풋한 연애를 했다. 다행히 둘 다 학생운동의 주동이 되는 일은 없었다. 한창 입시 준비 중인 딸은 과학자가 되겠다는 어려서부터의 꿈을 실현시키고자 이과에서 열심히 공부 중이었다.

하지만 서보는 학교에 자꾸 비상이 걸리니 더는 안성에 내려가지 못했다. 다음 해 도쿄화랑에서 개인전을 갖기로 했기 때문에 아쉬운 대로 일단 반지하 작업실에서 작품을 제작했다. 1986년 데모가 절정으로 치닫던 때, 서보는 미술대학 학장이 되었다. 산업미술대학원장으로 있을 때는 학제學制에 관여하지 않았지만 미대 학장으로 있을 때는 좀더 적극적으로 나섰다.

가장 시급하게 해결해야 할 문제는 학과 재편성이었다. 당시 공예과에는 금속공예, 도자기공예, 목공예, 염색공예의 4개 전공이 있었다. 각각 30명씩 정원을 두어 학생이 전부 120명이나 되었다. 정원이 30명 이상이면 '과'로 독립되어야 하지만, 그러면 법적으로 전공 교수 4명을 두어야 하기 때문에 재단으로서는 돈을 아끼려고 4개 분야를 전부 '전공'으로 돌려서 하나로 묶어버렸다.

금속, 도자기, 나무, 직물은 재료의 특성이 완전히 다르고 각각 고유한 영역이므로 전공 교수를 두고 수업이 진행되어야 마땅하다. 디자인과도 마찬가지다. 국민대학교는 공업디자인이 독립된 과로 있어 매체에서 관련 인터뷰를 나올 때면 곧장 국민대부터 향했다. 홍대에도 공업디자인이 있었지만 과가 아니라 전공으로 숨어 있었기 때문에 사회적으로 주목받을 수가 없었다.

서보는 제일 먼저 미술대 학과와 전공을 분류표로 정리한 뒤, 각 과에 전임이 몇 명이고 강사가 몇 명인지 조사를 시켜서 그 서류를 총장의 테이블에 턱 올려놓았다. 놀란 총장이 서보를 불러 어디에 배포했냐고 물었다.

"학생들이 불만을 갖고 데모하려고 해서 제가 먼저 가져왔습니다. 그러니 문제가 더 커지기 전에 각 전공을 과로 나누어 교수를 더 뽑아주십시오."

한 발 더 나아가 서보는 학과 신설도 제안했다.

"현대 건축에서 주택과 사무실의 벽면이 점점 더 넓어지고 높아지고 있습니다. 그 흰 벽에 걸 저렴한 판화 작품들이 앞으로 더 많이 필요하게 될 게 분명한데, 이럴 때 홍대에서 한 발 먼저 인재를 양성해야 합니다."

실무에 가까운 미술 이론 전공자를 홍대에서 배출하는 것도 시급한 일이었다.

"책상머리에서 나오는 미술 이론으로는 우리나라 작가들이 뻗어나갈 수 있는 길을 뚫어주지 못합니다. 작품 생산의 현실을 알고 미술시장의 실제도 아는 그런 인재를 장기적으로 육성할 필요가 있습니다. 미대 안에 예술학과를 신설해야겠습니다. 미술 실기도 시키고 미술학도들과 접촉도 많이 하게 해서 미술사와 철학, 미학, 미술사회학, 미술심리학 등 종합적으로 다양한 이론을 습득하게 학제를 만들겠습니다. 외국어도 두서너 개씩 배우게 해서 자기만의 시각을 글로벌하게 키워나가게 만들 생각입니다."

원래 서울의 사대문 내 대학은 학과 개설이나 학생 증원 신청을 해도 승인이 잘 나지 않는다. 그런데 운 좋게 신청했던 모든 것에 인가가 떨어졌다. 결과적으로 예술학과와 판화과가 새로 만들어졌고, 공예과와 디자인과의 전공들도 학생 정원을 그대로 지키면서 분과되었다.

서보는 학교에서 '호랑이' 선생으로 유명했다. 서보 밑에서 무언가를 배우거나 함께 일을 하는 경우에는 많은 것을 각오해야 했다. 서보의 "철저한 준비성과 일 처리의 완벽성", "일을 조직하고 추진시켜나가는 강인한 체력과 의지력, 결단력과 추진력"은 비슷한 종류의 사람이 아니면 따라할 수 없는 것이었다.[49]

전시회라도 하나 조직하게 되면 서보는 "팸플릿의 레이아웃부터 맡아서 하는데 그 꼼꼼함과 치밀함이 그 방면에서 밥을 먹는 사람도 도저히 흉내내기 어려운 정도"였다. 당연히 서보는 자신이 그렇게 잘 준비해놓은 팸플릿 레이아웃에 조금이라도 어긋나는 자료를 들고 오거나 기한을 어겨서 가져오는 이들에게 호통을 쳤다. 기가 약한 제자들은 그런 데서 점점 질려 나가떨어졌다.

더욱이 서보의 주량은 전설처럼 회자된다. 젊은 제자나 후배들과 술자리를 벌이기 좋아한 서보는 한 번도 먼저 취한 일이 없다. 술잔을 피하려고 둘러대는 그 어떤 핑계도 눈감아주지 않아서 일단 합석하면 누구든 "똥물까지 토할 정도로" 마셔야 했다. 체력적으로나 의지 면에서나 서보의 개성을 감당할 수 없는 자는 일찌감치 피하는 것만이 살길이다.

그래도 서보의 제자 사랑은 남달랐다. 졸업 후 제자들이 화단에 나가면 막연히 누군가에게 자신의 작품이 발견되기를 기다리며 답답하게 작업만 하게 된다는 것을 잘 알고 있었기에 서보는 대안을 마련하기로 마음먹었다. 다시 총장을 찾아가 미술학 박사학위를 만들어 자기 작업과 작품에 대해 이론적으로 설명할 수 있도록 현직 작가들에게 종합적으로 이론을 학습시키고 탐구할 기회를 주자고 제안했다.

1989년 미술실기학 박사과정이 신청되었고, 1991년 인가를 받았다. 혹자는 박사학위 욕심을 갖는 미술가들이 시류에 영합하는 허영과 욕심을 드러낸 것이라고 비판했지만, 작가가 자신의 작업에 대해 이론을 구축해서 학위논문을 쓰고 나오는 과정을 만든 취지는 서보가 에콜 드 서울을 만든 이유와 비슷했다.

홍대 출신의 젊은 작가들은 1980년대에 사실주의로 돌아가 민중미술 계통으로 방향을 잡았다. 스승과 선배들이 1970년대에 '아무것도 그리지 않는' 미술에 몰두하면서 '추상이 아니면 미술이 아니다'라는 식으로 가르치는 중에 학교를 다닌 사람들이다. 그들은 뜨거운 사회 상황을 살아내면서 어떻게 미술이 삶과 유리되어 사람들의 현실적 고통을 외면하고 현실에 대해 어떠한 태도도 갖지 않느냐며 비판했다. 그들은 자신들이 다시 그려내는 현실 미술은 '사실寫實이 아닌 사실事實'이며, '사태事態의 현실적 포착'이라고 주장했다. 서보가 싸워나갔던 시대와는 또 다른 시대가 펼쳐지고 있는 것이 분명했다.

사방으로 뻗는 힘

—

학교에서 여러 가지 일로 씨름하고 있는 중에도 서보는 한지 작업을 계속했다. 젊은 친구들이 새로운 목소리를 내며 선배들을 신랄히 비평했지만, 여전히 서보에게는 자신과의 싸움이 가장 중요한 현실이었다. 캔버스에 연필로 긋는 묘법과 한지 작업을 병행하던 서보는 1986년부터 초기 묘법을 완전히 멈추고 한지로만 작업했다. 그즈음 서보는 한지로 만든 500호 대작에 손을 대기 시작했다.

서보는 평소 소품들만 그리는 작가들을 '팔려고 그림 그리는 사람'이라고 심하게 비판했다. 그에 따르면, 작가는 원래 대작으로 성공이 판가름 되는 법이다. 한지가 손에 익자마자 서보는 전지를 500호 캔버스에 배접하고 분무기로 연신 물을 뿌려가며 작업했다. 접착제가 굳으면 종이가 딱딱해져서 다음 날 이어 작업하는 것이 불가능했으므로 어떻게든 24시간 안에 끝을 봐야 했다.

서보의 에너지는 사방으로 지그재그 뻗어나갔다. 한지에 완전히 익숙해진 서보의 손은 한지와 서로 만나면서 순간적인 기분에 따라 방향을 정해나갔다. 그때그때 자신의 기분과 느낌이 즉발적으로 표현되자 연필 묘법과 달리 서보 자신이 더 많이 드러나는 작품이 되었다.

하지만 너무 힘에 부치는 노동이었다. 한창 때인 50대에도 하루에 완성하는 이 작업은 5점 정도밖에 제작하지 못했다. 초기 묘법에서도 24시간 꼬박 매달려 작품을 끝낸 적이 여러 번 있었지만, 이 작업과 비교하면 말도 안 되게 편한 작업이었다. 한지가 굳을까봐 마음이 급해진 서보가 디테일하게 선을 끝까지 밀지 못해 하루 만에 완성된 작품은 어딘지 조금 가벼운 느낌이 났다.

물론 그 느낌이 좋다고 굳이 그때 작품을 골라 구입해간 미술관들도 있다. 하지만 묘법 정신과 태도의 측면에서 볼 때 서보는 그 작품들이 날림 같아서 스스로 죄스러움에 더는 그렇게 작업하지 않았다. 그 대신 한지를 작게 잘라 하루 분량만큼만 조금씩 작업을 하는 방식으로 바꾸었다. 그렇게 하다 보니 분할된 종이의 면과 면 사이에 여백이 생겼다. 나중에는 그 여백까지를 고려해 종이의 크기에 변화를 주면서 제작했다.

서보는 점점 더 다양한 방식으로 작업해나갔다. 담배 혼합물을 들이지 않고 한지의 원래 색 그대로에 호분만 붓 터치를 해서 작업한 대작도 있다. 처음에는 호분만 썼는데 '제소'라는 제품을 구해 써보았다. 나쁘지 않았고 더 저렴했다. 제소와 호분의 흰색은 완성품만 보면 서보 자신도 구분할 수 없을 정도로 차이를 몰랐다. 담배 혼합물은 먹물의 양으로 그때그때 검은 빛의 강도를 결정해 썼다. 하지만 1980년대 후반까지만 쓰고 이후에는 사용하지 않았다.

작업실에 눕혀놓은 대작들 한쪽에 바닥에서 올라오는 습기 때문에 곰팡이가 핀 것을 보고 배접용 오공본드도 사용하지 않게 되었다. 학생들에게 물어 '폴리'라는 공업용 접착제로 대체했다. 폴리는 독성이 강했고 냄새도 지독해서 작업에 어려움이 컸다. 하지만 작업을 하다 보면 둔해져서 그냥 참고 썼다.

1988년 서보는 제43회 베니스 비엔날레에 초대되었고 국제관 전시실 2곳에 한지 묘법을 전시하게 되었다. 캔버스에 폴리로 3겹지를 배접해 150호짜리 작품을 전력을 다해 제작했다. 동교동 반지하 작업실에서 새벽 내내 웅크리고 그림을 그렸다. 아이들이 학교에 다녀오겠다고 인사하고 나가면 그제야 출근하려고 올라와 아침밥을 먹고 2시간 정도 눈을 붙인 뒤 학교로 출근했다.

1987년 동교동 집에서 한지 지그재그 묘법 대작을
마당에 꺼내 보고 있는 서보.

당시에는 거무튀튀한 토기색 같은 것을 만들어 한지 작업을 했다. 먹을 미리 개어놓고 작업을 했기 때문에 먹물이 썩어 냄새가 심했다. 악취를 증발시키려고 마당에 꺼내 햇볕에 내놓았는데 바싹 말라도 구린내가 여전했다. 서둘러 슈퍼에서 탈취제를 잔뜩 사와 2~3번씩 분무기로 뿌려보았지만 냄새가 빠지지 않았다. 배편으로 작품들을 빨리 보내야 해서 어쩔 수 없이 그 상태로 포장해 간신히 시간에 맞춰 작품이 도착하게 했다. 그런데 아니나 다를까 전시장에 작품을 풀어 꺼내놓자 냄새가 순식간에 퍼졌다.

기자들과 미술관 관계자들을 초대해 하루 전에 미리 공개하는 프리 오프닝pre-opening 때 손님으로 온 한 외국인 부부가 문에 들어서자마자 인상을 팍 찌푸리며 코를 막았다. 여자의 불평 소리에 남자가 전시장을 휘둘러보더니 새로 만든 천장과 바닥 냄새인가 보다고 말했다. 대부분 손님들이 코를 막고 미간을 찌푸리면서 다녔다. 마음이 급해진 서보는 이탈리아에 유학 중이던 제자를 불러 화장품 가게에 가서 탈취용 향수를 사오라고 시켰다. 물건을 받아 작품 전면에 열심히 뿌렸지만 냄새가 사라지지 않았다.

다음 날 서보는 아침 일찍 유학생을 앞장세워 화장품 가게로 가서 단순히 냄새를 가리는 재료가 아니라 냄새의 성분 자체를 파괴하는 제품을 찾아봐달라고 요청했다. 직원이 한참 생각하더니 일본의 시세이도資生堂에서 나오는 향수가 있는데 그것이 그런 기능을 한다고 말했다. 값이 비쌌지만 서보는 두 눈을 질끈 감고 호주머니를 다 털어 5병이나 샀다. 한 작품에 거의 한 통씩을 뿌렸다. 그랬더니 잠시 후 거짓말처럼 냄새가 싹

없어졌다. 그제야 서보는 안심하고 웃으면서 오프닝에 서 있을 수 있었다. 일반 관객이 우르르 들어왔고, 코를 움켜쥐고 범인을 찾는 사람은 단한 사람도 없었다. 그 난리를 치고 난 후에 서보는 담배 혼합액을 더는 사용하지 않았다.

1989년 파리 아트센터에서 프랑스혁명 200주년 기념으로 전 세계 24인의 작가를 초대해 '혁명: 플래시백'이라는 기획전이 열렸다. 거기에 초대된 서보는 관장에게 제일 먼저 물었다.

"가장 큰 작품을 내는 작가가 누구요?"

네덜란드의 카렐 아펠Karel Appel이 500호를 낸다는 말을 들은 서보는 자신은 400호짜리를 세워 3점을 이어 붙여야겠다고 생각했다. 대작 작가인 그에게 사이즈는 일종의 자존심이었다.

워낙 큰 작품이어서 완성하는 데만 두 달이 꼬박 걸렸다. 홍대에 등록금 동결 농성 사태가 벌어져서 기한을 늦춰 출품하게 되었다. 어쨌든 죽어라 작업해 결국 마음에 드는 작품 3점을 얻었다. 서보는 각각에 독립적으로 서명을 해서 따로 보면 독립된 작품이지만 연작으로 붙여놓으면하나의 거대한 작품이 되게 전시했다. 북유럽의 유명 은행에서 그중 하나를 사고 싶다고 했다.

서보는 좋다고 했지만, 가만 생각해보니 이 정도 크기의 좋은 작품을 또 다시 만들 수 있을 것 같지 않았다. 서보는 계약 직전에 마음을 바꾸었고, 입장이 곤란해진 관장은 서보를 괘씸히 여겨 작품을 반송하는 운송비를 서보에게 지불하게 했다. 다음 해 개인전 개최 건도 없었던 이야기로 엎어졌다. 고생해서 그린 대작일수록 애착이 강해서 서보는 제 손

1989년 12월 로스앤젤레스 아트페어에서 열린 진화랑 개인전에 찾아온 창열.

에서 떠나보내는 데 어려움을 보였다.

1989년 12월 진화랑에서 로스앤젤레스 아트페어에 서보의 한지 묘법을 들고 나가 개인전을 선보였다. 그 전시회를 위해서는 돈을 좀 들여 동양화 물감에 호분을 섞어 작품을 제작했다. 광택 없이 한지에 색상이 잘 스며들어 뽀얗게 올라오는 발색이 좋았다. 하지만 동양화 물감은 색상이 다양하지 않고 값도 비싸서 이후에는 거의 사용하지 않았다.

1990년대에는 아크릴물감에 대해 알게 되자 작품 채색을 전면적으로 바꾸었다. 아크릴은 윤기가 나는 것이 흠이었다. 서보는 물과 함께 색을 잘 개서 통에 넣고 오래 놔두었다. 그렇게 하면 아크릴의 접착도가 물에 희석되어 강도가 떨어지면서 윤기가 줄었다. 이즈음부터는 캔버스에도

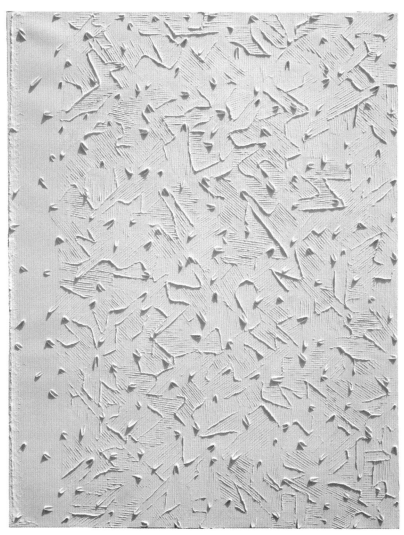

〈묘법 No.920128〉, 캔버스에 한지, 폴리, 아크릴, 연필, 147×112cm, 1992.

〈묘법 No.901201〉, 캔버스에 한지, 폴리, 아크릴, 연필, 130×162cm, 1990.

아크릴을 바르기 시작했다. 빨간색, 보라색, 녹색 등 다양한 색을 칠하고 가장자리를 비워둔 채 한지 조각을 올려서 캔버스가 부분적으로 드러나게 제작했다. 작게 자른 종이들을 붙일 때도 종이 사이의 공간을 더 띄워서 캔버스 밑색이 곳곳에서 화면 위로 올라오게 변화를 주기도 했다. 나중에는 작업 중에 언제든지 중단하고 다시 작업을 재개할 수 있도록 아예 손바닥만 한 작은 조각 종이를 붙여 작업하기도 했다. 종이를 갖가지 모양의 다각형으로 잘라 쓴 적도 있다.

그런데 하얀색이 밑칠되어 나오는 기성 천 제품으로 캔버스를 만드니 문제가 생겼다. 한지의 물기로 인해 합성수지 계열의 캔버스 밑칠이 자꾸 부풀어 떠서 바닥지가 캔버스에 꽉 붙지 않는 것이다. 문제 해결을 위해 제소를 발라 캔버스 천을 코팅해주었다. 캔버스 천은 물이 묻으면 쪼그라드는 반면 한지는 물에 불면 늘어난다. 성질이 반대인 두 바닥재가 마르면서 서로 분리되거나 그 힘으로 인해 나무틀을 잡아당겨 프레임을 변형시켰다.

그러면 귀퉁이의 한지가 울어 하는 수 없이 칼로 찢어 다시 잡아당겨 손을 봐야 했다. 프레임이 휘니 가운데 볼록하게 튀어나온 부분이 세워놓은 뒤 작품의 한지에 나무 독을 옮겨 얼룩을 남기는 일도 발생했다. 물성과 물성의 만남은 어떤 일을 벌일지 예측이 어렵기 때문에 작업을 하면서 계속 시행착오를 통해 보완해나갈 수밖에 없었다.

풍토성과 한국적인 것

—

서보는 늘 "변화하지 않으면 추락한다. 그러나 변하면 또한 추락한다"고 스스로 다짐해왔다. 작가는 자신이 살고 작업하는 땅의 '풍토성'의 영향을 받으며 작업하지 않을 수 없다. 그 땅의 날씨나 계절, 산과 물의 기본 환경뿐 아니라 정치·경제적 상황과 사회·문화적 조건에 이르기까지 작가를 둘러싼 환경적 요인이 전부 작가의 작업에 영향을 끼친다. 작가는 애초에 풍토성의 조건을 벗어날 수 없으며, 풍토의 변화를 따라 같이 변화할 수밖에 없다. 그러나 변화란 불안한 것이기 때문에 그 자연스런 요청에 응하지 못하고 습관적으로만 작업하면서 자기 껍질 속에 갇히기를 선택할 수 있다.

변화에 민감하지 못하고 게으름을 피우다가 변화에 발맞추지 못하는 작가도 많다. 어떤 이유 때문이든, 변화하지 못하면 예술가는 결국 추락하고 만다. 하지만 풍토의 변화를 예민하게 느끼면서 경험으로 발맞춰 철저히 체화한 작업의 변화를 보여주어야 하는데, 시대의 요청에 부응해 개념적으로 혹은 아이디어만으로 서둘러 변화하면 그 역시 추락하는 길이다. 정신적으로나 기법적으로나 자기 것으로 완전히 소화되고 일체화되지 못한 작업의 변화는 도리어 예술가를 변질시켜서 생명을 단축시킨다. 그러나 변신하지만 여전히 그리고 완전히 자기여야 한다는 것은 말이 쉽지 성공적으로 완수하기 쉽지 않다.

1980년대에 한국 작가와 이론가들은 '나(우리)는 누구인가?'라는 질문을 던지면서 서구의 자연관을 적극적으로 규명하기 시작했다. 아무런 비교 없이 곧장 자기를 알아채고 정의 내리기란 심리적으로 어려운 법이다. 그래서 보통은 '너 혹은 너희'의 특성을 분명히 해놓고 '그게 아닌 나', '그게 아닌 우리'로 거꾸로 정체성을 찾기 마련이다. 경계 긋기는 그렇게 생겨난다. 실제로는 경계 같은 것이 없지만, 관념적으로 경계를 그을 수 있고 그렇게 금을 긋는 순간 둘은 완전히 다른 존재가 되어 생각 속에 구분되기 시작한다.

1980년대 미술계의 특징은 한마디로 말해 그러한 선긋기였다고 하겠다. 자연을 바라보는 시각과 태도가 동서 간에 달랐다고 인지하기 시작한 작가들은 서구의 문화는 매사에 주체적이고 인간중심적이라고 일반화를 해놓고 그와 대비되는 것으로 동양 문화를 이야기하기 시작했다. 그들에 의하면, 서구인은 자연을 인간 밖에 있는 대상으로 지각해 그것을 통제하고 길들이려고 해온 반면, 한국인들은 인간이 자연의 일부라는 생각을 갖고 있어 자연에 대립하지 않고 자연 속에 묻혀 살면서 자연에 순응해왔다고 보았다.

그러면서 뭐든지 뱉어내지 않고 흡수하고, 담아내고, 순응하면서도 찢어지거나 자기 파괴를 보이지 않는, 내적으로 질긴 한지의 특성이 그러한 한국적 풍토성을 대표한다고 주장했다. 한지로 작업하던 미술가들은 자신들의 작업에 '자연과의 교감'이라는 한국적 정신성을 부여하려고 노력했다.

마침내 그러한 개념화가 서구에서 호의적으로 받아들여졌다. 1992년 영국 리버풀의 테이트갤러리에서 서보, 창열, 우환, 창섭, 형근, 이강소로 이루어진 단색화 화가의 그룹전을 기획했다. 그들의 작품은 '한국의 모노크롬'이라고 소개되었다. 서보는 자신들의 작품을 차별화하는 것은 한국의 자연관이므로 전시명을 '자연과 함께 작업하다Working with Nature'로 해야 한다고 강력하게 주장했다.

미술관 측에서는 전시명이 너무 길어 좋지 않다고 이야기했지만, 결국 서보의 주장대로 그렇게 타이틀을 내걸었다. 테이트갤러리의 명성 때문에 그 전시는 한국 화단 내부에서 여태껏 없던 해외의 관심으로 읽혔고, 한국적인 그림이 서양에 '수출'된 것처럼 평가되었다. 이제 한국 현대미술이 영국의 중심부로 뚫고 들어갔으니 세계시장에 알려지는 것은 시간문제일 것이라고 서보는 생각했다. 아시안게임과 올림픽을 성공적으로 개최한 한국인의 민족적 자긍심이 사회 전체적으로 하늘을 찌를 듯했다. 하지만 아직은 시기상조였다.

삶이 그대를 속일지라도

죽어도 아니 눈물 흘리오리다

―

하루 시간 내서 서보와 명숙은 오랜만에 안성 작업실에 내려갔다. 그런데 대문이 도끼로 찍혀 열려 있었다. 서둘러 안으로 뛰어들어간 서보는 가슴이 철렁했다. 누가 작품들을 칼로 도려내 돌돌 말아 들고 가버린 것이 아닌가. 후배와 친구들에게서 알음알음 얻은 작품들까지 전부 손을 댔다. 일부는 캔버스에서 테를 잘라 가져갔고, 일부는 들고 가다가 중간에 내팽개치고 갔다. 어떤 것은 그림이 마음에 안 들었는지 그냥 두고 갔다. 누가 얼마나 자주 와서 무엇을 가져간 건지 정확히 파악되지 않았다.

같은 사람이 온 것인지 아니면 다른 사람들이 연달아 들어온 것인지도 알 수가 없었다.

이미 1983년에 침실문 유리를 깨고 도둑이 들어와 그동안 서보가 모아놓은 양주 100병과 각종 기물, 심지어는 전기담요에 누빈 요까지 훔쳐간 일이 있다. 1년 후 범인이 잡혔다고 용산경찰서에서 연락이 와서 가보니, 노숙자로 보이는 남자가 길에서 양주를 마셔 붙잡혔고 캐보니 줄줄이 범행을 댔는데 그중 서보의 안성 사건이 들어 있었다고 했다. 그런데 또다시 이런 일이 생긴 것이다. 대문을 고쳐놓고 서보는 학장 임기가 끝나는 대로 바로 다시 내려와 작업을 해야겠다고 마음먹었다.

그런데 1990년 두손갤러리의 김양수 사장이 서보를 만나러 왔다가 동교동 집 지하에서 불편하게 작업하는 모습을 보고 근처에 작업실을 얻으라고 돈을 내주었다. 줄줄이 전시 때문에 마음이 급했던 서보는 여기저기서 융통해온 돈을 얹어 집 맞은편의 신축 건물 2층에 작업실을 전세로 얻었다. 빌린 돈은 2년 뒤 두손갤러리에서 전시를 하면서 전부 갚았다. 40평으로 갑자기 작업 공간이 넓어지자 처음으로 서보는 일을 도울 조수를 학교에서 구했다. 서보의 첫 조수로 온 서양화과 2학년 윤성준은 서보의 작업실에서 10년간 캔버스를 만들고 한지 배접하는 일을 도왔다.

집 옆에 넓은 작업실이 생기자 서보는 안성에는 아예 내려가지 않게 되었다. 문득 그에 생각이 미친 서보가 성준에게 작품들을 싣고 오라고 일렀다. 간신히 용달차를 빌려온 성준이 어떤 것들을 먼저 가져오면 되냐고 물었다.

"네가 괜히 작품들 심사할 생각하지 말고, 앞에서부터 100점만 우선 신고 오라."

　성준은 스승의 말을 하늘같이 받들어 무조건 앞에서부터 차곡차곡 실어 날라왔다. 빈 캔버스들까지 순서대로 먼저 옮겨졌다. 안성에서 가져오는 작품을 보관할 곳이 필요해진 명숙은 또다시 성산동에 터가 넓은 집 한 채를 구매했다. 3년 전에 한 수 앞을 내다보고 동교동 하천가에 집을 사둔 것이 도로가 덮이며 값이 올라 목돈이 마련될 수 있었다. 하지만 그때 이후로 서보도 성준도 하고 있는 일들이 너무 바빠 안성에서 작품을 실어오지 못했다.

　1994년 연말 송년회 겸 저녁식사를 하고 들어온 서보와 명숙은 피곤해서 일찍 잠자리에 들었다. 서보는 새벽에 잇몸이 아프고 가슴이 조여와 잠에서 깼다. 딸은 미국에 유학을 갔고 두 아들은 분가한 터라 집에는 부부밖에 없었다. 바닥에 엎어져 엉금엉금 기면서 자고 있는 명숙을 부르자 서보의 증상을 알아본 명숙이 재빨리 차를 운전해 서보를 응급실로 싣고 갔다. 급성심근경색이었다. 의료진은 1차 관동맥 풍선확장술을 바로 시행해 서보의 목숨을 살렸다. 의사가 겁을 주자 서보는 매일 3~4갑씩 피우던 담배를 한 방에 뚝 끊고 술도 거의 손대지 않았다.

　그때부터 서보는 자유분방해서 힘이 많이 드는 지그재그 작업을 줄이고 직선을 내려 긋는 작업으로 바꾸었다. 한지를 찢으면서 밑으로 내려와 맨 끝에 물방울처럼 종이가 뭉치는 작품이 한동안 지그재그 작업과 겹쳤다. 하지만 종이 뭉친 자욱이 괜한 첨언添言처럼 느껴져서 그 작업은 조금 하다가 그만두었다. 그 대신 한 줄로 일정하게 내려 긋는 작업은 계속 이어갔다. 몇 십 번을 왕복해서 긋자 종이가 양옆으로 밀려 골이 패

〈묘법 No.060821-08〉. 내려 긋기 묘법 작품을 45도 각도로 비스듬히 본 모습. 골과 골 사이에 밀린 종이가 선으로 솟아 있다.

이고 밀린 종이는 선線이 되었다.

내려 긋는 것은 가로로 긋는 것보다 팔의 움직임을 조절하기 어려워서 서보는 캔버스를 90도 돌려 왼쪽에서 오른쪽으로 선을 그었다. 겹친 한지가 연필에 걸리지 않게 하기 위해서 한지는 오른쪽에서 왼쪽으로 붙였고, 한 줄씩만 조금씩 붙여 물을 뿌려가며 작업했다. 물감은 아크릴을 개어 썼고, 색상은 블랙 계통으로 작업했다. 1999년부터는 화이트 계통의 작업이 섞였고, 레드는 2000년부터 등장했다. 2003년부터 블랙은 제작이 멈추었다.

25년 가까이 묘법을 했던 작업대 위에서 처음으로 균형을 잃고 땅으로 떨어진 날, 서보는 남모를 트라우마를 안게 되었다. 신체와의 일체감을 가장 중요하게 여겼던 서보가 신체와 정신이 따로 놀기 시작하는 것을 느낀 것이다. 영영 예전처럼 돌아갈 수 없을 것 같다는 두려움에 빠진 서보는 높지도 않건만 바퀴 달린 작업대에 올라앉는 것이 겁이 나기 시작했다.

서보의 두려움에 대해서는 전혀 알지 못한 채 명숙은 남편을 위해 새 작업실을 짓고자 성산동 주택의 임차인들을 내보내기 시작했다. 대구 출신의 건축가 이현재에게 설계를 부탁했고, 차근차근 돈을 마련해가며 공사를 진행할 계획이었다. 그런데 심근경색으로 쓰러진 후 괜히 마음이 조급해진 서보가 다짜고짜 집을 철거부터 시켰다. 파헤쳐진 빈 땅은 한참동안 심란한 서보의 마음처럼 휑하니 방치되었다.

엎친 데 덮친 격으로 부부는 1996년 3월 23일 안성경찰서에서 전화를 받았다. 서보와 명숙이 헐레벌떡 내려가니 작업실 내부가 홀랑 다 타 있었다. 질서정연하게 꽂아두었던 캔버스 프레임이 마른 장작 역할을 해서 불길을 키웠고, 서재에 가득 꽂혀 있던 서보의 카탈로그와 책들도 다 같이 재가 되어버렸다. 경찰 말로는 동네 양아치들이 문을 따고 들어와 밤새 술을 마시며 놀다가 춥다고 벽난로에 불을 붙인 게 화근이 된 것 같다고 했다. 서보는 실어증에 걸린 사람처럼 말을 잇지 못했다. 서보에게 소중한 일본 무라마쓰화랑의 첫 개인전 때 냈던 500호짜리 대작도 불에 타서 없어졌다.

'성준에게 소품부터 실어오라고 하지 말 걸 그랬나? 알아서 잘 골라 가져오라고 했어야 했나? 아니 내가 서둘러 그냥 갔다 올 걸 그랬나?'

↑불타기 전 수장 작품들.
↓1996년 안성 작업실 전소 모습.

뒤늦게 후회한들 소용이 없었다. 그나마 다행인 것은 1991년에 국립현대미술관에서 열린 '박서보 회화 40년' 전에 출품된 작품들이 아직 회수 전이라 그대로 남아 있다는 사실이었다. 이후 안성 작업실은 폐가로 버려졌다. 서보는 화재 현장을 목격한 이후 단 한 번도 작업실에 내려간 적이 없다. 서보는 원래 괴로운 감정을 직면하거나 다루는 일을 어려워한다. 무조건 잊고 피하는 방법으로 버텨서 정작 마음을 정리하지 못해 뭐든 잘 떠나보내지도 못한다.

자꾸 모든 것이 손아귀 사이로 술술 빠져나갔다. 인생이 얼마나 허망한 것인지 일러주듯, 그다음 해에는 서보의 어머니와 친구 이일이 한 날 한 시에 한 줌 재로 서보의 곁을 떠났다. 30년 이상 근속했던 직장도 이제 막 내린 무대라면서 서보를 내보냈다. 어느새 67세가 된 서보는 공식적인 사회적 위치가 사라지자 명절이면 찾아와 인사하던 사람들이 조용해진 것을 피부로 느꼈다. 서보에게 남은 것은 이제 정녕 작업밖에 없는 것 같았다.

사실은 형님이던 정창섭

—

늙음에 대한 서글픔이 잡초처럼 자라자 서보는 제 옆에 남아 있는 친구들에게 심적으로 의지하기 시작했다. 예전 같으면 살뜰히 챙기지 않던 친구들에게 매일 같이 전화를 걸어 문안 인사로 농을 던지며 일상의 소소한 일을 이야기하고 뭐든 함께하자고 불러댔다. 그중 한 명이 정창섭이다.

창섭은 충북 청주 출신으로 청주사범학교를 나오고 서울대 미대를 졸업해 서울대 교수가 된 사람이다. 서보와는 서양화 전공에 충청도 사람이라는 것 말고는 친구가 될 공통점이 거의 없었다. 작달막하고 다부지게 생긴 서보와 달리 창섭은 큰 키에 귀공자 타입이었고, 급하고 저돌적인 서보와 달리 성격도 차분하고 내성적이었다. 둘에게 연결고리라면, 엉뚱하게도 서보의 아내 명숙이었다.

31세의 삼대독자 창섭은 장가가라는 부모의 성화에 못 이겨 서울에서 그림을 그리다 잠시 고향에 내려왔다. 청주여고에는 화가가 되고 싶은 꿈 많은 학생들을 위해 새로 미술반이 막 꾸려진 터였다. 자신들의 미래를 책임질 선생님을 학수고대하며 잔뜩 기대한 아이들 앞에 나타난 것은 첫 부임으로 내려와 미술반을 맡게 된 서울대 미학과 출신의 앳된 여선생이었다.

학생들의 열망이 순식간에 실망의 빛으로 바뀌자 당황한 선생님은 몇 달간 미술사를 가르치면서 시간을 때우다가 학교 선배가 청주에 내려온다고 하니 다짜고짜 학생들을 몇 개월만이라도 좀 지도해달라고 애걸했다. 후배의 청을 거절하지 못한 창섭은 잠깐 짬을 내 여름방학 때 미술반 학생들을 가르쳤다. 거기에 2학년 명숙이 있었다.

6·25전쟁 때 폭격으로 교사가 반이나 날아가서 한쪽에 엉성하게 지은 가건물에 미술실이 있었다. 석고상 몇 개와 삐걱대는 이젤이 전부였다. 이곳으로 서울에서 활동한다는 '진짜' 화가가 구세주처럼 나타나자 금방 미술반의 우상이 되었다. 그해 여름 내내 미술반 학생들은 선생님

의 가르침을 한마디라도 놓칠까봐, 귀 쫑긋 눈 똘망 뜨고 미술실에 붙어 살았다.

여름방학이 끝나고 가을비가 내리던 일요일, 학생들의 마음을 존경과 설렘으로 가득 채웠던 선생님이 장가를 갔다. 미술반 학생들은 돈을 걷어 은수저 한 벌을 사들고, 부부의 행복을 빌기 위해 천둥번개 치고 비 쏟아지는 운동장을 가로질러 중앙초등학교 강당으로 뛰어 들어갔다. 그곳에서 명숙과 친구들은 꺄르르거리며 노총각 선생과 결혼 서약을 하는 신부의 예쁜 얼굴을 더 잘 보려고 좋은 자리를 찾아 몸을 날렸다. 청주사범대학을 수석으로 졸업하고 중앙초등학교에서 교편을 잡던 양은희가 신부였다.

사실 명숙과 친구들은 창섭과 그녀가 데이트를 할 때마다 뒤를 졸졸 쫓아다녔다.

"머리 스타일이 이상한 거 아니야?"

"그래도 다리는 예쁜데?"

서로 교복치마를 들고 자기네 다리와 비교하며 여학생들은 신났다.

"얼굴이 하얘서 선생님과 어울린다."

"아냐, 화장발일 거야."

사실 창섭이 여학생들의 동경의 대상이 된 것에는 그가 화려하게 했다는 서울 연애담이 청주 바닥에 나돌면서 여학생들의 꿈을 부풀렸기 때문이다. 소문의 온상지는 다방이었을 것이다. 갤러리가 없어 청주 번화가 다방에서 창섭이 개인전을 열었는데, 거기 모인 미술가들이 떠드는 소리가 좁은 시골에 금방 퍼지고 말았다.

명숙은 그다음 해 대학에 가느라고 서울로 올라왔고, 여고시절은 까맣게 잊고 바쁘게 살았다. 그런데 인사동 다방에서 서보가 차를 사주면서 이런저런 이야기로 시간을 끌던 날, 괜히 어른스러운 척했다가 그만 지옥문을 열고 만다. 서보가 지켜보는 중에 아버지께 편지를 쓰면서 이왕 쓰는 소설 리얼리티나 높이자고 자기가 알고 있는 어른의 이름을 들먹인 게 사달을 냈다.

1970년대에 창섭은 윤명로와 함께 서울대생끼리 모여 '서울 70'이라는 운동을 주도했다. 당시 서보와 함께 활동하던 서울대 후배 이강소와 심문섭을 참여시키려고 애썼다. 서보는 영 기분이 언짢았다. 얼마 못 가 '서울 70'은 해체되었고, 창섭이 서보가 이끌던 '에콜 드 서울'에 가담했다. 그때부터 창섭을 가까이에서 지켜보며 꼼꼼히 살펴보니, 그는 서보와 달리 느긋하고 조용했으며 점잖았다.

자기가 명숙을 홍대에 보낸 거라고 생색내는 형근과 달리, 창섭은 언제나 명숙에게 깍듯이 '사모님'이라고 부르며 정중하게 대했다. 더 들여다보니 야망도 크지 않고 순박하며 착하기까지 했다. 서보는 지인들이 모인 술자리에서 창섭과 처음으로 친밀하게 이야기를 나누었고, 그날 창섭에 대한 경계심을 완전히 풀었다. 기분 좋게 술에 취해 명숙에게 외투를 벗어주며 서보는 새 친구를 자랑했다.

"창섭이 그 친구가 노래를 그렇게 잘 부르는지 몰랐다."

길고 길었던 오해가 풀리자 서보와 창섭은 꼬맹이들처럼 서로를 '정박', '박박'이라고 부르며 네 살 차이에도 허물없는 절친이 되었다. 김복기는 자신의 담당교수였던 정창섭의 작업실에서 담소를 나누던 중 서보

↑1982년 안성에서 송년회를 하고 난 다음 날 아침, 창섭과 서보.
↓1994년, 서보의 도쿄화랑 개인전에서 서보와 명숙의 양옆에 선 창섭 부부.

정창섭, 〈닥89077〉, 240×140cm, 1989.

와 창섭이 전화 통화하는 모습을 목격했다.

"어이, 박박!"

하늘같은 교수님이 그런 경쾌한 인사를 하는 것도 신기한데, 좀 있으니 상대에게 한참 혼나는 느낌으로 통화를 했다. 이번에는 김복기가 서보와 있을 때 둘의 통화를 다시 들을 기회가 있었다. 역시나 서보는 수화기 너머로 창섭에게 가르치듯 말했다.

"아니, 그게 아니고! 그건 이런 거지. 아니지, 그건 저래야지."

서보가 심근경색으로 삼성의료원에 입원했을 때, 창섭은 자기와 친한 호암미술관의 김용대에게 전화해 의료진이 서보를 위해 최선을 다하도록 부탁의 말을 넣게 했다. 서보가 성산동 주택을 구입해 철거부터 했을 때도 창섭은 성급히 일을 저질렀을 서보를 위해 역시나 김용대에게 도와줄 방법을 찾아주라고 부탁했다. 김용대는 정창섭, 박서보, 김창열을 '삼총사'라고 불렀다. 각기 다른 기운의 캐릭터가 가까이 지내는 것이 재미있다면서 셋을 '아주 흥미로운 조합'이라고 말했다. 거기에 이우환까지 붙으면 '사총사'가 되는 것이다.

그랬던 창섭이 그만 청천벽력 같은 병을 진단 받고 고생하기 시작했다. 신경 퇴행성 질환을 앓으면서 조금씩 신체를 쓸 수 없게 된 것이다. 서보 역시 신체적으로 쇠락을 경험하며 작가로서 한계를 느끼고 있던 터라 변해가는 절친을 보는 게 힘들었다. 그래서 일부러 더 모른 체하며, 만날 때면 변함없이 농이나 건네고 장난스럽게 대하려고 애썼다.

2011년 85세의 나이로 창섭이 먼저 세상을 떠났다. 형님처럼 자신의 모든 무례를 받아주며 늘 말없이 뒤에서 도와주던 좋은 친구가 갔다. 다

때가 되면 가는 거라고 대범한 척 말하며 장례식을 다녀왔지만, 서보는 문득 두려워졌다. 이 뜨거운 생을 하직한다는 것에 대해 아직은 생각조차 하기 힘들었다.

정겨운 친구, 윤형근

—

윤형근도 창섭처럼 서울대 미대에 입학했으나 어수선한 전란 중에 인민군이 일을 시켜 부역한 것이 문제되어 서울대에 다시 등록하지 못했다. 하는 수 없이 김환기가 있는 홍대 미대로 편입해 서보의 후배가 되었다. 나이는 형근이 세 살 위였지만 2년 동안 수업도 같이 들은 사이라 서보가 맞먹었다.

형근도 창섭과 마찬가지로 충북 청주 출신이다. 고향에 있는 청주여고 미술 교사로 막 부임한 그를 3학년이 된 명숙과 친구들은 "떠꺼머리 총각"이라고 놀렸다. 형근은 창섭과 달리 여학생들의 가슴을 설레게 할 연애사가 없어 학생들의 관심을 덜 받으며 근무했다. 하지만 명숙에게는 중요한 역할을 했다. 갑자기 입학원서를 쓰겠다고 교무실로 들이닥쳐 울고불고 하는 것을 홍대 미술과로 원서를 써넣게 달랜 이가 형근이었기 때문이다. 형근은 자기 덕분에 서보가 결혼할 수 있었던 거라면서 명숙을 '조카 딸'이라고 불러 졸지에 서보를 자신의 조카사위로 만들었다. 본은 달라도 형근과 명숙이 같은 윤씨였기 때문에 가끔 그게 진짜인 줄 믿는 사람도 있었다.

1975년, 형근의 주택 정원에서 형근 부부와 함께.

　숙명여고로 자리를 옮긴 뒤 형근은 김환기의 장녀 김영숙과 결혼했고, 평생 홍대 근처를 벗어나지 않고 서보와 가까이 지내면서 늘 티격태격 친구 사이로 지냈다. 서보는 형근이 보이는 충청도 고유의 우직함을 좋아했다. 우리나라에서 유일하게 바다를 끼고 있지 않은 충북에서는 생선이 귀했다. 그래서 그곳 출신들은 고등어자반을 최고라고 알고 먹었다. 창섭과 형근 역시 서보처럼 고등어자반 구이와 찜을 좋아했다. 서보는 경북 예천에서 태어났지만 막상 자란 곳은 경기도 안성이고, 안성은 충북에 접해 있어 비슷한 점이 많았다. 안성 사람들도 충청도 사투리처럼 좀 질질 끌며 말을 했는데, 그래서 그런지 서보는 형근의 말투가 가족인 양 정겹게 들렸다.

심근경색을 경험한 이후 서보는 매일 아침 일어나면 형근에게 전화부터 했다. 한결같은 레퍼토리다.

"오늘 구공탄 갈았어?"

"오늘 설거지 했어?"

그러면 형근도 늘 똑같은 말로 퉁바리를 주었다.

"아침부터 지랄하네."

형근의 부인이 먼저 받아도 서보의 문안 인사는 똑같았다.

"인생 뭐 해요? 설거지 했어요? 구공탄 갈았어요?"

부인이 얼른 형근을 불러서 바꿔주면, 서보는 형근을 놀려대기 시작했다.

"어이, 할 일 없는 인생, 구공탄 잘 갈아라. 그래야 부인한테 밥 얻어먹는다."

발끈하는 형근의 구수한 목소리를 들어야 서보의 하루 일과도 시작되었다.

1973년 형근이 숙명여고 미술 교사로 있을 때, 지금의 '쌍둥이 자매' 사건 같은 입시 성적 조작 사건이 발생했다. 박정희 정권 시절 비서실장과 중앙정보부장을 지내며 '날아가는 새도 떨어뜨린다'던 막강 실세의 사돈의 딸과 관련되었다. 다른 교사들이 부추겨 형근이 교무위원회에서 "사건의 진위를 밝혀라"고 요구하자, 얼마 후 엉뚱하게도 '반공법 위반'으로 형근이 내무부 치안본부로 끌려갔다. 장인 김환기가 미국으로 들어갈 때 벗어놓고 간 블루진 마도로스 모자를 형근이 쓰고 다닌 것을 보고 누가 '북한 인민군 모자'를 쓰고 다닌다고 신고해서 잡혀간 것이다. 그들은 형근이 갖고 있던 『조선의 공예』라는 책도 확인해볼 게 있다면서 압수해갔다.

치안본부에서 조사를 받고 1개월 만에 송치되어 검찰 구치소로 끌려가니, 검찰이 사건을 훑어보자마자 한눈에 형근이 낚인 것임을 알아보았다.

"선생님, 가도 숙명여고 선생질은 다시 못할 겁니다. 그러니 그냥 사표를 내시죠. 그러면 제가 석방될 수 있게 잘 처리해보겠습니다."

형근은 사표를 쓰고 풀려 나왔다. 서보가 얼른 홍대에 시간 강사 자리를 잡아주었는데, 하필 빈자리가 조소과밖에 없어 형근이 조소과 선생이 되었다. 그래도 형근은 언짢게 여기지 않고 특유의 느린 말투로 농담했다.

"내가 조소 잘하는 줄은 어떻게 알았어?"

이후로도 마포경찰서에서 사람들이 수시로 형근네 집에 괜히 와서 인사를 건네고 갔다. 감시하는 담당이 따로 배정되어 있을 정도였다. 그래서 형근은 뭘 하든 신원보증인이 필요했고, 그때마다 서보가 기꺼이 보증을 서주었다. 형근이 그 사건 이후 괴로워만 하면서 작업을 제대로 못하자 서보가 보다 못해 따끔하게 충고했다.

"네 안에 분노가 있지 않느냐? 추사도 정치적 상황에서 분노를 억누르면서 세한도와 서체를 낸 것이지 않더냐? 너의 분노를 최대한 억제하면서 동시에 표출해봐라."

형근은 테레빈유terebene油를 섞은 유화물감에 캔버스 천을 담가 제 마음처럼 물들이는 식으로 추상을 했다. 테레빈유는 너무 많이 쓰면 물감

윤형근, 〈Burnt Umber & Ultramarine〉, oil on linen, 199.8×120cm, 1986.

이 확 퍼져서 효과가 약해진다. 진하게 획을 그어보는 것으로 바꾸라고 서보가 참견했다. 서로 다른 농도의 물듦이 이중으로 겹쳐지는 작품이 나왔다. 그런데 나중에 보니 테레빈유가 다 날아가서 회색 자국만 남았다. 서보는 또 이래저래 참견을 했다. 린시드 오일로 바꿔 해보니 곧장 마르지 않아 좋긴 했지만, 양쪽에 찍었던 검정색 물감이 계속 번져서 1~2년 후에는 검정 면 2개가 거의 붙어버리기까지 했다.

서보는 린시드 오일로 작업하면 오래 못 가고 천이 결국은 상하고 썩으니 아교칠이 되어 있는 프랑스제 아사천을 구입해서 쓰는 게 좋겠다고 제안했다. 거기에 테레빈유를 섞은 물감을 칠한 뒤 그것이 다 증발되어 날아가면 그 위에 획을 긋고, 꾸덕해졌을 때 진한 색으로 더 그어보는 게 어떠냐고 제안했다. 나름 고집 센 형근은 서보의 제안을 무시하고 자기 마음대로 탐색을 계속했다.

일본 도쿄화랑의 추천으로 1989년 히로시마 시립현대미술관의 개관기념전에 우환과 창열과 서보가 초대되었다. 제2차 세계대전 때 원자폭탄이 터진 히로시마를 생각하면서 작품을 만들어달라고 전 세계 78명의 작가에게 400만 엔씩 주고 작품 제작을 의뢰한 대규모 기획이다. 전시명이 '히로시마, 히로시마, 히로시마廣島, ひろしま, Hiroshima' 였다. 중국어·일본어·영어로 히로시마를 3번 부른 것에서 이미 각 나라 작가가 서로 다른 입장에서 보는 히로시마에 대한 이야기가 될 것임이 읽힌다. 그런데 초대된 78명 중 한국 작가는 고작 3명뿐이었다. 서보는 도쿄화랑의 둘째 아들 다바타 유키히토와 식사를 하면서 불만을 꺼냈다.

"일본 전시니까 일본 작가들이 대거 들어가는 것은 이해하지만, 솔직히 참여한 일본 작가들과 비교할 때 더 훌륭한 작가들이 우리나라에 많이 있다는 것을 당신도 알고 있지 않소?'

다바타 유키히토가 수긍했다.

"내 친구들도 그 전시에 참가시켜주시오. 최소한 윤형근, 정창섭, 하종현은 추가해야 하오."

다바타 유키히토가 알아보더니 미술관의 예산이 400만 엔밖에 남지 않아 그중 한 명만 추가할 수 있다고 했다.

"그러면 내가 받은 돈을 반환할 테니 800만 엔으로 4명을 다 넣어주고, 200만 엔씩 분배하는 것으로 합시다."

일이 그렇게 다시 조정되어 진행되었다. 창섭과 종현은 어찌 되었든 자기의 마음을 알아줄 사람이기 때문에 서보가 여차저차 직접 사정을 전달하고 이해시켰다. 하지만 형근은 군소리를 하는 타입이라서 서보가 입을 다물었다. 뭐든 다 웃어주고 받아주는 창섭과 달리, 형근은 서보가 자랑하는 일마다 거침없이 핀잔을 날렸다.

"넌 그런 것을 꼭 생색내야겠냐?"

창열이나 우환이 400만 엔씩 받았다는 것을 듣게 된 형근은 왜 우리는 반밖에 안 주냐고 다바타 유키히토에게 따졌다. 비밀로 하기로 서보와 약속했지만 하는 수 없이 다바타 유키히토가 사실을 고했다. 형근이 머쓱해져서 서보에게 전화해 고맙다는 마음을 전했다. 나이가 드니까 점점 더 주변에 서운한 게 많아지고, 친구들에게 기대하는 게 많아진 서보는 그렇게라도 형근이 말해주니 기분이 좋았다. 서로 늙어가는 것이다.

그런데 그런 형근이 암을 선고 받고 창섭보다 3년 일찍 세상을 떴다.

아침마다 뭐하냐고 묻던 그 '할 일 없던 인생'이 사라지자 서보는 아침에 눈을 떠도 입을 뗄 상대가 없어 하루가 텅 빈 것처럼 느껴졌다. 형근의 부인도 남편이 세상을 떠난 뒤에는 매주 등산을 함께한 화가 부인들의 모임에 나오지 않았다. 유족 누구도 소식을 전해주지 않아서 서보와 명숙은 2017년 부인의 장례식에 가보지도 못했다.

고등어자반을 맛있게 나누어 먹던 충청도 친구들이 그렇게 하나둘 헤어졌다. 사라진 것은 다시는 돌아오지 않는 게 인생의 이치였지만, 서보는 모든 것을 되돌이키고 싶었다.

기쁜 날이 오고야 말리니

평생의 작업실

—

성산동 건물은 1997년 봄에나 완공되었다. 3년 전 설립한 서보미술문화재단을 문패로 붙이고, 서보와 명숙은 다시 성대한 입주 파티를 열었다. 정년퇴임을 하자마자 새 작업실이 생긴 것이기 때문에 창열, 창섭, 형근 등 오랜 친구들과 제자와 후배를 불렀다. 해외 손님들도 축하해주러 왔다.

새 작업실은 순전히 건축가의 스타일대로 지어졌다. 살림집이 올려진 건물 왼쪽은 노출 콘크리트로 처리되었고, 지붕까지 넓게 뻥 뚫려 한 통

↟성산동 집 완공 모습.
↡성산동 1층 작업실 내부. 오른쪽 1층의 서보 책상과 그 위의 2층 살림집 거실 창.

으로 공간이 설계된 오른쪽 작업실 외벽은 철골에 패널을 씌워 서보의 블랙 작품처럼 보이게 시공되었다. 현관문은 커다란 나무문으로 검은색이 칠해져 장엄함을 높였다. 현관에서 2층 살림집으로 올라가는 계단은 좁고 가팔라서 유럽의 고성으로 올라가는 착각마저 들게 했다. 17평에 주방 딸린 침실이 고작이었지만 노부부에게 좁지는 않았다.

하지만 밖으로 난 창문이 하나도 없어서 조금 더 높았다면 라푼젤처럼 성에 갇힌 느낌이 들 수도 있었다. 다행히 침실에는 천장에 창을 뚫어 아침이면 빛이 하늘에서 눈부시게 쏟아져 들어왔다. 명숙은 사방이 꽉 막힌 그 방이 아늑해서 좋았으나, 서보는 무덤 같다고 꺼렸다. 건축가가 직접 디자인해 만들어준 나무 침대도 서보는 관을 엎어놓은 것 같다면서 공연히 불편함을 드러냈다. 주방 거실에는 통유리로 전면 창이 나 있어 답답함을 틔워주었다. 명숙은 그 창을 통해 작업하는 남편을 언제고 지켜볼 수 있어 응급 상황이 발생했을 때 몸을 날릴 태세를 갖추었다.

성산동에 오고부터는 서보와 명숙의 생활 패턴이 완전히 달라졌다. 큰 집에서 장을 담그고, 김장독을 관리하고, 정원을 가꾸며, 고추와 무말랭이를 말리고, 큰 이불 빨래를 척척 했던 명숙은 남편의 밥만 해먹이면 할 일이 없어졌다. 서보 역시 학교를 퇴직한 뒤였고, 살림집에서 한 층만 내려가면 작업실이다 보니 출퇴근의 기분이 전혀 나지 않았다. 찾아오는 사람까지 눈에 띄게 줄자 서보는 금방 적적해졌다. 두 사람의 생활은 점차 단순해졌고, 서보와 명숙은 종일 붙어 지내면서 특별할 것 없는 나날을 보냈다.

서보는 늙어가는 것에 대해 마음의 준비가 전혀 되어 있지 않았다. 평생 화단에서 투쟁하며 살아왔는데 돌아보니 벌써 70대가 되었고, 젊은 후배들에게는 자신이 '치워내야 할 똥차'가 되어 있었다. 늙었다는 것을 인정하고 순응해버리면 진짜 끝일 것만 같아서 그는 끝까지 저항했다. 그럼에도 육체는 거짓말을 하지 않아서 거울 속 자기를 보면 예전의 마르고 날렵했던 청년은 온데간데없고, 비싼 명품으로 골라 입어도 티가 잘 나지 않는, 머리가 다 빠진 흉한 노인이 자기를 노려보고 있었다.

남아 있는 머리털을 애지중지하는 것이 문득 비굴하게 느껴져서 서보는 옛날 파리로 떠날 때 그랬던 것처럼 머리를 면도날로 밀어버렸다. 그러고 나니 사람들이 피카소를 닮았다고 했다. 그 소리가 싫지 않아 사진

2000년 자신의 초상 사진을 작업실 벽에 크게 프린트해 걸어놓은 서보.

2006년 조각가 박석원이 제작해준 두상을 작업실에 전시한 서보.

작가를 불러 자신의 얼굴 사진을 찍게 하고 대문짝만 하게 프린트해서 벽에 걸었다. 이미지로라도 그렇게 자신을 영속화하고 싶었다.

서보는 뭐든 좋다는 것을 가리지 않고 챙겨 먹었다. 사람들이 좋다고 가져다주는 것은 그게 설사 정체불명의 약이어도 의심 없이 입에 털었다. 와인이 심장에 좋다는 말을 들으면 열심히 와인을 모으고 마셨다.

"그래도 술인데, 좀 작작 마셔요!"

명숙의 말은 원래 한쪽 귀로 흘려버리는 바람 소리와 같다.

수맥파와 자기맥파를 진단해주겠다고 찾아온 사람이 하는 말에 작업실의 책상 위치를 바꾸고, '피라미드 파워'가 유행할 때는 조각가 김영중이 효과 있다고 한 말에 혹해서 곧장 구리관을 피라미드 형태로 제작 주문해 그 꼭짓점 아래 앉아서 일을 보았다. 가족들은 서보의 귀 얇음과 허영심을 놀리기 바빴지만, 서보는 자기를 좀더 오래 건강히 살리기 위해 뭐든 할 태세였다.

2000년 초, 명숙은 집안의 마지막 행사인 외손녀의 돌잔치를 호텔 별관에서 성대하게 치러주었다. 모처럼 한자리에 모인 명숙의 고등학교 동창들이 서보를 부르면서 뒤풀이를 제안했다. 궁색한 핑계를 대며 서보가 빠져나가자 명숙의 친구들은 그냥 잔칫상에 남아 수다를 떨다 헤어졌다. 명숙 혼자 집으로 돌아왔고, 서보는 그날 밤 이슥해져서야 귀가했다. 기분이 썩 좋아 보이지 않았지만 긴 하루였기 때문에 피곤한가 보다 하고 명숙은 무심히 넘겨버렸다.

다음 날 손녀가 일찌감치 명숙의 손에 맡겨졌다. 그런데 어쩐 일인지 서보는 아침도 안 먹고 귀애하던 손녀를 보는 둥 마는 둥, 초등학교 동창의 결혼식에 간다고 오전에 나가버렸다.

"동창 누가 다 늙어 또 장가를 가누?"

대답을 들으려고 물어본 것도 아닌데, 서보가 횡설수설 장황하게 설명을 해댔다. 결혼식장이 강남이라고 하더니 서보가 두어 시간도 채 안 돼 들어와 명숙에게 밥을 달라고 했다.

"아니 무슨 결혼식에서 밥도 안 줘?"

결혼식 끝나고 식당에서 술판이 벌어질 것 같아 혼자 빠져나왔다는 말에 명숙은 밥상을 한 번 더 차리게 하는 것에만 짜증을 부렸다.

오후 늦게 손녀가 제 어미를 찾았다. 명숙이 1층으로 내려오니 딸만 사무실에서 원고를 집필 중이고 서보는 안 보였다.

"아빠는?"

딸이 컴퓨터에 눈을 고정한 채 빠르게 답했다.

"전화 받고 나가셨어. 여자야."

명숙은 그 말에 손녀를 업고 서보를 찾아 밖으로 나갔다. 가끔 손님이 오면 집으로 들어오는 골목 어귀 제과점을 애용하는지라 누군지 모를 그 손님에게 인형처럼 예쁜 손녀를 자랑할 속셈이었다. 그런데 그곳에도 남편은 없었다.

'뭐야, 헛걸음쳤잖아!'

그런데 갑자기 머릿속에 '땅' 하고 불이 들어왔다. 걸음을 재촉해 얼른 집으로 돌아온 명숙은 등허리에서 안 떨어지려는 손녀를 억지로 떼어 딸에게 안겨주면서 다시 물었다.

"아빠가 누구랑 전화하든?"

"모르지. 그냥 여자라는 것밖에. 아빠 목소리가 평소와 다르던데?"

딸은 여전히 키보드에서 손가락을 날리며 무성의하게 말했다.

"어쨌기에?"

"엄청 다정하게 굴었지."

명숙은 서둘러 딸과 손녀를 제 집으로 보내고 2층으로 올라왔다. 촉이 휙 돌았다. 명숙은 어려서부터 시쳇말로 탐정소설의 '덕후'였다. 초등학교 다닐 때부터 지금까지 웬만한 추리소설은 다 읽었고, 딸이 생일 선물로 꾸준히 갖다 바치는 통에 범죄심리학 책까지 섭렵했다. 아이들은 자라는 내내 엄마에게 거짓말을 할 엄두도 내지 못했다. 명숙이 뭐든 냄새를 귀신같이 맡고 상황을 빠르게 추리했기 때문이다.

명숙은 서보의 일기장부터 찾았다. 늘 있던 식탁 모서리에서 언제부터인가 보이지 않았다. 몇 시에 밥 먹고, 누가 전화를 했고, 어디서 누구를 만나는지까지 시시콜콜 다 적어놓는 일기장이다. 명숙은 곧바로 사무실로 내려가 차분히 둘러보았다.

'나라면 어디다 숨기지?'

책장 맨 아래 칸에 손을 넣어 더듬자 단박에 숨겨놓은 일기장이 잡혔다. 급히 손녀의 돌잔치 날을 펼쳐보니, 책장 첫 줄 위 빈 공간에 빨간 볼펜으로 이렇게 쓰여 있는 게 눈에 들어왔다.

'뉴욕발 ○○기 김포공항 도착.'

그 아래 낯선 한자 이름이 검정색 볼펜으로 쓰여 있었다. 명숙은 일기장을 한 장 한 장 넘기며 그 이름의 주인공에 관한 실마리를 모아갔다. 그동안 의아했던 점들이 하나둘 풀리기 시작했다. 어느 갈피에 이르자 웬여자 사진이 일기장에서 툭 튀어나왔다. 전철에서 누군가에게 손을 흔드는 사진도 있고, 작업실 같은 곳에서 어떤 외국인 커플과 책상을 사이에 두고 미술 작업을 하는 사진도 있었다. 뒷면을 보니 뉴욕에서 찍었다는 낯선 이의 기록이 보였다. 거기까지가 일기장이 말해주는 전부였다.

명숙은 서보가 평생 그림 그리는 일 말고는 할 줄 아는 게 없는 사람이라고 알고 살았다. 그래서 술 마시고 실수를 해도 너그럽게 봐주었고, 가정일이나 아이들을 돌보는 데 무심해도 워낙 하는 일이 많아 그렇다고 넘어가주었다. 서보는 아이들의 입학식과 졸업식에 참석한 적이 단 한 번도 없다. 자식이 유학길에 올라도 공항에 나가본 적도 없다. 그의 시답잖은 일기장에는 아이들이나 명숙과 관련된 메모는 단 한 줄도 없다.

자기에게만 중요한 기록이 있을 뿐, 아이들의 인생에 의미가 있는 것에는 하등 관심이 없고 알지도 못한다. 그런 사람이 누군가를 맞으러 공항에 나가기 위해 일기장 맨 위에 빨간색으로 메모를 해둔 것이다. 그러고는 번번이 '조찬 모임이 있네, 친구 결혼식에 가네, 전시회 오픈에 참석하네' 하며 궁색한 거짓말을 늘어놓았던 것이다. 명숙은 순간 남편이 아주 낯선 사람처럼 여겨졌다. 자신이 딛고 서 있던 땅이 한순간 꺼져버리는 것 같았다.

색을 구하다

—

서보와 명숙이 다시 합친 2001년 가을, 일본 도쿄화랑에서 개인전이 열렸다. 둘은 오프닝 다음 날 다바타 유키히토의 안내로 후쿠시마현의 반다이산磐梯山에 올랐다. 그 밑에 펼쳐진 계곡을 내려다보며 부부는 말을 잇지 못했다.

'살면서 이런 장관을 몇 번이나 볼 수 있을까?'

안개 낀 호수를 끼고 순환로를 따라 천천히 내려오는데, 단풍 길이 온통 불타는 것처럼 보였다. 서보는 그 붉은색에 완전히 압도당했다. 아니나 다를까, 서울에 돌아와 서보는 갑자기 작품에 색을 쓰기 시작했다. 빨

〈묘법 No.140818〉, 캔버스에 한지, GAC200, 아크릴, 연필, 61.5×50cm, 2014.

간색이 묘법에 모습을 드러냈다. 한지의 물성에 행위로 교감하며 자연과 더불어 사는 삶을 추구하고 싶다던 서보가 그때부터 자연의 색이 안기는 감동을 한지에 거꾸로 옮기기 시작했다.

명숙은 서보와 다시 살기로 결정한 이상 다시는 지난 기억을 떠올리지 말아야 했기 때문에 성산동 살림집을 사무실로 개조해 서보에게 넘기고, 신정동 한강변에 다시 아파트를 샀다. 성산동이 평생의 마지막 집이 될 거라고 믿었는데 인생이 참 뜻대로 되지 않는다. 예전 같으면 이사하기 몇 개월 전부터 장소를 물색하며 보물찾기 하듯 제 터를 찾아낼 명숙이지만, 큰일을 겪고 나니 더는 그런 일들이 즐겁지 않았다.

창밖으로 한강이 보인다는 단 한 가지 이유만으로 충동적인 계약을 하고, 2001년 봄 바로 새 아파트로 이사했다. 딸 승숙이 살고 있는 아파트 바로 옆이었다. 얼마 후 둘째 승호네도 같은 아파트 아래층으로 이사를 왔다. 두 노인에게는 그 집에서 내려다보이는 풍경이 위로가 되었다. 테라스 밖으로 한강이 흐르고 강물 위에 떠 있는 밤섬 너머로는 시시각각 불빛이 변하는 여의도 고층빌딩이 시원하게 보였다. 비나 눈이 오면 또 다른 풍경이 펼쳐졌는데, 안개 낀 날은 한 폭의 동양화를 보는 듯했다.

서보는 그해 11월 그랜드호텔에서 200명이 넘는 하객을 모시고 칠순 잔치 겸 화집 출판기념회를 치렀다. 이우환 부부가 멀리서 와 축사를 해주었다. 서보의 답사가 이어졌다.

지난날 나는 "앞에 가는 똥차 비키시오" 하고 선배들을 향해 소리쳤답니다. 이제는 똑같은 말투로 "앞서 가는 똥차 비키시오" 하고 부메랑처럼 내게 되돌아오는 것 같습니다.

나는 평생을 하루 평균 14시간 이상 작업을 해왔습니다. 곁눈질하지 않고, 바보처럼, 외길을 말입니다. 그렇게 50여 년 쌓은 작업 시간이 나를 지탱해주었습니다. 하지만 작업량만으로 이 긴 시간을 버텨낼 수 있었을까요? 자신을 객관화하고 대상화하여 내가 나 자신을 차갑게 바라보는 사고의 확장 없이는 불가능했을 것입니다. 흔히들 성과에 취하여 자신을 과신하기 일쑤입니다. 그 결과 오만해지고, 오만은 태만을 낳습니다. 나는 타인으로부터 찬사를 받으면 받을수록 더 혹독하게 자신을 질타하려고 노력했습니다. 오만이 싹트지 않도록 말입니다.

1961년 파리에서 개최된 '유네스코 세계청년작가회의'에 한국 대표로 참석한 적이 있습니다. 그때 주최측에서 행한 앙케트에 '천재는 존재하는가?'라는 질문이 있었습니다. 나는 '천재는 죽었다'고 답변했습니다. 정보의 보편화로 모두가 천재가 되었기 때문이라고 말했던 기억이 납니다. 이제 과거의 영웅이나 천재는 모두 죽었습니다. 하룻밤 자고 나면 전혀 다른 의미의 낯선 영웅들이 나타나 활개를 치는 세상입니다. 일회용 컵처럼 쓰여졌다 버려지는 '소모성' 영웅과 천재들 같습니다.

현대미술도 정보의 막강한 힘과 무관할 수 없습니다. 정보가 곧 미술일 수는 없어도, 정보가 미술의 성격에 지대한 영향을 미치고 있다는 사실을 부정할 수 없습니다. 평생에 걸쳐 한 우물을 파고들어야 하는 일과 정보 전환에 따라 생각과 방법을 자유자재로 바꾸는 일 사이에 끼어 우리가 지금 갈팡질팡하는 서로의 모습을 물끄러미 바라보고 있는 것은 아닌지? 과연 무엇이 진실眞實이고 옳은 것인지? 이에 대한 해답을 나는 갖고 있지 않습니다. 하지만 최소한 이렇게는 말할 수 있을 것 같습니다. 캔버스를 표현의 마당場으로서가 아니라 자신을 갈기갈기 찢어 내동댕이치는 '파괴의 마당'으로 활용했던 50년대의 격동기로부터 벌써 50년이 넘게 흘렀습니다. 70년대에는 우리의 정신 전통과 현대성이 상호 침투하면서 '단색 회화의 이념'이 성공적으로 확립된 때입니다. 그때에는 또 현대미술제를 통해 각 지역의 도시가 현대미술의 중심이 되도록 하는 확산 운동이 일어났고, 자발적 창의력을 극대화시키기 위해 신인 발굴을 제도화했습니다. 현대미술의 가치관을 집약하는 노력도 있었습니다. 그 3대 운동을 주도했던 나는 이 짧은 시간 속에 우리가 세계성과 정보성의 문제를 동시에 성공시킨 사례로 세계사에 남을 것이라고 확신합니다.

탈이미지, 탈논리, 탈표현을 주창하면서 나는 문득 '왜 그림을 그리는가?' 자문했습니다. '수신을 위해 그림을 그린다'고 답을 내렸습니다. 이제 내게 그림은 수신을 위한 수단이며 도구에 불과합니다. 그러나 그 도구는 단순한 도구가 아니라 수신의 결정체이기도 합니다.

여러분, 변화하지 않으면 추락합니다. 하지만 남의 생각에 슬쩍 끼어들거나 표절, 또는 정신적 윤간을 일삼으며 변화하려 들면 더더욱 비참하게 추락할 뿐입니다. 사람들은 다급함이나 서두름 때문에 추락이 기다린다는 것을 모르고 실수를 범합니다. 뼈를 깎는 아픔, 극기를 통해 변화하는 것을 건너뛰려고 하기 때문입니다. 홍익 미대 교수 시절 나는 "역사로부터 부채를 져서는 안 된다"고 가르쳐왔습니다. 타자와 다를 때 비로소 예술은 삶을 얻는 것 같습니다. 남과 다르기 위해 수없는 고

통과 아픔의 시간을 경험해야 한다는 것이겠지요.

관 뚜껑에 못질할 때 모든 것이 끝난답니다. 그 시간이 우리에게 서서히 다가옵니다. 그 찰나에 뒤늦은 후회의 한을 남기지 않기 위해 나는 내일도 모레도 수신을 위해 최선을 다할 것입니다. 아무리 비켜서라고 소리쳐도 나는 비켜설 의향이 없습니다. 자신 있거든 추월해 가시구려. 이것이 나의 마지막 대답입니다.

그런데 이때부터 서보가 다시 이상해졌다. 어디서든 앉아만 있으면 꼬박꼬박 졸기 시작했고, 명숙이 제대로 누워서 자라고 하면 버럭 화를 내며 자기는 절대 안 잤다고 잡아뗐다. 나중엔 무슨 소리인지 알 수 없는 이상한 말을 횡설수설 지껄였다. 어떤 날은 어렸을 때 살던 안성 번화가에 명숙이 몰래 집을 사놓지 않았느냐고도 물었다. 그런 적 없다고 하니 자기한테 숨기지 말라며 마구 우겼다. 명숙은 서보가 시어머니가 돌아가시기 전에 보이던 증상과 비슷한 모습을 보이자 더럭 겁이 났다. 병원에 가서 검사를 해보니 심근경색 이후 계속해서 혈관성 치매가 진행된 것 같다고 했다.

상황이 이렇다 보니 서보는 조수들에게 더 많이 의지하기 시작했다(윤성준, 이영하, 길현, 강승원, 최현식, 정재철, 권혁준, 최지이, 정아롱, 안희성, 김태령, 김한나, 박지호, 양경선 등이 2년 이상씩 조수로 일을 도왔다). 서보는 줄줄이 기획된 전시들을 혼자서 소화할 자신이 없었다. 머리도 팽팽 돌아가지 않았고, 몸도 전보다 굼떠졌다. "자신 있으면 추월해가보라"고 큰소리친 게 금방 무색해졌다.

서보는 대신 다른 작업에 몰두했다. 여전히 작업실에 매일 나와 책상에서 묘법을 디자인했다. 예전처럼 혼자 작업하면서 즉각적인 감에 따라 이렇게도 해보고 저렇게도 해보는 방식이 아니었기 때문에, 사전에 미리 전체 이미지를 그려보는 것이 필요했다. 승호가 컴퓨터로 만들어준 모눈종이를 판화공방으로 보내 4절보다 조금 더 큰 아르슈지에 석판으로 찍게 했다. 그런 다음 묘법의 구도와 형태와 명암을 상상하면서 그 위에 연필로 초벌 그림을 그렸다. 문방구에서 볼펜 지우는 화이트 용액을 사와 모눈종이의 선들을 지우며 물감 대신 썼다.

'에스키스'라고 불리는 이 설계도는 서보의 또 다른 작품 형태가 되어 여러 차례 독립 전시에도 걸렸다. 어떤 의미에서는 딱 그만큼이 70대의 서보가 왕성히 작업할 수 있는 양이었고 크기였다. 거대한 몸짓 대신 이제 서보는 작고 섬세하고 완벽한 손짓으로 꼼꼼히 제 화면을 통제해나갔다. 이제 온전히 자기 손을 거친 것은 이 에스키스뿐이었기 때문에, 서보는 똑같은 것을 3~4장씩 만들어 아내와 아이들에게 물려줄 에디션을 만들었다.

에스키스가 완성되면 서보는 제작 과정을 진두지휘했다. 가장 중요하고 어려운 일은 한지를 붙여 연필로 미는 기초 작업이다. 작게 자른 모듈 종이를 붙여나가도 자칫 공기가 들어가기 때문에 잘 붙이고 잘 미는 게 중요했다. 한지를 연필로 죽죽 밀어 고랑이 생기면 밀려서 올라온 이랑을 펜치로 집어 단단하게 만들고 절단기로 잘랐다. 커팅 작업은 악력이 많이 필요했지만, 그래도 이런 디테일한 미적 결정은 조수들에게 맡기지 않았다.

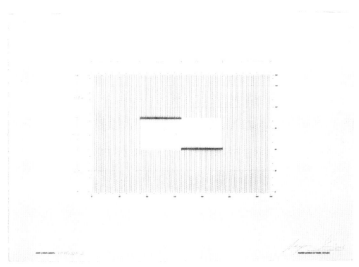

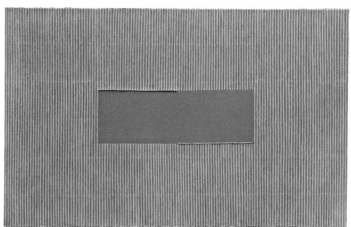

↥〈에스키스 No.060320〉, 아르슈지에 연필과 화이트 용액, 35.4×50cm, 2006.
↧〈묘법 No.060320〉, 캔버스에 한지, 폴리, 아크릴, 연필, 160×260cm, 2006.

계획도를 보면서 하루 온종일 작업실 책상에 앉아 작품을 구상하는 서보.

커팅이 끝나면 이랑에 순간접착제를 흘려서 비볐는데, 자투리 천에 박스 조각을 테이프로 붙여 반으로 접어 문질렀다. 그다음에는 전체적으로 제소를 한 번 더 바르고, 바싹 마르고 나면 골과 골 사이를 사포로 문질렀다. 블랙과 화이트 묘법까지는 사포질이 필요 없었지만, 다양한 컬러로 변모되었을 때는 그 과정이 필수였다. 특히 붉은색 한지는 닥지 특유의 실밥 느낌이 유독 더 도드라져서 지저분해 보였기 때문에 깔끔하게 표면을 정리해주는 게 필요했다.

에스키스를 그리면서 머릿속에 떠올랐던 색 조합이 있었기 때문에 서보는 색을 개는 일에는 누구도 참견하지 못하게 했다. 전동 드릴을 사용했기 때문에 서보가 하기에 육체적으로 힘든 일은 아니었다. 서보는 자신이 상상하는 색이 나올 때까지 여러 종류를 섞어가며 감으로 색을 만들었다. 개면서 보는 것과 발라서 말랐을 때의 색의 차이가 커서 신중히 몇 번이고 확인하며 색을 찾아야 했다. 완성되면 자신의 색상 차트 수첩에 샘플을 올리고, 물감통에 일일이 이름표를 만들어 붙였다. 갠 색은 통에 나누어 담고 광택을 줄이기 위해 오랜 시간 묵혔다.

캔버스의 한지 고랑에 밑색까지 다 발라지면 이제 섬세한 색 작업에 들어갔다. 고랑의 색이 은은히 한지에 흡수되며 발색되게 붓으로 반복해 정리하고, 이랑에도 조금 더 도드라지게 따로 색을 칠해주었다. 한지 전체에 바르는 바탕색과 고랑, 수평선 날에 바르는 색이 각각 달랐기 때문에 두 톤 혹은 세 톤이 정해졌다.

2007년, 안산의 경기도미술관에서 '박서보의 오늘, 색을 쓰다'란 전시회가 열렸다. 서보는 1972년 첫 개인전 때부터 묘법의 영어 제명을 '에크리튀르ecriture' 즉 '쓰다'라는 프랑스어 동사로 대신했다. 묘법에 적합한 영어 단어가 무엇일지 의논했을 때 서보의 오랜 친구이자 미술평론가인 방근택이 롤랑 바르트Roland Barthes의 『글쓰기의 영도』라는 책에 대해 이야기해주며 영어에는 마땅한 단어가 없으니 에크리튀르로 하자고 해서 채택된 제명이다. 그 덕분에 색을 써서use, 연필로 그어 에크르튀르wite 한다는 중의적 의미를 복합적으로 드러내는 전시명이 나왔다.

서보는 디지털과 IT 시대까지 넘어오면서 자신이 너무 많은 시대 변화를 보고 있다는 생각이 들었다. 옛날 같으면 생각도 해보지 못할 이유 없는 살인이나 보복 범죄에 대한 뉴스를 접할 때면, 서보는 어째서 사람들

2009년 성산동 작업실에서 작업 중인 서보.

이 전쟁 난리통 때보다 병들고 아픈 걸까 이해되지 않았다. 자극과 정보와 재화, 서비스 모두 필요 이상으로 넘쳐나는 이 시대에 알 수 없는 이유로 사람들이 어지럽고 이상해진 것 같았다. 여기에 미술까지 목소리를 높여 표현하고 주장하면 병을 보태는 셈이 아닐까?

서보와 동료들은 힘과 권력이 난무하던 1970년대와 1980년대를 지나오면서 재야에 남아 표현 아닌 표현을 계속하며 묵묵히 저항했다. 그런데 이제 보니 그 작품들이 도리어 현대인의 아우성과 고통을 담아내고 빨아들이는 '흡인지' 역할을 하고 있는 것 같았다. 서보는 처음으로 자기 개인을 위한 '수신'이 아닌 세상 사람들에 대한 '치유'적 효과에 대해 생각하기 시작했다. 그리고 그 중심에 '색'이 있었다.

사실 그림은 아이들의 언어다. 아이들은 말을 배우기 전부터 쓰고, 긋고, 색을 칠한다. 언어가 없던 원시시대에도 그림은 있었고, 좌뇌가 발달해 정교한 언어 구사 능력으로 합리적 주장을 펼치는 데 능숙한 사람도 밤마다 우뇌를 작동해 영상으로 꿈을 꾼다. 문명화된 사람일수록 꿈속의 그림이 색채를 잃는다는 말이 있다. 혹자는 흑백이 문명의 언어라면, 무지개는 원시의 언어라고 말하기도 한다.

한때 서보가 매달렸던 백과 흑은 사실 진실한 언어가 아니다. 삶 전체에는 다양한 색채가 펼쳐지기 마련이고, 과학적으로 살펴볼 때 색과 색 사이에 우리가 생각하는 것 같은 경계나 구분은 없다. 아리스토텔레스의 논리에 훈련된 사람들만이 모든 것을 흑백 논리로 이분한다.

서보도 늙어가니 점점 더 원시적이 되고 어린아이가 되어 그림의 색채가 풍부해진 것인지도 모른다. 노화되면서 생각의 구분과 경계가 뭉개져 더 많은 것을 반영하고 담아내기 시작한 것일 수 있다. 가까운 사람들을 잃고 아내와도 헤어질 뻔하면서 뼛속 깊이 헛헛함을 알게 된 서보는 반다이산의 단풍에 반하고, 한강의 밤풍경에 마음이 설레며, 제주도의 탁 트인 수평선에서 멈춰섰다. 한평생을 자기와만 싸우던 서보가 노쇠

해져 힘을 잃자 혈기가 빠져나간 자리에 아름다운 세상이 다시 들어찬 것이다.

그것은 서보에게 치유적이었고, 서보에게 작용한 것과 똑같이 남들에게도 치유적으로 다가가는 것 같았다. 서보는 자신이 '공기색'이라고 부른 묘법 작품 앞에서 깊이 숨을 들이마셨다. 세상만사 헛헛해도, 자신이 사라진 뒤 작품은 그래도 남아 있을 것이기에 위로가 되었다.

에필로그

삶의 가치와 행복

아버지는 79세에 뇌경색으로 한 번 더 응급실에 실려갔다. 또 다시 발 빠른 어머니가 아버지를 살려냈다. 아버지는 '인명재처人命在妻'를 버릇처럼 읊조리게 되었고, 이후 작품에서는 거의 손을 뗐다. 대신 아버지의 후기 묘법은 아버지가 찾은 다양한 색의 구성으로 조수들의 힘을 빌려 거듭 정교해졌다.

물론 '단색화 열풍' 덕분에 아버지는 말년에 지구촌 예술가 노릇을 하며 바쁜 시간을 보내고 있다. 하지만 그것은 미술시장의 복잡한 스토리이며, 아버지의 참된 노동과 우직함을 설명하기에는 자본주의에서 불어오는 미세먼지만 같아서 나는 이 책에서 그 부분을 생략했다. 20세부터 평생 작가로만 치열하게 살아온 아버지의 정체성은 작업실에서 그의 일로만 설명될 수 있다. 그렇기 때문에 아버지가 작업의 핵심 행위를 멈춘 2010년 이후의 10년은 그에게 덤으로 주어진 시간이다. 하지만 '덤'이라고 해서 슬픈 뉘앙스는 없다. 인생의 과업이 바뀌고 삶의 가치와 행복이 다시 찾아지는 기점에 온 것이라는 의미일 뿐이다.

보통 사람들은 삶에서 기대하지 않았던 시간이 생기면 인생을 달리 돌아보기 시작한다. 줄기차게 내달려온 인생에서 자신이 무엇을 잃고 무엇을 얻었는지 둘러보게 되는 것이다. 삶에서 자신의 역할과 직업이 사라진다는 것은 일종의 축복일 수 있다. 사회적 인물로 살아가느라 평생 일방적으로 강화시킨 일면 뒤에 숨죽이며 모습을 드러내지 못한 또 다른 자신이 있었음을 깨닫는 시간이 되니까 말이다. 그래서 노년의 과업은 진정한 의미에서 자기 통합이라고 한다.

아버지가 뿌듯해하고 애착하던 자신의 사회적 이미지, 즉 '주류에 맞서는 혁명가', '거침없는 행동가', '한국 현대미술의 리더', '18시간씩 작업하며 변신에 변신을 거듭하는 대작 작가', '홍대 미대의 수장首長' 등은 전쟁의 가난에서 지금의 한국으로 급성장하느라 어수선했던 이 사회가 허락하고 부추긴 아버지의 외관일 뿐이다. 그것을 한 꺼풀 벗기면, 거기에는 꼬마 재홍이 숨어 있다.

마음이 유약하고, 소심하고, 겁이 많은 아이 말이다. 눈물 잘 흘리고, 감수성이 풍부하며, 동정심 많던 사내아이. 샘 많고, 관심 받는 것을 좋아하고, 영리하지만 공부하는 건 죽기보다 싫어하고, 친구들을 몹시도 좋아해 따르던 어린 꼬마. 물론 가까운 사람들은 이 모습이 어떻게 아버지의 틈새로 고개를 내미는지 알고 있다. 원래 당사자가 자기에 대해 제일 무지한 법이다. 자기가 자신에게 거는 기대가 가장 커서 그렇고, 자기가 자기를 제일 용납 못하는 사람이라서 그렇다.

나는 아버지에게서 몇 달 동안 에피소드를 받아 적으면서, 아버지가 얼마나 세부까지 생생한 기억을 갖고 있는지 거듭 감탄했다. 하지만 언제 어디서든 버튼만 누르면 토씨 하나 틀리지 않게 재생되는 아버지의 이야기는 평생 여러 사람을 상대로 수십 번 혹은 수백 번 재현하는 바람에 아버지가 달달 외운 것이기도 했다. 판에 박힌 아버지의 스토리는 그의 자아 이미지, 즉 자기가 자부심을 느끼는 사회적 이미지에 부합되도록 구성되어 있다.

나는 아버지에게 그것은 아버지의 해석이고 아버지의 믿음일 뿐, 실제도 아니고 사실도 아닐 수 있다며 설득하려고 무던히 노력했다. 아버지가 90세를 바라보면서도 여전히 감정에 휩싸여 격분하고 누군가를 용서하지 못하는 건 아버지 자신에게 좋지 않다고 생각했기 때문이다.

아버지의 이야기 구조에는 세상을 흑백으로 이분해서 보는 어린아이 같은 시각이 있다. 내 편과 남의 편으로 사람을 가르고, 좋고 싫고, 맞고 틀리고, 잘하고 못나고로 세상사를 판가름한다. 아버지의 시각에는 모든 것에 구분과 경계가 존재한다. 작업을 할 때는 항상 '희끄무레'나 '거무스름'으로 자연 그대로의 색을 찾으려고 했지만, 아버지의 정신은 회색지대나 오색찬란한 세상을 보지 못하고 딱딱하게 이분되어 있다.

사실, 아버지가 살아온 시대가 그랬다. 흑백논리로, 적군과 아군으로 세상을 가르느라 바쁘기만 했던 시절이다. 아버지는 그 속에서 너무 빨리 어른이 되었고, 세상을 보는 법이나 상처에 대응하는 법을 가르쳐줄 만한 어른을 곁에 두지 못했다. 스스로 성숙해질 기회가 없지는 않았으나, 그러기에는 아버지가 가진 한계가 컸다. 나는 이제라도 아버지가 '인정認定한다', '인정認定 못 한다'로 세상을 나누지 않고, 조금이라도 세상을 있는 그대로 '이해理解'하는 법을 배웠으면 했다. 그래야 아버지가 자기 자신에 대해서도 인정하거나 인정하지 못하는 부분으로 토막내는 대신 전체로서 재통합해낼 것이기 때문이었다.

온전함과 완벽함의 사이에서

—

하지만 내가 애쓸 때마다 어머니는 괜한 힘 빼지 말라고 말렸다. 늙은 아버지는 다음 날이면 다 까먹고 똑같은 소리를 반복한다면서 나를 포기시켰다. 60년 넘게 아버지와 함께 살아온 어머니는 남편의 변화에 기대조차 하지 않았다. 실망이 반복되는 게 힘들어 일말의 바람도 갖기를 거부했다.

그래도 나는 꿋꿋하게 계속 시도했다. 공감을 드러내어 아버지가 마음의 벽을 잠시 허물면, 그 힘으로 아버지에게 역지사지易地思之를 해보라고 호소했다. 필요하면 날카로운 논쟁으로도 맞섰다. 모든 것이 아버지를 위한 것임을 온 정성을 들여 설득했다. 아버지가 마음을 아주 조금이라도 돌리면, 놀랍고 고맙다고 두 손을 꼭 잡고 폭풍 칭찬을 해드렸다. 그러는 사이 아버지는 언제나 내 눈을 응시하고, 이야기를 듣고 대화했다. 물론 손을 휘휘 저으며 "오늘은 그만 하자. 아빠 피곤하다" 할 때도 있었지만, 늘 보이던 "시끄럽다. 당장 꺼져!"는 신기하게도 들어본 적이 없다. 나는 이 교류 때문에 아버지가 갖고 있는 내공을 믿었다. 아버지의 평생이 증명하듯, 아버지는 놀라운 사람이므로 마지막 반전도 꾀할 만하다고 생각했다.

하지만 내 남편도 나를 뜯어말렸다. 아버지가 저 나이에 변화하면 그것이 스트레스가 되어 수명이 단축된다고 겁을 주었다. '늙어 변하면 죽을 때가 온 거다'라는 말이 그래서 있는 거라고 강조했다. 심리 치료사로 20년 동안 일해온 내가 개인의 변화에 얼마나 많은 용기와 힘이 필요한지 모를 리 없다. 단지 나는, 죽을 때에야 비로소 인간은 마지막 성숙의 한 발을 내딛는 것이라고 달리 그 말을 이해하고 있는 것뿐이다. 결단코 아버지가 특정하게 변화된 모습을 보고 싶은 게 아니다. 그저 아버지가 조금이라도 편안해지기를 바라는 것뿐이다.

삶 전체가 이런저런 욕망을 좇아 달려온 게임에 불과하다는 것을 보게 되면, 사람은 누구나 더 큰 진실을 깨닫고 편해진다. 지나온 모든 생이 이해되고 용서되는 것이다. 그냥 나 자신으로, 내 생으로, 필연적인 과정으로, 전체가 받아들여지는 이 경험을 아버지가 하게 되기를 바랐다. 내 실책도, 남의 실수도, 세상의 부족함도 그냥 다 포용되는 그 마무리보다 더한 성공이 있을까? 이보다 멋진 완성이 있을까?

아버지는 부족함을 보였지만, 온전穩全했다. 완벽完璧한 게 아니라 온전

2018년 11월 페로탕 뉴욕전시장의 박서보 개인전.

했다. 아버지가 만난 사람들도 마찬가지였다. 그런데 아버지는 마지막까지도 자신의 완벽성에 집착하느라고 모든 미흡함과 문제를 세상 저 밖과 타인에게 돌려놓고 계속 못마땅해하며 화를 냈다. 인터뷰 도중 지나온 일들에 여전히 거리를 뗄 수 없었던 아버지는 자신의 이야기에 빠져 급흥분하고 화를 내다 지친 적이 여러 번이었다. '그랬노라'가 영 안 되었다.

그런 아버지가 평생 사람들에게 하지 못한 말이 있다. '이해한다.' '고맙다.' '미안하다.' 그 말을 하는 순간 온 세상이 자신의 마음에 마술처럼 녹아든다는 것을 아버지가 알게 되길 기원하는 나는 너무 욕심이 많은 것일까? 온전이란 단어에 왜 '편안할 온穩' 자를 쓰겠는가? 나는 아버지

2018년 11월 화이트큐브 홍콩전시장. 박서보 연필 묘법 개인전에서 큐레이터 캐서린 코스티얄과 아시아 담당 디렉터 로라 주.

와 대화하고 글을 쓰면서, 내가 아버지를 어떻게 있는 그대로 이해했는지, 그리고도 아무 문제없이 아버지의 온전함에 어떻게 경의를 표할 수 있었는지 알리고 싶었다.

평생 인정을 못 받은 사람처럼 인생의 마지막 순간까지도 아버지는 자기를 증명하려고 애썼다. 이미 작업에서 정점을 찍었고, 이름이 알려졌으며, 업적도 인정받았다. 막판에 단색화 열풍이 불어 평생 포기하고 살던 작품 판매도 신바람 나게 하고 있다. 그런데 무엇이 부족해서 그러실까? 나는 아버지에게 물었다.

"아버지한테는 '최고'가 되는 것이 무엇을 의미하나요? 아버지한테는

'성공'이 뭐에요? 아직도 만족이 안 되세요?"

"아직도 멀었다. 더 가야 한다."

아버지는 너무 늦게 성공의 시작이 보인다면서 끝까지 가는 데 필요한 시간을 안타까워했다. 힐링이나 웰빙을 중요하게 여기는 요새 사람들이 무엇에서 삶의 가치를 찾는지 아마 아버지는 영원히 이해 못하실 것 같다.

아버지는 온전함과 완벽함을 혼동해서 평생 자기가 자기를 인정하지 못해 내달리기만 했다. 아버지에게 성공은 자신이 생각하는 '완벽함'이었다. 그것은 세상 사람들이 치는 박수갈채로만 확인되는 것이기 때문에, 너무 늦게 성공의 시작이 보인다고 느끼며 불만스러워하는 것도 이해가 된다.

아버지는 자기가 갖고 있는 인간적인 부족함과 흠을 덮으려고 자신이 내세우고 싶었던 놀라운 면만을 사람들 앞에 줄기차게 내세웠다. 하지만 자기가 인정하고 있는 자기만 알아달라고 외친들 다른 사람은 자기 눈에 들어오는 전체로 그 사람을 볼 수밖에 없다. 아버지가 어떻게 나와도 그냥 웃으면서 받아준 고마운 사람들이 이 책에 담겨 있다. 다른 쪽도 좀 보라고 아버지에게 손가락으로 가리킨, 사실은 더 고마운 분들도 있었다. 그러나 아버지는 입 다물어준 사람에게는 고마움을 느끼지 못했고, 도와준 사람에게는 화만 냈다. 기회가 여러 번 있었음에도 아버지가 더 성숙해지지 못했던 이유다. 내가 이 자리를 빌려 그분들에게 감사와 미안함을 전한다.

눈물을 허락한 아버지

—

그래도 내 눈에는 아버지의 변화가 눈에 띄었다. 아버지는 자기가 떠드는 말이 무엇인지 모르고 말을 뱉는 사람이 아니다. 자기가 한 말을 언제나 행동할 수 있는 사람이고, 자기가 경험으로 알고 있는 것만을 언어화한 사람이다. 그 점에서 아버지는 자신의 평생의 신조, 즉 변화하지 않으면 안 된다는 것, 그러나 자기가 아니게 또 너무 변하면 안 된다는 것을 내게 행동으로 보여주었다. 내 예민함으로 지켜본 아버지는 일 보 전진, 이 보 후퇴를 반복하며 흔들렸지만, 그래도 분명 조금씩 변했다.

제일 먼저 아버지는 고집스럽던 자신에게 눈물을 허락했다. 반대로 더욱더 냉철해지고 대차지는 어머니는 아버지에게 여성 호르몬이 돌아 그런 것이라며 그 눈물을 생화학적인 자동변화로 차갑게 치부해버렸다. 하지만 그렇지 않다. 아버지의 눈물이 정확하게 미안함과 고마움에 맞아떨어지기 때문이다. 보태준 것은 호르몬이어도 아버지는 분명 되돌아보기 시작한 것이다. 이런 식으로 말이다.

1973년 도쿄 무라마쓰화랑에서 묘법 첫 개인전을 위해 아버지는 어머니를 재촉해 창전동 개천가 집을 나섰다. 6세이던 나를 마지막으로 뒤돌아보던 장면이 아버지의 기억에 문득 소환되었다. 떼쓰지 않으려고 문밖에 나와 보는 대신 안방 창문 커튼 사이로 빼꼼히 내다보던 내 모습이 일본에 가 있던 내내 눈에 밟혔다면서 아버지가 울컥 눈물을 보였다. 나는 당황했다. 그런 내가 마음에 걸려 다시 집으로 들어와 열린 방문 뒤에 숨어 훌쩍이던 나를 찾아 안아주고 간 것은 어머니였는데, 아버지가 어머니에게 빙의해 방문 뒤의 내 모습을 멋대로 커튼 뒤 예쁜 꼬맹이의 눈망울로 각색해버렸다.

나중에 어머니에게 그 상황을 재미있게 전하니, 어머니는 버럭 화를 냈다. 일본에서 말도 안 통해 꿔다놓은 보릿자루마냥 힘들었는데, 아이들까지 걱정이니 자신이라도 일찍 돌아가면 안 될까 묻는 어머니에게 아버지는 자기 일을 망치려고 하냐며 대뜸 소리부터 질렀단다. 그래놓고 이제 와 무슨 반전을 꾀하려고 하냐며 어머니는 어렵게 분을 삭였다.

나는 양편이 모두 이해되어 그냥 웃고 말았다. 이것은 시시비비를 따질 일이 아니다. 그 긴 시간을 넘어 아버지가 자기에 대해 책을 쓰고 있는 딸을 보면서 순간 미안해져 떠올린 장면에 불과하기 때문이다. 괜한 눈물로써 딸에게 미안하다고 혹은 고맙다고 말한 것이라고 나는 이해했다. 아버지의 그 마음에 반응해서 표출을 도와준 게 과도한 여성 호르몬이라면, 아버지나 나나 그것에 감사하면 그만이다.

아버지는 2000년 어머니가 아버지를 떠났을 때 큰아들을 불러내서 여기저기 돌아다니며 마음을 풀었다. 그때 이미 아버지의 약한 모습을 본 큰오빠는 감정의 골이 깊었던 아버지를 일찍 용서하고 받아들였다. 현재 아버지를 제일 잘 이해하는 사람이 큰오빠다. 큰아들답게 아버지의 뜻을 받들어 1994년 아버지가 설립한 후 아무것도 하지 못한 '서보미술문화재단'의 이사장직을 맡았고, 아버지가 원했던 일들을 실현시키려고 노력하고 있다.

아버지는 처음으로 그런 큰아들에게 '고맙다', '수고한다'라는 말을 하기 시작했다. 한평생 남은 필요치 않다고 생각했던 아버지가 도움이 필요하다는 사실을 인정하기 시작한 것이다. '내게서 너희들이 가져가는 게 있으니 그것은 당연한 너희의 의무'라고 생각했던 주변의 도움을 이제야 아버지는 아주 조금씩 고맙게 받아들이고 있다.

심리 치료사들은 심리적 건강을 논할 때 그 사람이 다양한 감정에 자기를 내맡길 수 있는지를 중요하게 여긴다. 화만 내던 사람이 울고, 울기만 하던 사람이 분노하고, 웃기만 하던 사람이 괴로워하거나, 절망에 절어 있던 사람이 유쾌함을 느끼면, 그것은 모두 중대한 변화에 속한다. 균형을 잡아가면서 온전함으로 돌아가고 있다는 것을 보이는 변화다. 오랜 세월 호르몬 치료를 받아온 어머니는 당신의 기분을 좌지우지하는 그 소량의 분비액을 의식해 일부러 눈물을 참거나 화를 안 내려고 애쓴다. 아버지는 자신에게서 거리를 떼지 못하는 게 안타까운 반면, 어머니는 너무 매사에 거리를 떼어버리는 게 안쓰럽다.

자존심이 강하고 억척스러워 인생에서 결국 성공한 내 부모는 남들에게나 서로에게나 따뜻한 말 한마디를 뱉지 못하고 살았다. 그래도 아버지가 더 단순해서인지, 아니면 그놈의 여성 호르몬 때문인지, 변화를 먼저 보이기 시작한다. 나는 아버지와의 대화 중에 '미안하다', '네 말이 맞다', '내 잘못이구나'를 여러 번 들었다. 아버지의 변화를 말하는 지표로 읽어도 무방할 만큼, 말하기 어려운 상황에서 진심으로 내뱉은 말이었다. 물론 나는 '사랑한다'는 간지러운 말도 들었다. 내가 먼저 해서 들은 말이지만, 똑같이 말해도 내 어머니는 절대 돌려주지 않는 말이다. 아버지는 '너무너무'까지 붙여 되돌려주었다. 생각하면 피식 웃음이 난다.

권태를 모르는 노동자

—

아버지의 변화는 가족을 넘어 다른 사람들에게도 조금씩 적용되었다. 어머니가 아버지의 변덕에 불과하다고 아무리 깎아내려도, 나는 아버지의 노력이 계속 반복되고 있다고 보기 때문에 그 의미가 손상되지 않기를 바란다. 아버지는 다른 사람에게 귀 기울이는 것을 정말 하지 못하는 사람이다. 내 할 말이 있고 내가 옳다고 믿는 것이 있으니, 그것을 잠시 내려놓고 상대가 하는 말이 무엇인지 듣는 것이 참으로 어렵다. 당신이 밀리거나 질 것 같으면, 말을 돌리거나 선수를 친다.

그런 아버지가 노년에 점점 더 닫히는 귀를 열고 애를 쓰고 있다. 물론 습관이 모든 것을 이기기 때문에 혼자서 되지는 않는다. 옆에서 누가 참견을 해야 떠들던 것을 멈추고 상대에게 귀를 내준다. 오가는 말의 질質을 보면 일방성이 쌍방향이 되면서 아버지가 상대의 영향을 받기 시작했다는 것을 알 수 있다. '대화'라는 게 89세에 이제 요만큼 되다니……. 그래도 늦었다고 생각할 때가 가장 빠른 때가 아닌가.

아버지는 그렇게 1센티미터씩 비틀비틀 걸음을 옮겼고, 내가 볼 때 상당히 중요한 일을 해냈다. 당신의 미술 작업에서 스스로 자신을 변호하고 정의 내리려는 태도를 모두 내려놓은 것이다. 한때 『모리와 함께한 화요일』이라는 미치 앨봄Mitch Albom의 책이 베스트셀러가 되어 모리 슈워츠Morrie Schwartz란 사회학 교수가 시작한 '뒤로 넘어가기' 실험이 유행한 적이 있다. 뒤로 넘어지면 서로 잡아주는 실험이었다.

그 실험을 해보면 땅에 나동그라질까봐 무서워서 뒤로 못 넘어가는 사람들이 나온다. 아버지는 전쟁을 겪고, 빨갱이를 찾아 혈안이 된 공안 사회를 지나, 극심한 생존경쟁 속에서 성공한 사람이다. 그런 아버지가 자기를 변호하고 설명을 멈춘다는 것은 사람들을 믿고 뒤로 마음 놓고 넘어지는 것과 같은 것이다.

아버지가 고혈당에 덜미를 잡혀 요양센터에 다녀온 날, 내게 문득 이렇게 말했다.

"아픈 사람들 틈에서 쉬면서 생각하니, 내가 주장했던 것들이 모두 내게 굴레요 멍에가 되었더구나. 이제는 그마저도 다 내려놓고 싶다. 비우는 게 아니라 이제는 내려놓으려고 한다. 그 마음에서 다시 작업을 해보고 싶다. 내가 10년 넘게 작업에서 손을 뗀 것이 생명의 불씨를 꺼뜨렸던 게 아닌가 하는 생각이 들었다. 살기 위해 나는 아무래도 다시 작업을 해야만 할 것 같다."

아버지는 새로 짓고 들어앉은 지 얼마 되지 않은 연희동 건물 2층을 작업실로 꾸미기 시작했다. 성산동 작업실에서 미완의 캔버스를 전부 옮겨오게 하고 새 작업실 바닥에 골판지를 깔게 했다. 화방에서 필요한 재료를 손수 사온 아버지는 후배 교수가 쓰고 난 빈 아크릴 물감통 수십 개를 받아왔다. 한지를 잘게 잘라 물에 불렸고 캔버스마다 밑칠을 반복해서 칠했다. 체력 때문에 하루에 한 건만 해도 피곤해 나가떨어졌지만, 작심삼일이 되지 않기 위해 무던히 애썼다. 어머니는 아버지가 자신의 한계를 깨닫고 나서 받게 될 상처를 미리부터 걱정했다. 하지만 평생 그랬듯 아무 소리 없이 작업실로 매번 간식을 내주었다.

아버지는 내게 그 옛날 지그재그 작업으로 돌아가고 싶다고 했다.

2018년 6월 완공된 연희동 새집.

"그때도 힘이 들어 가장 짧게 작업하고 만 그 작업을 어떻게 해내시려고요?"

"내 머릿속에 다 있다. 할 수 있는 방법을 생각해두고 있다."

하루 종일 작업에 대한 생각이 머릿속에 꽉 차자 아버지는 마음이 바빠졌다. 창조 욕구가 일어나자 다시 잠도 설치게 되었다. 하지만 어머니가 온종일 매달려 열심히 만들어대는 현미밥과 나물 반찬은 군소리 없이 잘 드셨다. 작업은 밥심이니 말이다.

어느 날 아크릴물감을 개기 위해 하루 종일 작업실에 있던 아버지는 저녁 시간을 훌쩍 넘길 때까지도 돌아오지 않았다. 어머니는 저녁을 준비하면서 스마트폰으로 아버지의 행동을 수시로 지켜보았다. 새집에는 보안상의 문제로, 그리고 아버지를 위해 구석구석 CCTV가 설치되어 있다. 스마트폰 앱으로 동태를 살피던 어머니는 아버지가 작업실에 우두커니 서 있는 것을 보았다. 그때 갑자기 스마트폰에서 CCTV 화면이 멈추었다. 이리저리 해도 안 되다가 다시 화면이 켜졌을 때, 아버지가 보이지 않았다.

Cam 1, Cam 2……. 액정 화면을 손가락으로 크게 벌려 아버지를 찾는 어머니의 다급한 눈에 간신히 아버지가 발견되었다. 그런데 아버지가 바닥에 대자로 뻗어 꼼짝도 않는 것이 아닌가! 너무 놀란 어머니는 또다시 아버지를 들쳐 업고 응급실로 뛰어야 되는 상황임을 직감하고 냅다 뛰었다.

3층 살림집에서 헐레벌떡 엘리베이터를 탔으나 며칠 전 각층마다 카드가 없으면 엘리베이터가 접근하지 못하게 보완 설정을 해놓은 것을 잊었다. 급한 마음에 어머니는 비상계단으로 뛰어갔다. 심장비대증으로 빠르게 걷지 못하는 것을 까맣게 잊고 어머니는 아버지의 골든타임을 위해 날다시피 해서 계단을 뛰어내려갔다. 그런데 바깥에서 열 수 없게 잠금 장치가 되어 있었다. '죽을 날을 받아두고 뭐에 홀려 거창하게 지은 건물'을 탓하며 어머니는 다시 계단을 한달음에 뛰어올라 집으로 들어갔다 나왔다.

덜컹, 엘리베이터 문이 열렸다. 바닥에 누운 아버지는 시선을 고정시킨 채 꼼짝도 하지 않고 있었다. 가슴이 철렁 내려앉은 어머니가 천천히 다가가 아버지를 내려다보았다. 두 눈이 껌벅껌벅했다. 한숨을 내리 쉬며 일으켜 세우니, 아버지의 머리에 또 피멍이 들고 혹이 잔뜩 났다. 엉덩이도 온통 멍투성이다. 아버지가 알아서 술술 사정을 댄다. 페인트통에 있는 안료를 작은 통에 담으려고 평소처럼 들다가 휘청해서 뒤로 벌렁 넘어졌다고 한다.

"그래, 누워서 무슨 생각을 하고 있었수?"

"내가 죽는구나."

혼쭐이 난 그 상황에서도 어머니는 아버지에게 저녁을 차려주었고, 그즈음 늘 그러했듯 아버지는 허겁지겁 밥을 먹고 곯아떨어졌다.

다음 날도 어김없이 아버지는 온몸에 파스를 붙이고 작업실로 내려갔다. 아버지를 걱정한 올케가 조수를 한 명 두자고 했지만, 아버지는 싫다고 거절했다. 아직은 어떻게 될지 모르기 때문에 확신이 설 때까지 누구에게도 작업 과정을 보이지 않겠다고 했다. 아버지는 팔의 힘을 다시 기르기 위해 일부러 캔버스를 직접 만들고 망치질을 했다. 집게로 캔버스

2019년 연희동 집 2층 작업실에서 혼자 밑작업 중인 박서보.

천을 잡아당긴 날이면 아버지의 손은 어김없이 너무 떨려서 들고 있는 수저로 저녁 테이블을 두드리는 드러머가 되었다.

사실 아무도 아버지가 작품을 끝낼 수 있을 거라고 기대하지 않았다. 그냥 운동 차원에서 소일거리가 있으면 좋지 하는 식의 합의만 있었다. 그렇지만 혹시 저러다 아버지가 정말 해내는 것이 아닌가 하는 이상한 희망도 품었다. 무기를 닦으며 전쟁터로 나갈 준비를 하는 노장의 비장함을 연필을 깎는 아버지의 떨리는 손에서 보았기 때문이다. 길게 튀어나온 아버지의 하얀 눈썹 아래 반짝이는 눈빛도 우리를 착각 속에 설레게 했으리라.

그렇다. 아버지는 살기 위한 마지막 걸작에 온 힘을 쏟았다. 사람들은 그가 여전히 청년이라며 미소를 지었고, 내 어머니는 자신의 걸작이던 그 남자를 익숙하게 쳐다보았다. 물론 나는 검색의 재미를 위해 그 결과에 대해서는 이쯤에서 입을 다물겠다.

주

1 박원순, 「전쟁 부역자 5만여 명 어떻게 처리되었나」, 『역사비평』, 1990년 여름호, 21쪽.

2 김학재, 「자유진영의 최전선에 선 국민」, 『한국현대생활문화사: 1950년대』(창비, 2016년), 49쪽.

3 김세종, 「국민방위군 사건」, 『한국과 6·25전쟁』(연세대학교출판부, 2002년), 105쪽.

4 김학재, 앞의 글, 앞의 책, 42쪽.

5 강성현, 「'난민'이라는 존재의 인식과 삶」, 『한국현대생활문화사: 1950년대』(창비, 2016년), 99쪽.

6 김학재, 앞의 글, 앞의 책, 49쪽.

7 김학재, 앞의 글, 앞의 책, 49~50쪽.

8 김학재, 앞의 글, 앞의 책, 51쪽.

9 염상섭, 『젊은 세대』(민음사, 1987년), 218쪽.

10 「병역 기피한 자 5600명」, 『동아일보』, 1960년 4월 2일.

11 김명환, 「50년대 병역 기피자 한 해 5만~10만 명…나이 고치기, 여장女裝, 자살 위장까지」, 『조선일보』, 2018년 7월 4일.

12 오제연, 「병영사회와 군사주의 문화」, 『한국현대생활문화사: 1960년대』(창비, 2016년).

13 정운현, 「정운현의 역사 에세이 ③: 이승만 우상화 (상)-잇따른 동상 수난사」, 『오마이뉴스』, 2011년 7월 20일.

14 「신인의 발언: 홍대 출신 4인전 평」, 『동아일보』, 1956년 5월 26일; 「다채로운 모색의 계절: 상반기의 화단」, 『한국일보』, 1956년 8월 3일 ; 「다종다양한 활동: 현대미술 그룹 분포와 그 이념」, 『동아일보』, 1958년 6월 15일.

15 유서화, 「한국 전위 화가론 1·2」, 『세대』, 1962년 3월호, 271쪽.

16 한묵, 「모색하는 젊은 세대: 4인전을 보고」, 『조선일보』, 1956년 5월 24일.

17 박서보, 「잃어버린 지적도地籍圖」, 『한국일보』, 1958년 1월 19일.

18 천승복, 「Art in Review: Local Painters Reveal Pointed Paradoxes in Exhibit Works」, 『Korean Republic』, 1958년 12월 3일.

19 하인두, 「박서보 특집: 애증의 벗, 그와 30년」, 『선미술』, 1985년 겨울호, 30쪽.

20 「107점으로 최종 결정: 국보와 함께 미국서 전시될 미술작품」, 『한국일보』, 1957년 8월 24일.

21 오제도 외, 『적화삼삭구인집赤禍三朔九人集』(국제보도연맹, 1951년).

22 김학재, 앞의 글, 앞의 책, 38쪽.

23 「청년 화가 박서보씨」, 『민국일보』, 1960년 11월 25일.

24 Robert Blum, 「The Work of The Asia Foundation」, 『Pacific Affairs』 vol.29, no.1 (March 1956), p.47.

25 이순진, 「아시아재단의 한국에서의 문화사업: 1954-1959년 예산 서류를 중심으로」, 『한국학연구』 제40집(2016년 2월호), 9~56쪽.

26 Kim Sueng-Duk & Frank Gautherot, 「Elastic Taboos: Within the Korean World of Contemporary Art」, Kunsthalle, Wien, Austria.

27 Forum Frohner, 『Adolf Frohner』(Wien: Christian Brandstatter Verlag, 2009), p.18~19.

28 「모던 아트의 신예들: 박서보군과 김창열군-59년의 라이벌」, 『동아일보』, 1959년 3월 1일.

29 김창활, 『형님과 함께한 시간들』(문예바다, 2016), 211~219쪽.

30 오광수, 「한국 현대미술의 해외 진출-전개와 위상」, 『한국 현대미술 해외 진출 60년: 1950-2010』(김달진미술자료박물관, 2011년), 10쪽.

31 김병기, 「길을 찾아서 (37): "내 한 표가 '1965 상파울루 비엔날레' 그랑프리 바꿨다"」, 『한겨레』, 2017년 10월 20일.

32 「반향」, 『동아일보』, 1963년 5월 10일; 「생동하는 예술의 부르짖음」, 『조선일보』, 1963년 10월 6일.

33 오광수 외, 『한국 현대미술 해외 진출 60년: 1950-2010』(김달진미술자료박물관, 2011년), 128쪽.

34 오광수, 「한국 미술평론 60년 회고와 반성」, 김달진미술연구소(http://www.daljin.com/column/5336).

35 「눈부신 한국 화가 활동: 미국의 전 현대미술관장 브리스킨 여사와 인터뷰」, 『동아일보』, 1964년 12월 5일.

36 김창활, 앞의 책, 227쪽.

37 김창활, 앞의 책, 227쪽.

38 박서보, 「특집: 잊을 수 없는 사람 중 "소주잔 기울이던 학鶴 선생"」, 『월간 엘레강스』, 1978년 9월호, 101~102쪽.

39 「양화가洋畫家 박서보 씨와 평론가 한일자 씨: 앵포르멜은 포화 상태, 위장 회화의 성행 없어져야」, 『경향신문』, 1961년 12월 3일.

40 박서보, 「감각의 시한성」, 『대한일보』, 1967년 8월 24일.

41 사진 출처는 일본 『마이니치신문每日新聞』이 발간한 『마이니치카메라カメラ每日』 1970년 8월호다(지금은 폐간되었다). 『마이니치카메라』가 오사카 엑스포 70 사진 공모전 당선작으로 선정한 세이치 사이토齋藤淸一의 사진 작품이다. 『마이니치신문』을 통해 세이치 사이토를 백방으로 수소문했으나 찾을 수 없어 개인적으로 소장하고 있는 잡지 스캔 사진으로 이미지를 실었다.

42 2015년 3월 3일자 국제갤러리 녹음 파일 및 녹취록 참조.

43 「한국 명사 100인의 의·식」, 『주간여성』, 1974년 1월 1일, 26~27쪽.

44 김창활, 앞의 책, 204~205쪽.

45 김용익, 「박서보 특집: 넘어서기 힘든 거대한 산」, 『선화랑』, 1985년 겨울호, 34~39쪽.

46 김달진, 「한국 추상미술 전시의 역사전 (1)」, 김달진미술연구소(http://www.daljin.com/column/13862).

47 하인두, 앞의 글, 앞의 잡지, 30~33쪽.

48 2015년 3월 3일자 국제갤러리 녹음 파일 및 녹취록 참조.

49 김용익, 앞의 글, 34~39쪽.

작품 · 사진 출처 및 소장처

245쪽	ⓒ Lee Ufan, image Courtesy of 후쿠다케재단公益財團法人福武財團.
248쪽	도쿄화랑+BTAP 제공.
255쪽	ⓒ Kim Tschang-Yeul, Courtesy of Kim Tschang-Yeu Art Museum Jeju.
281쪽(위)	『선화랑』(1985년 겨울호).
294쪽	『가정조선』(1986년 1월호).
295쪽(좌)	『SEOUL: The magazine of Korea illustrated』(1986년 12월호).
295쪽(우)	『가정조선』(1986년 1월호).
308쪽	개인 소장.
324쪽	ⓒ The Estate of Chung Chang Sup.
330쪽	ⓒ Yun Seong-ryeol, Courtesy of PKM Gallery.
337쪽	『스트리트H』 제공(사진작가 이창주 촬영).
338쪽	『리빙센스』 제공.
360쪽	ⓒ Dario Lasagni, Courtesy of Perrotin.
361쪽	ⓒ Random Art Workshop, Courtesy of White Cube.
368쪽	(주)디자인하우스 제공.

권태를 모르는
위대한 노동자

ⓒ 박승숙, 2019

초판 1쇄 2019년 6월 28일 펴냄
초판 3쇄 2023년 12월 6일 펴냄

지은이 | 박승숙
펴낸이 | 강준우
기획·편집 | 박상문, 김슬기
디자인 | 최진영
마케팅 | 이태준
관리 | 최수향
인쇄·제본 | 지경사문화

펴낸곳 | 인물과사상사
출판등록 | 제17-204호 1998년 3월 11일

주소 | 04037 서울시 마포구 양화로7길 6-16 서교제일빌딩 3층
전화 | 02-325-6364
팩스 | 02-474-1413

www.inmul.co.kr | insa@inmul.co.kr

ISBN 978-89-5906-532-5 03810

값 18,000원

이 도서의 국립중앙도서관 출판예정도서목록(CIP)은 서지정보유통지원시스템 홈페이지
(http://seoji.nl.go.kr)와 국가자료공동목록시스템(http://www.nl.go.kr/kolisnet)에서
이용하실 수 있습니다. (CIP제어번호: CIP2019024915)